GREEK
MYTHOLOGY
FOR CHILDREN

希腊神话全书

全6册

II

众神与人的故事

〔希腊〕莫奈劳斯·斯蒂芬尼德斯 (Menelaos Stephanides) 著
〔希腊〕雅尼斯·斯蒂芬尼德斯 (Yannis Stephanides) 绘
彭 萍 等译

中国出版集团
中译出版社

GREEK MYTHOLOGY FOR CHILDREN

by Stephanides Brothers

Copyright © 1991: Sigma Publications, Menelaos Stephanides, Yannis Stephanides.

Simplified Chinese translation copyright © 2024 by China Translation and Publishing House
ALL RIGHTS RESERVED.

著作权合同登记号：图字 01-2021-1120 号

图书在版编目（CIP）数据

希腊神话全书：全6册 / （希）莫奈劳斯·斯蒂芬尼德斯著；（希）雅尼斯·斯蒂芬尼德斯绘；彭萍等译. 北京：中译出版社，2024.7. -- ISBN 978-7-5001-7728-9

Ⅰ．I545.73

中国国家版本馆CIP数据核字第2024U6E746号

希腊神话全书（全6册）
XILA SHENHUA QUANSHU (QUAN LIU CE)

出版发行	中译出版社
地　　址	北京市西城区新街口外大街28号普天德胜大厦主楼4层
电　　话	（010）68005858，68359827（发行部）68357328（编辑部）
邮　　编	100088
电子邮箱	book@ctph.com.cn
网　　址	http://www.ctph.com.cn

出 版 人	乔卫兵
总 策 划	刘永淳
策划编辑	赵　青　朱安琪
责任编辑	黄亚超
文字编辑	赵　青　马雨晨　朱安琪
装帧设计	黄　浩　潘　峰

排　　版	北京竹页文化传媒有限公司
印　　刷	北京瑞禾彩色印刷有限公司
经　　销	新华书店

规　　格	880mm×1230mm　1/16
印　　张	88.25
字　　数	891千字
版　　次	2024年7月第1版
印　　次	2024年7月第1次印刷

ISBN 978-7-5001-7728-9　定价：368.00元（全6册）

版权所有　侵权必究
中译出版社

作者序
青少年读者应如何看待希腊神话

在远古时代，人类像小孩子一样喜欢神话故事。由于当时无力抵抗各种自然力量，人们过着难以想象的艰苦生活。可怕的自然力量在人类的世界横行无忌，一不留神就遭受灭顶之灾。但与此同时，自然界雄伟壮美的景色又常常使他们心醉神迷，让人类对生活充满热情。

为了增加对现实生活的了解，希腊先民们苦苦搜寻着给他们带来恐惧和欢乐的自然现象的内在原因。由于科学知识的限制，他们寻求解释的种种努力总是以失败告终。因此，人们只好依靠想象力继续探索，这种想象力任意驰骋，创造出成百上千情节丰满、情感激荡的动人故事。而这些故事从某种程度上来讲，往往折射着先民们现实生活的艰辛，故事内核则涌动着一股强烈的悲情。

如此，便产生了神话和神话学。

对我们当今的读者来讲，神话里充满了传闻与幻想，它们似乎都是一些虚无缥缈的神仙故事。事实并非如此，在这些曲折、离奇的故事背后，隐藏着先民们曾经历过的、真实且永恒的事件。实际上，每一个民族的神话中，都可以窥见这个民族在古代生活的真实点滴，并且以他们自己的所见所闻和能够阐释的形式表现出来。更为重要的是，我们可以从中找到古人对人性、生活和宇宙本质的洞察与见解。

希腊的土地上，诞生了古老民族中体系最庞大的神话。希腊人出于对壮丽山河、日常生活和一切美好事物的热爱，创造了自己独特的神话。希腊人崇敬那些神话中的英雄群体，崇敬他们依靠丰富想象力所创造出来的神灵——奥林匹斯山上的众神。希腊神话具有诗歌般的隽永意境，诸神又展现出超脱或世俗的特质，他们的言行蕴含着古老的道德观念及价值观念。

希腊神话历经数千年的口耳相传，原本存在于普通人心目中不朽的众神最终都会消失，为希腊神话故事所替代，完整地保存在各类哲学、历史、文学和艺术著作中。古往今来，灿若繁星的哲学家、史学家、文学家和艺术家从中汲取营养，取得了卓越的成就，留下浩如烟海的传世佳作。

因此可以说，希腊神话是西方文明不朽的源头活水。即便在今天，希腊神话仍然指导着不同年龄的读者理解美和善的含义。正是这种美和善以及希腊神话的可爱之处，促使我们尽心尽力改编、出版了这套图文并茂的青少年读物。

这套神话作品是专门为青少年设计的，历经 25 年的精心编写和打磨，目的是为青少年朋友们提供一套具有指导和教育意义的读物。同时我们也想使它成为一套能培养青少年优秀品格的图书，促使青少年远离市面上那些看起来有诱惑力但内容庸俗、浅薄的读物。

为了达到这一目的，我们采取了适当手法，把神话引入现实生活，而又不违背原作的内容和古典风格。我们清醒地认识到，高质量的插图不仅能吸引孩子们去阅读，而且能使他们对神话本身有更生动、更直观的了解，有助于在他们心中留下难以磨灭的印象。

对文字的处理，需要特别仔细、认真。将神话故事编成引人入胜的读物，则需要作者有深厚的文字功底。毫无疑问，我们已经尽心尽力。为了使这套《希腊神话全书》（全 6 册）具有教育价值，作者必须有正确的指导原则。

首先，那种认为希腊神话不适合青少年阅读的观点是片面、武断的。我们认为，希腊神话蕴含极其丰富的教育意义。有人说，希腊神话描述了某些天神言行中不公正的现象，不适合孩子们阅读。我们的观点恰恰与此相反。

希腊先民们根据他们生活中的现实素材创作了神话，在那个艰难困苦的远古时代，实际生活中的不公正现象比比皆是。如果我们用动听的言辞去美化那些不公正的现象，那才是不可取的，也是我们着力避免的。

还有人说，希腊神话之所以在人文教育领域占有一席之地，只是因为它有幸流传下来。这个观点也过于简单。具有永恒魅力的作品应归功于那些与荷马一样有出众才华的诗人，这与那些为了其他目的而编造的低俗神话毫无共同之处。

以上述观点作为指导思想，我们在浩如烟海的不同版本的神话作品中进行筛选，剔除了那些低级庸俗、违背现代教育宗旨的作品。我们发现，所有那些比较有意义的神话都很符合现代教育的需要。为此，我们深感欣慰。

我们编撰工作的最高目标是为了开发、弘扬希腊神话中丰富的优秀遗产，同时我们也尽量避免那种自以为是的说教腔调。我们沿袭着古希腊伟大剧作家的足迹，从希腊神话中选取素材，描述值得全世界推崇的、具有首选价值的故事。我们改编、出版这些神话故事的最根本原因和动力，是我们心里永远想着青少年读者。

我们不能要求每个孩子，尤其是年龄较小的孩子，都能理解这些深刻的思想。但是，即使他们不能完全理解，他们对某些情感和真谛还是能明白的。蕴含在神话中的寓意，实际上能增加青少年的阅读兴趣，促进他们对现实社会的理解。至于能否快速理解其中的深层含义，也没有太大关系，我们充分相信青少年读者的理解能力，并且鼓励他们从文字中获得探寻的乐趣。

我们的做法在多大程度上能使读者受益，只有请读者自己来做评价。

斯蒂芬尼德斯兄弟（Stephanides Brothers）

目　录

第一章　宙斯与伊娥 ... 001

第二章　达纳伊达斯的水缸 ... 007

第三章　迈锡尼城的缔造者：珀耳修斯 ... 015

第四章　坦塔罗斯之子：珀罗普斯 ... 035

第五章　五代人类的诞生 ... 047

第六章　普罗米修斯：人类的保护神 ... 053

第七章　潘多拉与洪水 ... 061

第八章　解放普罗米修斯 ... 079

第九章　赫拉克勒斯与十二项任务 ⋯⋯⋯⋯ 119

第 十 章　赫拉克勒斯的迟暮之年 ⋯⋯⋯⋯ 221

后　　记　谁是真正的赫拉克勒斯？ ⋯⋯⋯⋯ 251

第 一 章

宙斯与伊娥

传说彼拉斯齐人是古希腊最初的居民，他们的国王是伊纳科斯。伊纳科斯有一个美貌如花的女儿，名叫伊娥，她的面庞如同蔷薇般娇艳柔美，手臂如百合般雪白圣洁。有一次，伊娥在勒那草原上为父亲牧羊。宙斯一眼看见了她，顿时产生爱意。

可是，天后赫拉早已熟知丈夫的不忠，她密切监视着丈夫在人间的一切寻欢作乐的行为。当赫拉发现宙斯看上了阿尔戈斯城美丽的公主伊娥时，便勃然大怒。这本不该责备伊娥，毕竟宙斯威力无边，世间谁敢违背他的命令呢？他总是随心所欲地行事，完全无视妻子的感受。

赫拉因此内心极其苦闷，但她又不能和宙斯翻脸。赫拉的满腔怒火只能撒在这个不幸的公主身上了。

伊娥受到的赫拉的折磨真是太可怕了。

宙斯知道赫拉将要对伊娥做什么，他想保护伊娥，于是把她变成了一头白色的小母牛，他以为这样，赫拉就找不到她了。但这无法逃过赫拉的双眼。赫拉一看到这头漂亮的小母牛，就猜出这是伊娥，于是央求宙斯把这头母牛作为礼物送给她。宙斯无法拒绝，只得答应了她。

可怜的小母牛一落在赫拉手中，就被她牵到了山顶并拴在树上，赫拉还命令可怕的百眼巨人阿耳戈斯看守。阿耳戈斯有一百只眼睛，伊娥在他眼前根本没有办法逃脱，因为即便睡觉，他也只是闭上五十只眼睛，另外五十只眼睛依旧睁开，警惕地四下张望。绝望的伊娥备受折磨，无助地仰望着天空，仿佛在寻求宙斯的帮助。

宙斯看到了伊娥的绝望和不幸，于是叫来聪明机敏的赫尔墨斯，命令他尽快把伊娥救出来。

赫尔墨斯迅速来到阿耳戈斯看守的地方，他装作没看见小母牛，同阿耳戈斯你一言我一语地聊了起来。接着，赫尔墨斯又假装哄阿耳戈斯开心，拿出一只笛子开始为他吹奏乐曲。不过，他所吹奏的是一首催眠曲，曲调甜美又惬意，连一向警觉的阿耳戈斯都无法抵挡，他那一百只眼睛竟然一只只闭了起来，很快他便进入了甜甜的梦乡。赫尔墨斯趁机救出了伊娥。

可伊娥的苦日子并没有结束！赫拉听说小母牛被解救了，马上派出一只可怕的牛虻去追赶伊娥。这是一种如蝙蝠般大的剧毒牛虻，在人身上叮一下就会令人痛苦不堪。它冲着伊娥猛地叮咬上去，伊娥立刻疼得滚倒在地。她连忙爬起来，撒腿就跑；可是牛虻穷追不舍，疯狂地去叮她。伊娥被疼痛折磨得疯疯

癫癫，不顾一切地四处奔逃。但是长着翅膀的牛虻一次又一次地追上她，把带毒的尖嘴插进她的肉里。可怜的伊娥被追着从一个海岸逃到另一个海岸，她想海里或许是安全的，于是跳进了大海。从那之后，那片海就被称为"伊娥海"。

不过即便在海里，牛虻还是不放过她，伊娥只得再次上岸，一路号叫着向北跑去，最后来到了高加索山脉——提坦巨神、伟大的先知普罗米修斯被宙斯钉在岩石上的地方。这时的伊娥满身伤口，她体无完肤、鲜血四溢，与之前那个美丽动人的公主模样简直是天壤之别。她站在被锁链绑着的普罗米修斯面前，苦苦哀求道："伟大的普罗米修斯，预知众神和人类命运的神明，请先暂时忘了您的折磨，告诉我，什么时候、在什么地方，我的苦难才能结束呀？"

普罗米修斯回答道："去埃及，去尼罗河水流入大海的地方。到那里要花很长时间，这段旅途似乎是遥不可及的，而且充满艰辛和折磨。可只有在那里你才能得到解脱，恢复女儿身。"

普罗米修斯话音刚落，就惨叫了一声，原来是宙斯派的老鹰来了。老鹰每天都来这里，把它尖利的嘴巴刺入普罗米修斯的身体，啄食他的肝脏。

可怜的伊娥像头疯狂的野兽，又被凶猛的牛虻追得拼命逃窜。她穿过白雪皑皑的高加索，一路狂奔，到达了亚马宗人的地盘。从此，这个地方就被称为"伊娥尼亚"。

接着，她穿过布满蛇发女妖戈尔贡的大海，这些女妖头上缠绕着数不清的毒蛇。伊娥终于游到了前方的海岸，摆脱了蛇发女妖的魔爪，可又发现自己头上的天空黑漆漆地布满了独眼的秃鹫。它们闻到了她身上伤口散发出的血腥味，疯狂地朝她扑了过来，用尖利的嘴巴无情地撕扯着她的皮肤。她极力

想要逃脱,却跑到了一大片沙漠里,在那里迷失了方向,找不到一滴水来润湿一下自己干裂的嘴唇。可怕的牛虻仍然在后面追赶她,又一次把毒针刺进了她的肉里。

终于,在经历了无数劫难之后,伊娥来到了埃塞俄比亚的群山,找到了尼罗河的源头。伊娥鼓足勇气,开始了最后一次漫长的奔跑,这是她仅剩的一点力气了。但即便如此,牛虻还是对她穷追不舍。

伊娥终于到达了埃及,在尼罗河岸边,她发现宙斯就站在她的面前。伊娥的苦难终于结束了。宙斯立刻杀死牛虻,把手放在伊娥的头上,就这么轻轻一碰,伊娥重新变回了美丽的公主。宙斯没有多作停留,便返回了奥林匹斯山。

但就是这轻轻一碰,伊娥怀孕了,生下了一个小男孩,她给儿子取名为"厄帕福斯",意思是"触摸"。这个男孩后来成了埃及的第一位国王,是一代代英雄的祖先,全希腊最伟大的英雄赫拉克勒斯就是他的后代。

第二章

达纳伊达斯的水缸

与希腊神话故事中所有的伟大英雄一样，珀耳修斯的祖先也许可以追溯到鸿蒙之初。这个家族始于卡俄斯和大地女神，也就是名声赫赫的提坦巨神的先祖。在这些巨神当中，最负盛名的当属海洋之神俄刻阿诺斯，他的儿子河神伊纳科斯是阿尔戈斯城的首位统治者，也是一个新家族的始祖。这个家族的成员不仅包括珀耳修斯，还包括赫拉克勒斯。

虽说伊纳科斯是阿尔戈斯城的缔造者，而珀耳修斯是这里最伟大的英雄，但他们的子嗣大多居住在远离希腊的地方。有关伊娥的神话故事记载了此事的来龙去脉。

伊娥是伊纳科斯可怜的女儿，她得到了宙斯的青睐，但迫于宙斯的妻子赫拉的嫉妒和暴怒，只好从家里逃走，最后在尼罗河岸边生下了厄帕福斯。厄帕福斯命中注定会成为埃及的第一位国王。

至于伊娥的后代如何在厄帕福斯的城市里建立自己的地位，恰恰就是这个不幸故事的主题。

利比亚是厄帕福斯的女儿，她在嫁给海神波塞冬后生下了儿子伯洛斯，伯洛斯后来同样成了埃及的统治者。伯洛斯是一位强大的君主，他征服了周边的国家后，用自己母亲的名字"利比亚"命名了这块新的疆域，并且给两个儿子做出了如下的安排：阿拉伯半岛归埃古普托斯统治，王国西边的土地归达那俄斯统治。

就这样，埃古普托斯和达那俄斯两兄弟从年轻时就身居两地，统治着各自的国家。除了同样育有五十个孩子以外，两人再无相似之处。不过，埃古普托斯的孩子都是男孩，达那俄斯的孩子都是女孩。正因为孩子们力量上的悬殊，埃古普托斯在两兄弟的比拼中占据了上风。

伯洛斯去世后，埃古普托斯率领大军迅速行动，在五十个儿子的帮助下，占领了尼罗河流域。从那以后，人们将那个地方称为"埃及"。埃古普托斯无视达那俄斯对父亲的王位也拥有平等继承的权利，甚至还想动用武力把兄弟的国家也攫为己有。

幸运的是，雅典娜女神及时提醒了达那俄斯，建议他带着五十个女儿逃往阿尔戈斯城，那是他的祖先伊纳科斯和伊娥曾经生活的地方。

达那俄斯采纳了女神的建议，决定逃往希腊。面对埃古普托斯和他的五十个儿子，达那俄斯和女儿们别无选择，只能被迫逃走。

好在达那俄斯并没有娇惯女儿们，还要她们习惯于自己动手做事，这些能干的女孩被合称为"达纳伊达斯（姐妹）"。于是，在女儿们的帮助下，达那俄斯成功打造出了当时世界上最大的一艘船。这艘船装有五十只船桨，达那俄斯让女儿们各划一支桨，就这样永远离开了他们挚爱的故土利比亚，驶向遥远的阿尔戈斯城。

大船在碧浪上连续数天向北航行，最后来到了罗得岛。那里虽然比不上阿尔戈斯城，但也是一个安全的避难之地。达那俄斯领着女儿们在那里停船上岸，并且为雅典娜女神立了一尊雕像，以感谢女神的救命之恩。这就是林都斯卫城雅典娜神像的来历。然后，达那俄斯便乞求神灵保佑他们一家能够平安迅速地到达阿尔戈斯城。

次日清晨，大船再次扬帆起航。在宙斯的指引下，几天之后，他们终于来到了先辈们生活过的地方。虽然大家都疲惫不已，但是每个人的心中都充满了欢乐。

那时，阿尔戈斯城的国王是格拉诺耳。达那俄斯向国王寻求庇护，因为他担心埃古普托斯的儿子们不会轻易放过自己，无论自己逃到什么地方，他们肯定会尾随而来。可是，格拉诺耳在是否给他们提供庇护的事情上犹豫不决。于是，达那俄斯的女儿们一起跪下，乞求格拉诺耳看在宙斯和他们共同的祖先伊纳科斯的分上，可怜可怜他们，准许他们在这里避难。

国王依旧迟疑不决，因为：如果他帮了达那俄斯，那就意味着要与强大的埃古普托斯为敌，一场巨大的灾难将会降临在阿尔戈斯城；可是，如果不给他们庇护，就会违犯宙斯亲自制定的"好客圣训"。他到底该做何决定？

与此同时，这里的人民已经向达那俄斯和他的孩子们表示了怜悯之心，而且决定帮助他们。毕竟，这些远方来客不是陌生人，而是跟阿尔戈斯城人同根同祖的亲人。他们是伊纳科斯漂亮的女儿伊娥的后代，当初愤怒的赫拉为了报复伊娥，曾经把她追得满世界跑。现在，他们坚决不会让伊娥那样的不幸再次降临到达纳伊达斯姐妹的身上。

他们刚刚下定决心，就发生了一件事情，而好运随之降临到达那俄斯和他的女儿们身上。当时，一只狼袭击了格拉诺耳的牧群，把一头长得最威猛、最漂亮的公牛撕成了碎片。于是，阿尔戈斯城的人们开始相信，这是神灵给他们的预兆：那只狼象征着达那俄斯，而那头牛恰恰象征着他们的国王。格拉诺耳得知此事以及人们的看法后，吓破了胆。他害怕这个预兆如果成真，自己就会像那头牛一样丢掉性命。于是，格拉诺耳放弃了王位，仓皇出逃。这样一来，达那俄斯就当上了阿尔戈斯城的国王。

然而，这位新国王还没来得及庆祝自己的时来运转，埃古普托斯的儿子们就已兵临城下。

所有阿尔戈斯人都站在了达那俄斯这边，城里最优秀的勇士们站好了队形，准备战斗。看到这里的人民这样不遗余力地为自己而战，达纳伊达斯姐妹也冲到了队伍的最前面。她们不能让自己袖手旁观，更何况她们也非柔弱之辈，父亲曾经像训练真正的勇士那样教她们学习使用武器。此时此刻，她们如同亚马宗女战士一样，排好了阵形，随时准备出击。

看到貌若天仙的达纳伊达斯姐妹个个誓死抵抗到底，埃古普托斯的儿子们非常吃惊，面面相觑。他们停止了进攻，转而商量起采取其他办法的可能性。片刻之后，他们询问达那俄斯，是否愿意用和平的方式来解决他们之间的分歧。这些小伙子说，与其跟这些女孩子作战，还不如让她们成为自己的妻子。

"如果你不接受，"他们继续说，"我们就把阿尔戈斯城夷为平地！"

达那俄斯一时不知道该如何应对。一方面，他想尽一切可能阻止战争发生，因为这里的人民如此心甘情愿地保护他们，一旦真的开战，那就可能会出现城池尽毁的情况；另一方面，他依然痛恨埃古普托斯的儿子们，怀疑在他们提出的要求背后还暗藏着什么其他的阴谋。因此，虽然达那俄斯最终被迫接受了他们提出的条件，但他心里已经开始盘算着要怎样收拾这些家伙了。就在筹备婚礼的过程中，达那俄斯悄悄给每个女儿一把匕首，命令她们在新婚之夜伺机杀死躺在身边的丈夫。

"如果谁敢违抗命令，灾难就会降临到她身上，"达那俄斯警告说，"违抗命令，必遭天谴。"

正如埃古普托斯的儿子们所愿，婚礼举行得异常隆重。他们谁也没有料到，厄运正在悄悄等待着他们。婚礼结束后，夜幕降临，新人们返回了自己的卧房中。就这样，埃古普托斯的儿子一个接一个死在了新娘的床上。

不过在其中一个房间里，最英俊的林叩斯没有立刻躺到年轻的新娘身边。可爱的许珀耳涅斯特拉一面招呼着他，一面偷偷摸着藏在枕头下面的匕首。

这时，林叩斯对她说："我们对你们犯下了如此大的过错。我并不认同兄弟们的做法，使用武力强迫而来的婚姻并不公平。不管一个女人的容貌如何使我着迷，只要她不是主动愿意，我绝对不会强迫她。"

说着，林叩斯拿起毯子走到房间远处的一个角落躺了下来，很快就睡着了。

许珀耳涅斯特拉却一夜没能合眼。这个年轻人说的话不仅让她感到意外，而且打消了她心中的怨恨。现在，爱情之花已经在姑娘的心中盛开。许珀耳涅斯特拉彻夜未眠，一直躲在门后观察着屋外的动静，以防姐妹们发现林叩斯还活着而赶过来把他杀死。

许珀耳涅斯特拉的姐妹们完成任务后都睡得很香，她们知道自己已经尽责，执行父命杀死了敌人。破晓之前，许珀耳涅斯特拉叫醒林叩斯，给他讲了昨天晚上发生的事情，然后帮他从王宫悄悄逃到一个安全的地方。

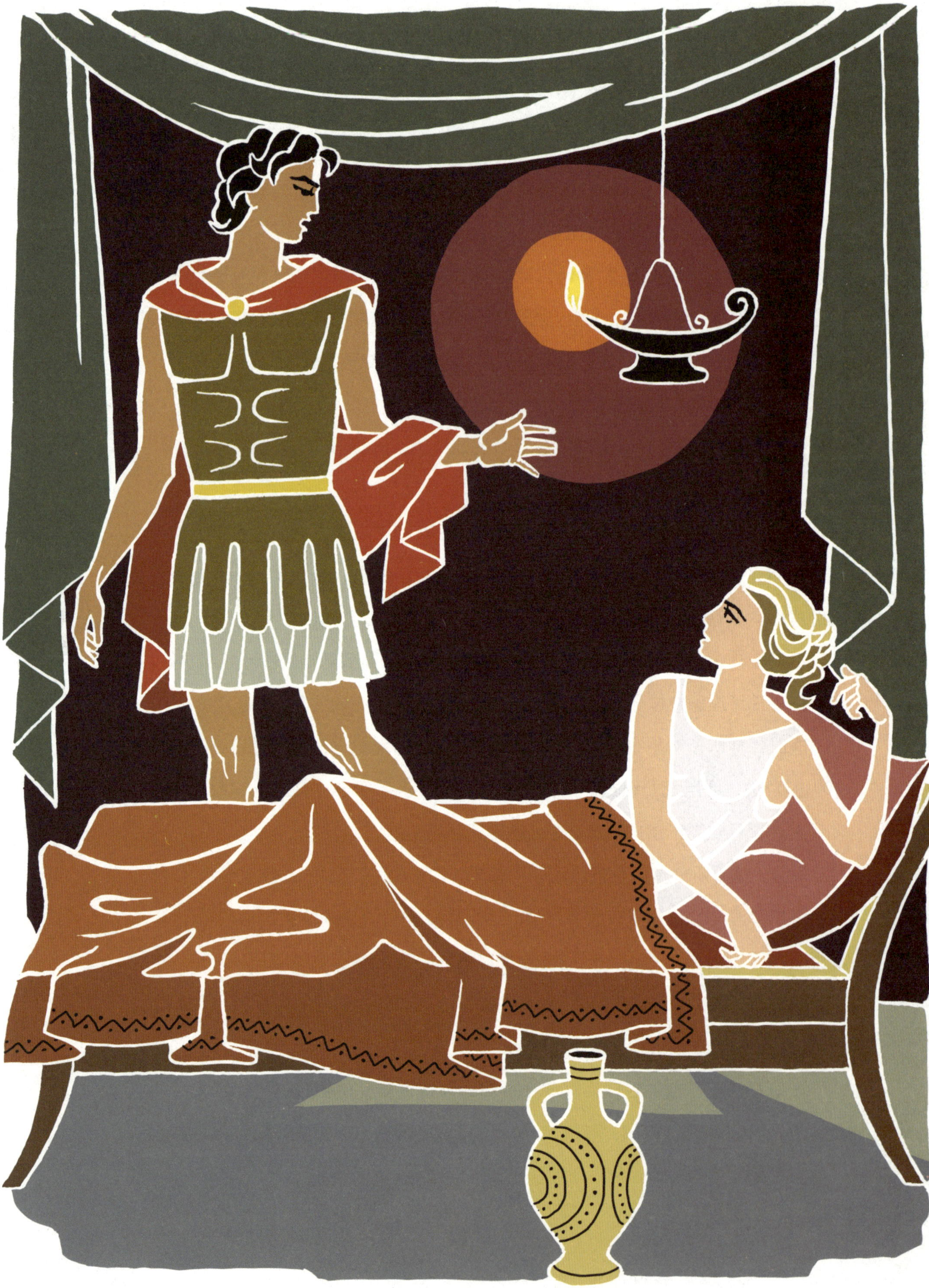

到了早上，达那俄斯得知许珀耳涅斯特拉没有杀死自己的丈夫，十分震怒，立刻下令给她戴上镣铐，把她投进监狱。当天，法庭对她进行了审判，国王达那俄斯下令要将她处死。

现在，这个女孩触犯了众怒，痛恨她的人不仅有她的父亲、姐妹，还有法官和来旁听审判的人，全阿尔戈斯城的人都无法原谅她。违抗父命就是藐视法律，这是从古至今人们始终遵守的天条；而失信于自己的姐妹，更是罪加一等，这种罪行在当时比现在要严重得多。

就在许珀耳涅斯特拉似乎难逃一劫的紧要关头，爱神阿佛洛狄忒来到了法庭之上。

"你们在做什么？！"她呵斥道，"孩子要听命于父母，这没有错，不过还有更伟大的力量存在，那就是无所不在的爱情的力量！你们想一想天下第一对夫妻，伟大的天空之神乌拉诺斯和可爱的大地女神盖亚，想一想他们为我们树立的榜样。盖亚渴望爱情，天空便降下大雨滋润她，从此大地结出千颗种子，养育了世间万物。如果没有这些，你们谁也无法活在这个世界上。所以，你们所有人都要认真想一想！现在，这个姑娘因为爱情要被你们处死！可如果没有爱情，你们谁也无法来到这个世界上；没有爱情，世上所有美好的东西都将不复存在。"

女神的话显然发挥了作用。刚才大家还一致赞同必须要判处许珀耳涅斯特拉死刑，现在谴责她的声音已经消失得无影无踪，甚至连她自己的父亲也沉默不语。就这样，许珀耳涅斯特拉被判无罪。

这个可爱的姑娘重获了自由，她立刻奔向阿尔戈斯城的卫城，从那里眺望周围的村庄，等待心上人发出的信号。不一会儿，附近的山丘上就燃起了火光，表明林叩斯在那里安然无恙。

此后，全城人为他们的爱情取得胜利而欢欣鼓舞。再后来，达那俄斯去世后，林叩斯成为阿尔戈斯城的国王，他的后代包括珀耳修斯，还有后来的赫拉克勒斯。

至于其他的达纳伊达斯姐妹，宙斯下令雅典娜和赫尔墨斯洗脱了她们的罪名。为了给女儿们找到新丈夫，达那俄斯组织了一场战车比赛，邀请全希腊最勇敢的年轻人前来参赛，获胜者可以娶他女儿为妻。就这样，所有的达纳伊达斯姐妹都相继出嫁了。由于她们人数众多，加之每个人又生了很多孩子，达纳伊达斯家族愈加人丁兴旺。再后来，所有希腊人都被称为"达那俄斯人"。

不过，达纳伊达斯姐妹犯下的过错虽然得到了人和神的原谅，却逃不过冥王哈迪斯的严厉审判。她们死后必须无休无止地重复一件让人厌烦的工作：往一个巨大无比的无底缸里面装水。她们提着水罐，一刻不停地往里面倒水，可是水倒进去之后会立刻从缸底流走，水缸永远也无法装满。

就这样，日复一日，年复一年，达纳伊达斯姐妹由于盲目听从父命而犯下不可饶恕的罪行，死后便在冥界遭受着如此惩罚。那个永远也装不满的水缸被人们称为"达纳伊达斯水缸"，用来表示徒劳无望的工作。

第三章

迈锡尼城的缔造者：
珀耳修斯

林叩斯的儿子阿巴斯继承了阿尔戈斯城的王位，阿巴斯又生了一对双胞胎儿子，分别是普罗托斯和阿克里西俄斯。

我们之前已经知道，埃古普托斯的贪婪使他和达那俄斯成为一对冤家。这种敌意的可怕后果是，他们经常被视为兄弟之仇最糟糕的典型。普罗托斯和阿克里西俄斯两人之间也是如此，全希腊人都知道他们从小就争吵不断。他们兄弟水火不容，以至于数百年之后，只要有母亲看到自己的孩子争吵不休，就会对他们吼道："瞧瞧你们，简直是普罗托斯和阿克里西俄斯再世！"

信不信由你，人们甚至传说，这两个人在娘胎里就开始了争斗。结果在出生的时候，他们的母亲遭受了巨大的痛苦。两个家伙好像都要争得先机似的，因为早出生的人，将来有一天能继承父亲的王位。

随着两个人一天天长大，他们心中的矛盾日渐加深，年迈的父母为此也感到一筹莫展。终于有一天，阿巴斯感觉自己时日将近，于是，为了避免两个儿子在他死后依旧争斗不休，他把两人都叫到身边，交代道："我的想法是你们两人轮流治理国家，一年一换……"

可是还没等阿巴斯说清楚两兄弟谁先继承王位，他就去世了。父亲尸骨未寒，兄弟俩之间便再一次爆发了激烈的争吵。

最后，阿克里西俄斯依靠武力夺取了王位，普罗托斯被迫逃往遥远的吕西亚。吕西亚的国王伊俄巴忒斯不仅为普罗托斯提供了庇护，而且将女儿斯忒涅玻亚许配给了他。

后来，伊俄巴忒斯还支持普罗托斯夺回阿尔戈斯城的统治权。于是，普罗托斯便带领伊俄巴忒斯的军队重返家乡，想从兄弟阿克里西俄斯手里夺回父亲的国家。阿克里西俄斯当然不同意，一场血战在阿尔戈斯城外爆发了。兄弟俩打得难分难解、难分胜负，最后，他们两个人只好勉强做出了这样的妥协：将附近的提林斯交给普罗托斯统治，而阿尔戈斯城继续归阿克里西俄斯管辖。

阿克里西俄斯娶了阿伽尼佩为妻并育有美丽的女儿达娜厄。不过，阿克里西俄斯更渴望得到一个儿子来继承自己的王位。他急切地想知道自己的愿望能否实现，于是便前往德尔斐寻求神谕。

阿波罗给他的答复如下："听着，阿巴斯的儿子阿克里西俄斯！你永远不会得到一个儿子来继承王位，不过你女儿的孩子将是一个大英雄，他将来会得到这个位置。另外，还要告诉你的是：根据命运的安排，你的外孙将来会杀了你。"

阿克里西俄斯听到这些话以后非常害怕，他的心里现在只有一个念头：一定要设法摆脱这样的命运！而且为了达到此目的，他将不择手段。现在，他面临的唯一难题是，如何才能确保自己不会得到一个外孙。

由于害怕，阿克里西俄斯修了一座地牢来囚禁女儿达娜厄，牢房的门用厚厚的青铜制成。对阿克里西俄斯而言，似乎这才是避免女儿结婚生子的万全之策。

不过，达娜厄生得如此美丽动人，就连宙斯本人也坠入了情网。如此一来，无论牢房修得多么坚固，都无法阻止众神之王的欲望。

于是，宙斯来到关押着达娜厄的黑牢，化作一阵金色的雨滴从窗棂的缝隙中飘了进去。九个多月后，阿克里西俄斯的女儿生下了宙斯的儿子珀耳修斯。

此后不久，阿克里西俄斯从关押女儿的牢房旁边经过时，听到了里面有婴儿的哭声，他简直不敢相信自己的耳朵。牢门打开后，阿克里西俄斯看到达娜厄正抱着孩子，惊得站在那里一动不动。

眼前的景象让阿克里西俄斯吓破了胆，而且他也不可能想到，宙斯会是这个孩子的父亲，他立刻怀疑起自己恨之入骨的兄弟普罗托斯。很快，他便确信不疑这就是普罗托斯的孩子。

于是，他对兄弟的仇恨愈加膨胀。为了报复普罗托斯，同时除掉这个对自己有性命之危的外孙，他准备把女儿和外孙一起杀掉。可是到了临动手的时候，阿克里西俄斯又胆怯了。不过他最终还是想出了一条诡计。

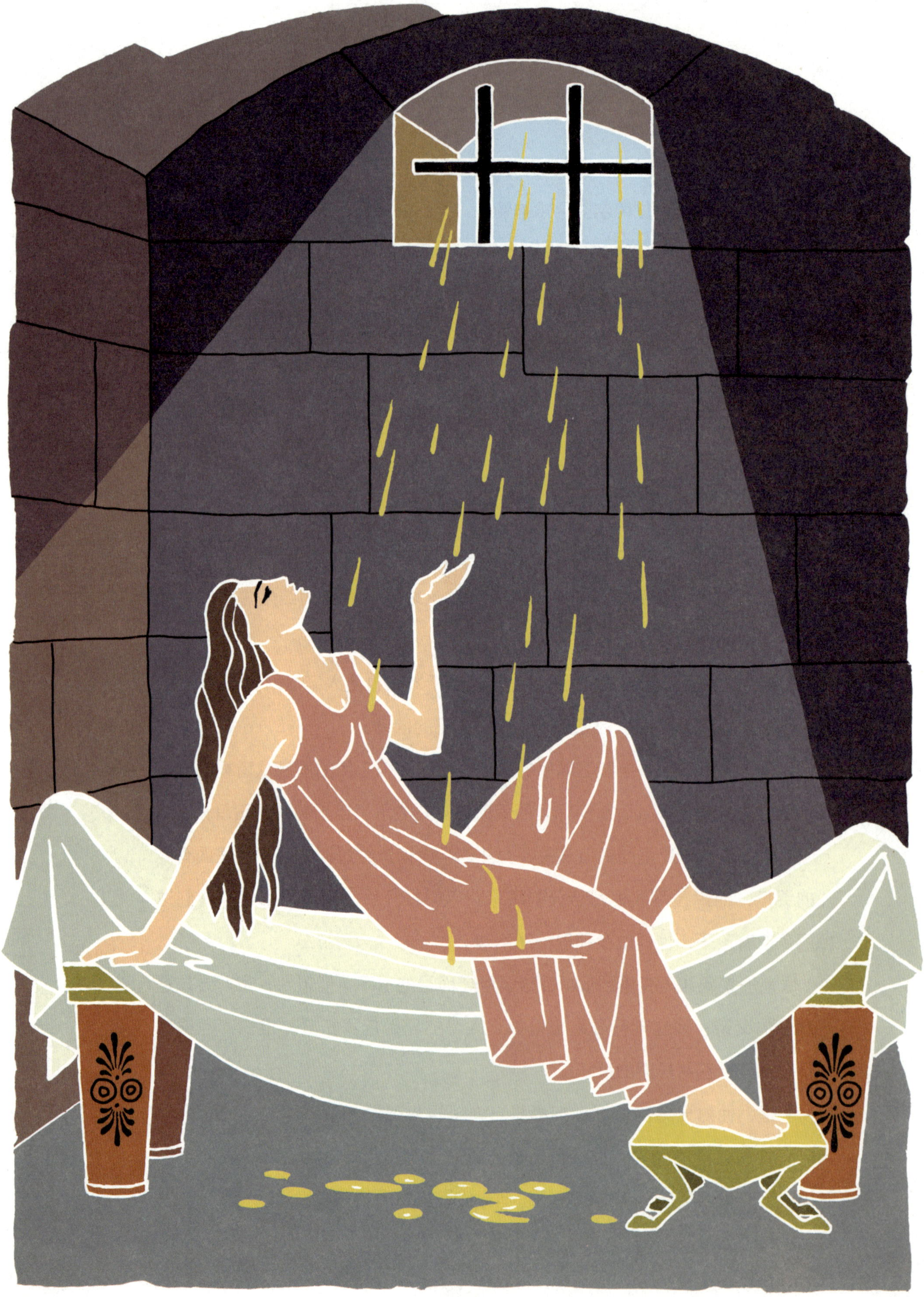

阿克里西俄斯狡诈地说："让翻滚的海浪把他们吞没，让他们葬身于鱼腹。这将是对普罗托斯的惩罚，而不是对我的惩罚。这么多年来他一直无法除掉我，现在我也不能坐以待毙，不能等着被他的儿子杀死！"

这一次，阿克里西俄斯没有再犹豫迟疑，立刻下令将自己的计划付诸实施。

几天之后，在阿尔戈斯城外的海湾中，塞里福斯岛上的渔夫狄克提斯收网时捞到了一个木箱。出于好奇，他用力把木箱拖到沙滩上。这个箱子不仅做工十分精美，而且四周镶着铜条。狄克提斯越看越觉得好奇：这个箱子究竟来自何方，里面又装有什么东西？

他试着把木箱打开，结果发现并不容易，这个箱子的四周被封得非常严实。狄克提斯耐心地把镶在箱子上的铜条全部撬下来之后才打开了箱子。不过让他吃惊的是，箱子里面居然装着两个人。他们虽然还活着，但已经被海浪折磨得奄奄一息，这两个人正是达娜厄和珀耳修斯。阿克里西俄斯把他们关在箱子里面，然后丢到海里让他们送死。

狄克提斯救下母子两人，把他们领回自己的家中。他不仅给达娜厄收拾出了一间房子，而且还给她提供了养育孩子需要的各种物品。

当时，岛上的国王名叫波吕得克忒斯，此人是狄克提斯的兄弟。不过与善良的渔夫狄克提斯不同，他是一个冷酷无情、铁石心肠的家伙。波吕得克忒斯不仅痛恨天下所有的女人，并且还发誓终身不娶。可是自从见到达娜厄的那一刻起，他就立刻为达娜厄的美貌所征服，想要娶她为妻。

达娜厄断然拒绝了这个家伙，不过他依然痴心不改，并且开始威胁她。国王这样做不但没有什么效果，而且还让这名年轻的母亲心中对他充满了深深的厌恶。

时光荏苒，珀耳修斯一天天长大，成为一个相貌、智慧和力量都无人能敌的英俊少年。与此同时，波吕得克忒斯始终没有放弃要娶达娜厄为妻的念头，并且不断给她施加压力。不过，现在波吕得克忒斯不但要面对达娜厄的拒绝，还要顾忌来自珀耳修斯的反对。这个年轻人无所畏惧地保护着自己的母亲。

终于有一天，波吕得克忒斯意识到珀耳修斯已经成为自己的眼中钉，必须除掉。在他看来，这样做不仅能够让达娜厄失去保护，而且也会让她因为失子之痛而心碎，如此一来，她就再也没有力气对抗自己的纠缠了。于是，波吕得克忒斯开始实施一条诡计，他把岛上所有的头面人物都召集到宫中，珀耳修斯也在其中。

波吕得克忒斯宣布："我不再想娶达娜厄为妻，我想向皮萨国王俄诺玛俄斯的女儿希波达墨娅求婚。不过，我只是一个小岛的国王，不想在强大的皮萨国王面前显得寒酸。如果要想打动他，就必须给他送上厚礼。所以，我想让你们每人献出一匹马，我要送给俄诺玛俄斯。"

除珀耳修斯外，在场的人都答应了这个要求。珀耳修斯难过地说："我没有马，也没钱买马。你可以要别的东西，只要你想要，无论什么都行。我很高兴你打消了娶我母亲为妻的念头，所以，即便你想要美杜莎的头，我也会拿来给你。"

当时的人都知道，美杜莎是一个人人都害怕的蛇发女妖，她的头具有巨大的魔力，看到的人都会变成石头。也就是说，无论谁都无法砍下她的脑袋。珀耳修斯刚才之所以那样说，不过是为了表达他愿意效忠的决心罢了。

没想到波吕得克忒斯听到以后，立刻趁机大声说："太好了！我想要的礼物就是它！你去把蛇发女妖的头砍下来给我，我保证从今以后，再也不会为难你的母亲。"

珀耳修斯听到他出人意料的回答，简直惊呆了。他强压着怒火，冷冷地看着波吕得克忒斯说："你想要美杜莎的头没有问题，我现在就出发。"说完，他昂首挺胸地走了出去。

随后，波吕得克忒斯满脸讥笑地对自己的朋友们说："我不再需要你们的马了。一切都在我的计划之中。珀耳修斯现在要去送死，就剩下达娜厄一个人了，我肯定能把她搞到手。"

的确，珀耳修斯给自己不小心找的这个任务不但无法完成，而且很可能会让他丢掉性命。因为只要看一眼那个可怕的蛇发女妖，他马上会变成一具没有生命的石像。

美杜莎和她的两个姐妹住在世界尽头茫茫大海中的一座岛屿上，她们都是恐怖的怪物，长着巨大的黑色翅膀和凶残的爪子，全身布满鳞片。她们头上没有头发，而是一团缠绕在一起的毒蛇。这些蛇的嘴里吐着信子，长着两颗巨大的毒牙，面目狰狞可怕。无论谁看见她们，都会立刻变成石头，哪有人能够砍掉这些邪恶怪兽的脑袋呢？让珀耳修斯去完成这样一件必死无疑的任务，波吕得克忒斯怎么可能不幸灾乐祸呢？

不过，珀耳修斯毕竟是人与众神之王宙斯的儿子，宙斯绝不会眼睁睁看着自己的孩子去送死，他命令赫尔墨斯和雅典娜去帮助这位年轻人。赫尔墨斯送给珀耳修斯一把用坚硬的钻石打造而成的剑，锋利无比，削铁如泥，可以一剑砍下美杜莎的脑袋；雅典娜送来一面打磨得光亮无比的盾牌，像镜子一样闪闪发光。

"你千万不能看美杜莎的脸，"雅典娜告诫珀耳修斯，"你要看着盾牌上的影子把她的脑袋砍掉。"

然后，雅典娜把珀耳修斯带到了萨摩斯岛，那里立着三个蛇发女怪的等身像。

"这个女妖就是美杜莎，"女神边说边指给他看，"我告诉你这些，是防止你误杀了她的另外两个姐妹。这两个姐妹都长生不老，你不仅杀不死她们，还可能会为她们所杀。即便是单单砍下美杜莎的脑袋，如果你的装备不足，也会碰到巨大的危险。所以，你还要去找冥府三女神，她们会给你完成使命的法宝。不过她们到底住在什么地方，只有格莱埃三姐妹知道，我和其他任何人都无从知晓。这三个面目丑陋的老太婆住在赫斯珀里得斯附近，她们都是美杜莎的姐妹，肯定不会告诉你冥府三女神的行踪，除非你能够让她们听从你的意愿。"最后，雅典娜把珀耳修斯领到寻找格莱埃三姐妹的路上，说他一定能够把她们认出来，因为她们只有一只眼睛、一颗牙齿，而且彼此共用。

在女神的帮助和鼓舞之下，珀耳修斯启程去寻找格莱埃三姐妹。

走了很长的一段路之后，珀耳修斯终于找到了格莱埃三姐妹。当时，一个女妖正准备把眼睛取出来交给另一个姐妹，就在那一瞬间，她们谁也看不见东西。

珀耳修斯抓住时机，把手掌伸到女妖张开的拳头下面，就这样，眼睛刚好落到了他的手上。他攥紧拳头，大声叫道："你们的眼睛在我的手里。想拿回眼睛，你们必须告诉我在哪里才能找到冥府三女神！"

对格莱埃姐妹来说，这是一个意想不到的打击。她们万分恐惧，神情慌乱，她们的手慌慌张张地到处乱抓，希望能够抓住珀耳修斯。不过，她们无论如何也不想告诉珀耳修斯冥府三女神的行踪，因为三女神保管着珀耳修斯想要的三件宝物：长飞翅的鞋子、冥王哈迪斯的头盔和有魔力的背囊。格莱埃三姐妹十分清楚：不管谁得到这些宝物，都能够杀死她们的姐妹美杜莎。

三姐妹意识到不能用武力夺回眼睛，便转而开始哀求珀耳修斯。珀耳修斯回答道："告诉我在哪里才能找到冥府三女神，不然我就把你们的眼睛扔到大海里。"

"千万不要，那样会要了我们的命！"格莱埃姐妹恐惧地哀求道，"求求你把眼睛还给我们，不管你要什么，我们都会帮助你。只求你不要让我们告诉你冥府三女神的行踪。"

"这正是我想问你们的，"珀耳修斯回答说，"现在就告诉我，不然你们休想拿回眼睛。"

格莱埃姐妹小声商议了一会儿，还是拿不定主意。她们又继续哀求珀耳修斯把眼睛还给她们。

"马上告诉我答案，"珀耳修斯威胁道，"不然的话，我就把你们的眼睛踩成肉酱。"

出于害怕，三姐妹几乎异口同声地告诉了他在哪里能够找到冥府三女神。

"你们早该如此！"珀耳修斯大声喊道，"现在把你们的眼睛拿去，再见！"

于是，珀耳修斯很快找到了冥府三女神。他把自己的使命告诉了三女神，她们很愉快地把三件宝物交给了他。长飞翅的鞋子可以让珀耳修斯在天空中飞行，冥王哈迪斯的头盔能够让他隐身，有魔力的背囊可以根据放在里面的物体大小自由伸缩。

"你可以把蛇发女妖的头颅装到背囊里，"三女神告诉珀耳修斯，"即便头被砍掉了，她的目光还是能把看到的人变成石头。"

说完，她们和珀耳修斯挥手道别并祝他好运。

珀耳修斯带着宝物飞向天空，飞行鞋使他飞得又快又稳，不一会儿就飞到了美杜莎所在岛屿的上空。他戴上头盔让自己隐身，从半空中辨认着那三个邪恶的怪物，在她们的四周和岛上的其他地方，到处都是被变成石头的人像。这些石头矗立在那里，任凭风雨的侵蚀。珀耳修斯看了看盾牌上的影子，发现三个女妖正在睡觉。他迅速降低高度，立刻认出了蛇发女妖美杜莎。在这个紧要的关头，雅典娜一直守护在珀耳修斯的身旁，不但给予他勇气，而且随时准备为他指点迷津。

珀耳修斯小心地注视着盾牌上的影子，精确判断好距离后，一剑砍下了美杜莎的头颅。就在这时，飞马珀伽索斯从女妖的断头之处冲了出来，接着，巨人克律萨俄耳也跳了出来，他们都是美杜莎和波塞冬的后代，命中注定要等到一个英雄将美杜莎的头砍掉才能来到世上。

珀耳修斯把滴着血的头颅装进背囊，随即飞上了天空。蛇发女妖的尸体像一条受伤的蛇一样抽搐着，从岩石上慢慢坠入大海。尸体溅起的水花惊醒了美杜莎的两个姐妹。得知美杜莎已死，她们张开巨大的翅膀，立刻开始寻找凶手。她们先在地上寻找，然后又飞到了天空中。珀耳修斯穿着隐身衣，两

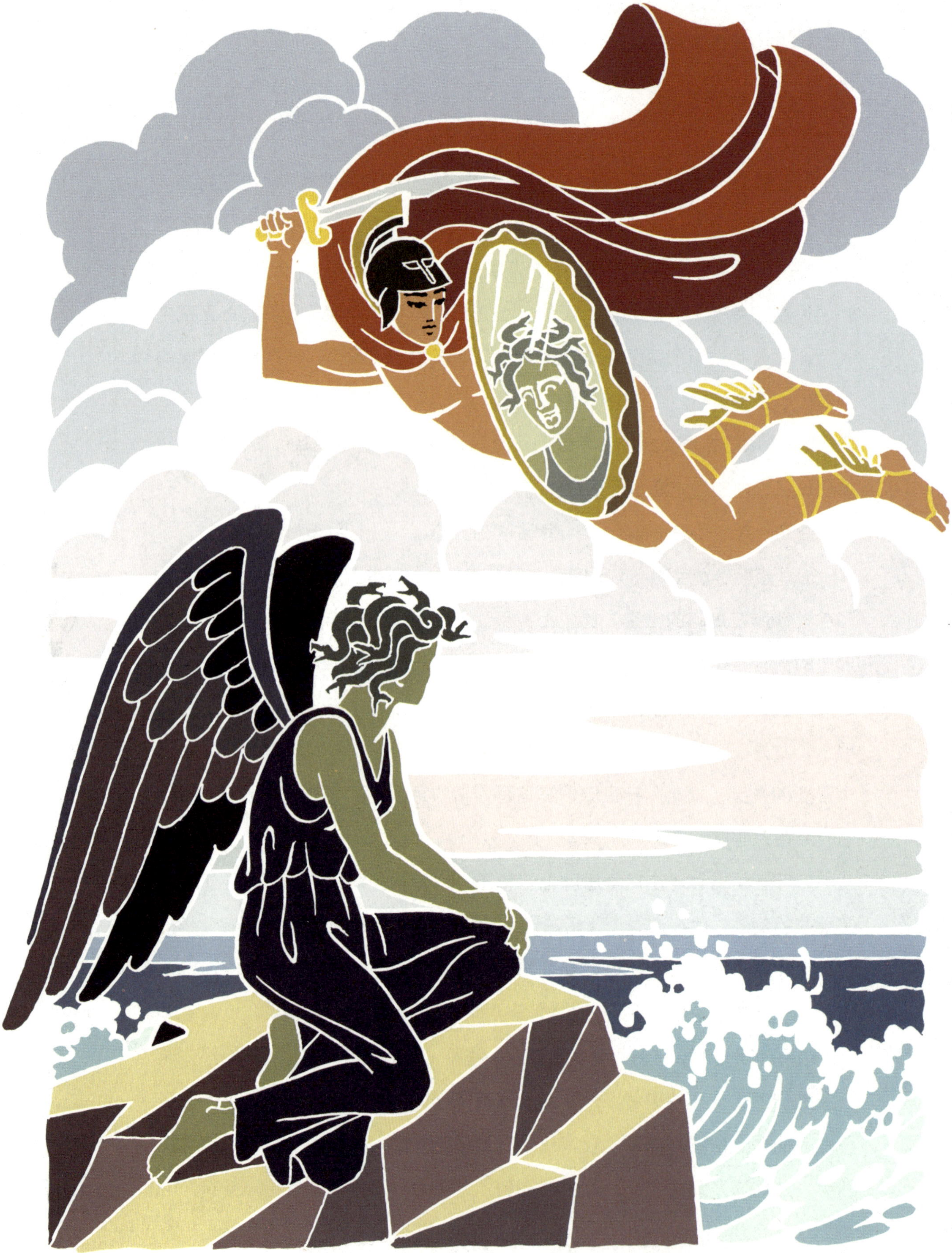

个蛇发女妖根本看不见他，她们只好失望地返回地面。

珀耳修斯在空中平稳地飞着，突然他被眼前出现的景象惊呆了：有一个巨人正把天空扛在自己的肩膀上，此人正是提坦巨神阿特拉斯。由于他在惊天动地的提坦之战中与众神作对，万能的宙斯判处他永远身负千钧重担。

惊叹于阿特拉斯的神力，珀耳修斯重新返回地面，他来到巨人的身旁，想亲眼看一看这个世界上最力大无比的神灵，不料却遭到了提坦巨神的冷遇。因为按照预言，将来有一天，宙斯的儿子要到赫斯珀里得斯的花园里偷金苹果。虽然那里有骇人的巨龙拉冬看守，但是阿特拉斯仍然担心着金苹果的安全。

因此，从看到珀耳修斯的那一刻起，阿特拉斯立马警觉了起来，盘问他是谁、为什么要来到如此人迹罕至的偏远地带。

"我是宙斯的儿子珀耳修斯，我从……"

阿特拉斯立刻打断了他。一听见珀耳修斯说"宙斯的儿子"几个字，他马上想到了金苹果的事，于是咆哮了起来："贼！你要偷走我们最珍贵的宝贝！马上从我眼前消失，不然我叫巨龙拉冬来把你撕成碎片！"

"我不是贼，"珀耳修斯回答说，"我不会从你这里拿走任何东西，我只是从这里路过，我刚刚杀死蛇发女妖美杜莎。你看，她的头颅就装在这个袋子里面。"

"你不光是贼，还是个骗子，"阿特拉斯反驳道，"美杜莎的头就在这个袋子里面？别吹嘘了，好像她的头随随便便就能砍下来似的！"

"我说的是真话！"珀耳修斯说，"你自己来看吧！"说完，他取出美杜莎可怕的脑袋给巨人提坦看。刹那间，恐怖的一幕在他的眼前发生了：阿特拉斯看到蛇发女妖的头颅，立刻变成了石头！他的身体变成了巍峨的山峰，头发和胡须化作了森林，脑袋变成了山顶，山顶之上是天空的苍穹。时至今日，这座山还一直被人们称作"阿特拉斯山"。

见到眼前发生的一切，珀耳修斯非常吃惊。他根本没有想到，这个没有生

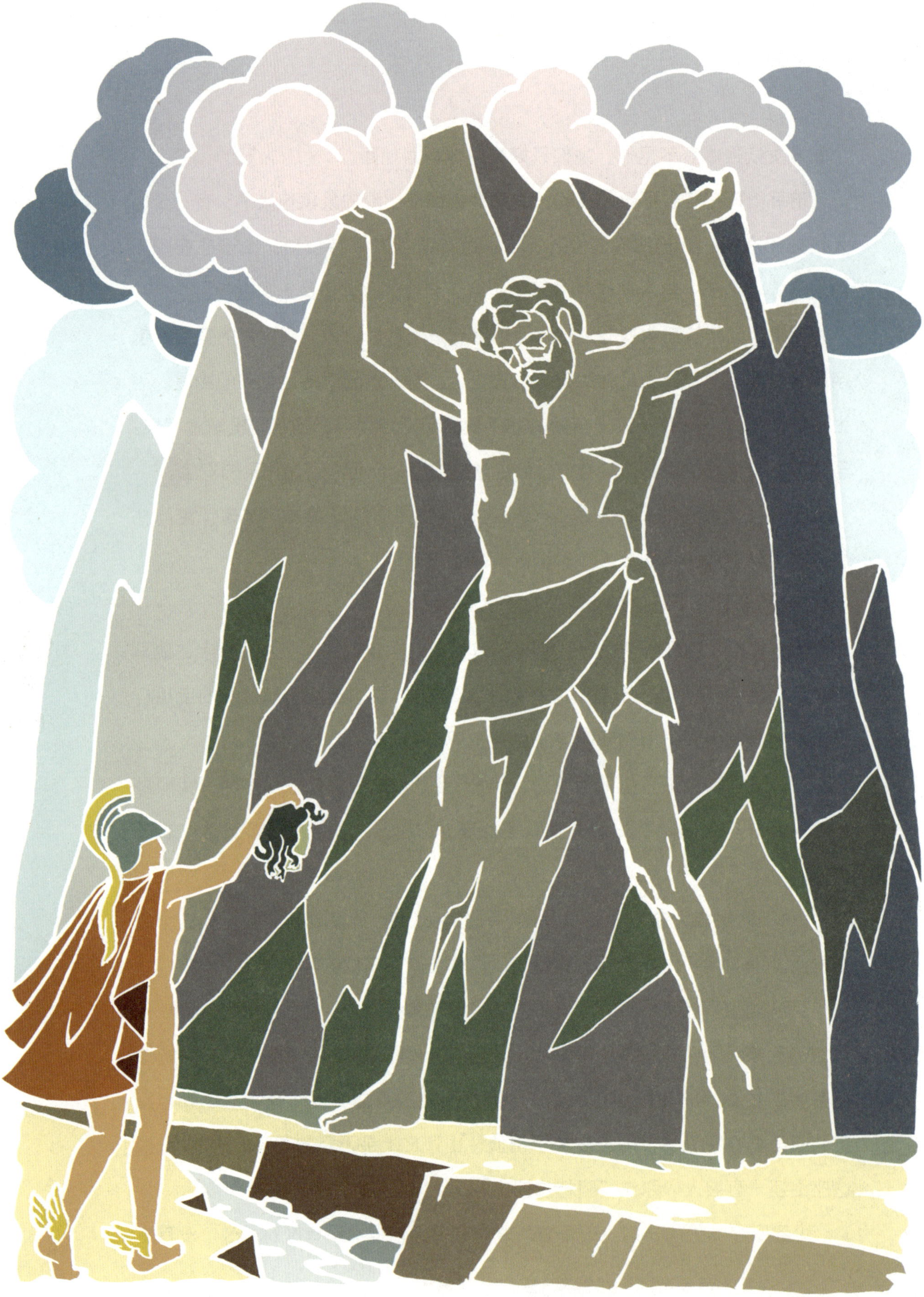

命的头颅居然还有这么大的威力，能够把永生不死的提坦巨神变成石头。为此，他不禁伤心了起来。珀耳修斯把头颅重新放回背囊，然后便飞走了。

故事讲到这里，人们可能会问：如果珀耳修斯把阿特拉斯变成了山峰，那么后来赫拉克勒斯怎么还能见到他在用肩膀扛着世界？关于这一点，大家一定要明白，神话故事的创作并非靠某一个人之力，也并非来源于一时一地。希腊神话故事里面有很多自相矛盾的地方，最让人吃惊的可能就是有关阿特拉斯的传说。关于这一点，我们也要仿效古人那样免受其扰，不要仅仅因为逻辑上的原因就毁掉一个神话传说。

好了，下面继续我们的故事。

珀耳修斯继续往前赶路，最后来到了埃塞俄比亚的海岸。突然，他从空中看到岸边黝黑的岩石上有一个白点。出于好奇，他立刻降低了飞行的高度。

"哇，多美的雕像啊！"飞近之后，他不由得惊呼起来，"这是哪位伟大雕刻家的作品？"

可是等他飞得越来越近，竟然发现"雕像"的头发在风中摆动。原来那不是一尊石像，而是一个活生生的少女，她被锁在岩石上，正在伤心地哭泣。

珀耳修斯回到地面，向女孩走去，询问她叫什么名字、为什么一个人独自待在那里。不幸的女孩一边哭，一边给他讲述自己的悲惨经历。

"我叫安德洛墨达，"她说，"是这里的国王克甫斯的女儿。唉！他们把我绑在这里让我接受惩罚，可我并没有什么过错。都怪我母亲卡西俄珀亚，她竟敢和老海神涅柔斯可爱的女儿涅瑞伊得斯姐妹比美，甚至还争辩说自己比她们更美。仙女们不甘心受此侮辱，没去找好脾气的父亲发牢骚，反而去找了海洋之神波塞冬。海神听说此事后，立刻暴跳如雷。为了惩罚我们，他用骇人的大洪水冲毁了这里的一切。洪水退去后，他又派出海怪来这里继续搞破坏。由于灾难无休无止，人民都陷入了绝望。我父亲去求神谕，看看到底怎样做才能让国家摆脱厄运。结果被告知，要让灾难停止，只有让海怪吃掉他的女儿。对我母亲而言，这是对她最严厉的惩罚，因为她爱我胜过爱自己的生命。虽然我父母永远不会听别人的劝告主动把我送给海怪吃掉，但是，人民已经再也无法忍受这无休止的厄运了。他们一起反抗我父亲，强迫他把我交出去。就这样，我被他们绑在了岩石上。唉！我在这里等着海怪来把我撕成碎片。"

安德洛墨达说完，珀耳修斯的眼睛已经噙满了泪水。他已经爱上了这个美丽的少女，想不顾一切地救她的性命，还想让她做自己的妻子。就在他考虑应该如何向她袒露心扉的时候，女孩又开口说话了。

"救救我，陌生人。只要你愿意，我情愿做你的奴隶。即便你自己不想要我，也请你救了我，我将永远感激你。啊，我到底在说什么？我在乞求你做我自己也不想发生的事情——如果你把我从这里带走了，妖怪就会来继续祸害我们的国家。"说完这些，她又为自己的命运流下了痛苦的泪水。

"不要哭，可怜的姑娘，"珀耳修斯说，"我是宙斯的儿子珀耳修斯，我要先杀死海怪，然后还你自由。"

姑娘的脸上立刻燃起了希望。她的父母也赶来了，听到珀耳修斯的话，他们立刻跪在了他的面前。

"求你救救我们的女儿吧，陌生人！"他们乞求说，"无论你想要什么作为回报，我们都会给你。即使是我们整个王国，我们也很乐意送给你。"

"我什么都不要，"珀耳修斯说，"我唯一的愿望是娶安德洛墨达为妻。"

克甫斯和卡西俄珀亚立刻激动地向阿佛洛狄忒发誓说，只要珀耳修斯能够杀死可怕的海怪，他们就会把女儿嫁给他。

就在这时，海水翻腾了起来，漩涡中出现了一条长长的黑色脊背，沉下去，又浮上来。不一会儿工夫，海怪恐怖的身躯整个浮出了海面。安德洛墨达看到后，立刻发出一声尖叫，克甫斯和卡西俄珀亚也害怕地紧紧抱在一起。海怪迅速游了过来，身后拖出一道长长的水迹。

安德洛墨达和她的父母惊慌失措地注视着珀耳修斯，就在这千钧一发之

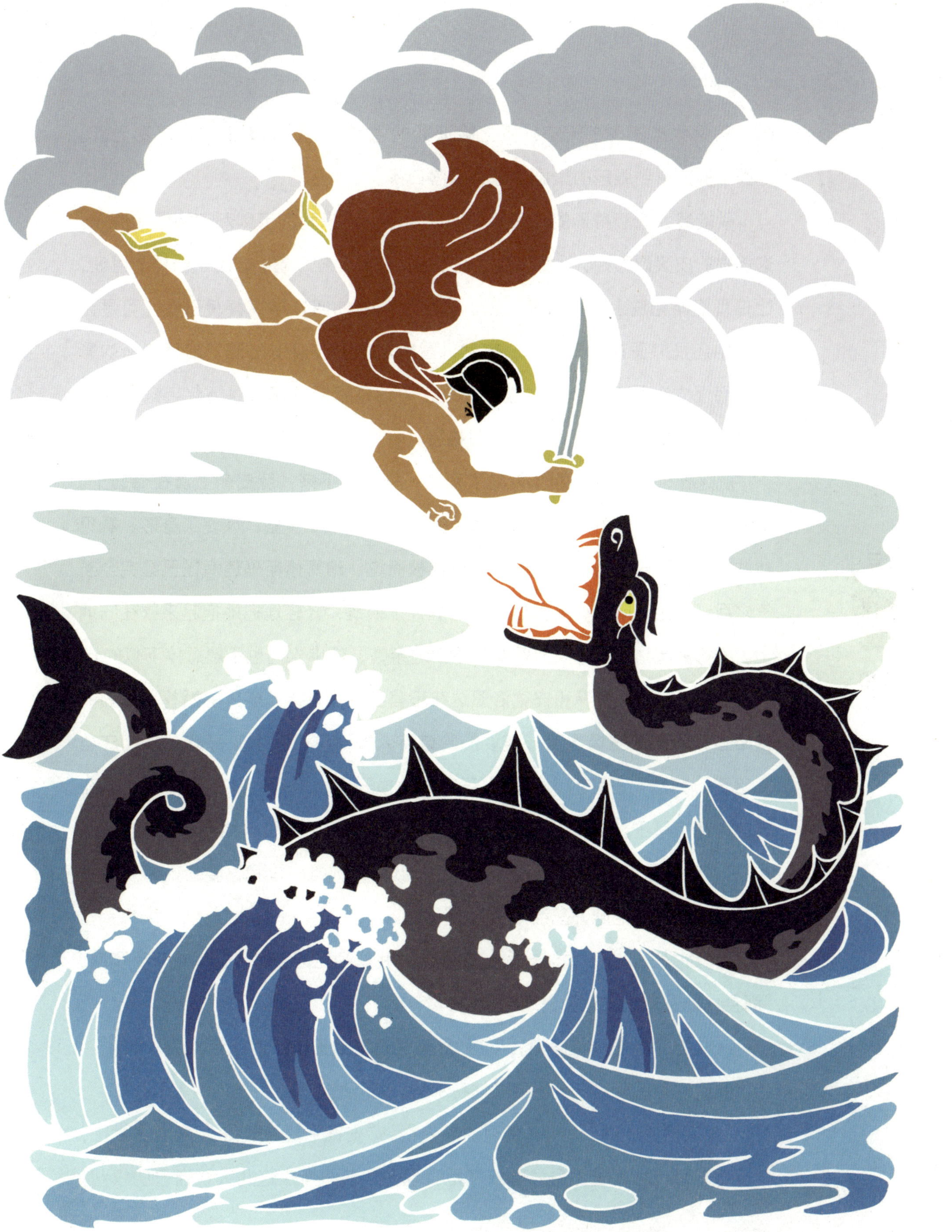

际，只见他迅速飞上天空，戴上哈迪斯的隐形头盔，立刻消失得无影无踪。地面上的人看到眼前的景象都惊得目瞪口呆。

紧接着，隐蔽身形的珀耳修斯冲向海怪，用锋利的宝剑刺向海怪的脖子。这怪物的皮又厚又硬，受伤以后，海怪的身体疯狂摆动着，掀起山一样的巨浪，让珀耳修斯无法上前再给其一击。海怪发疯似的四处寻找着袭击者，可是无论空中还是海面都一无所有。突然，冒着泡沫的波浪上出现了珀耳修斯的影子，海怪立刻凶狠地扑了过去，此举正中珀耳修斯下怀。他扬起宝剑刺向海怪的头部，剑柄深深没入这家伙的脑袋。

就这样，海怪的身躯像被施了魔法一样瘫软下来，肚皮朝上漂在海面上。珀耳修斯从空中降落到海怪布满鳞片的身体上，取下头盔，恢复了身形。看见他站在那里，安德洛墨达和她的父母喜极而泣。珀耳修斯确信海怪已经完全断气之后，马上奔向安德洛墨达，迅速解开了锁链，轻轻地把她抱起来放在陆地上。安德洛墨达的父母则抱紧女儿不断地亲吻，仿佛永远也不愿意停下似的。

第二天，珀耳修斯和安德洛墨达在王宫的大厅举行了盛大的婚礼，王国的各路首领均悉数到场祝贺。英俊的吟游诗人拨动琴弦，引吭高歌，婚礼庆典开始了。突然，王宫的大门被人轰的一声撞开了，歌声也随之戛然而止，在场的人都惊呆了。只见国王的兄弟菲纽斯带着士兵，大踏步地冲了进来。

"这究竟是怎么回事？"菲纽斯大声问道，"你答应过我，要让她做我的妻子，现在你竟敢把她许配给陌生人！"

"是我救了安德洛墨达一命。你竟敢说我是陌生人？！"珀耳修斯反驳道，"而且，她父母也发过誓说她是我的！"

"什么？"菲纽斯咆哮道，"你们居然违背了自己神圣的承诺？！"

此刻，克甫斯和卡西俄珀亚站在那里，默不作声。

"大家都听我说，"一位贤明的长者说，"安德洛墨达现在还能活在世上，要多亏珀耳修斯冒着生命危险救了她。现在，菲纽斯来这儿大谈自己的权利。

可是菲纽斯，你还有什么权利可言？！安德洛墨达被绑在礁石上的时候，你在什么地方？你为什么不来杀死海怪？为什么自己逃之夭夭，甚至连一句安慰的话也没有？到底是谁毁掉了婚约？是安德洛墨达的父母，还是你的胆小懦弱？你现在有什么权利来这里把她带走？靠武力吗？安德洛墨达是珀耳修斯的。现在不管谁有异议，只需要问问姑娘自己的意愿就行了。"

"是的，问问她吧！"珀耳修斯大声喊道。

"问她吧！"安德洛墨达的父母附和道。

"父亲，"安德洛墨达说，"谁救了我，我的生命就属于谁。我要那个人做我的丈夫。"

"休想！"菲纽斯怒吼道。话音刚落，他就把长矛投向了珀耳修斯。

珀耳修斯对此早有预料，他闪身躲过长矛。但是飞过来的长矛正中吟游歌手的胸膛，年轻人立刻倒下，身体砸在琴上，琴弦也发出了最后一声悲鸣。

珀耳修斯拔剑自卫，来客中的很多年轻人也站到了他的一边，混战随之展开。菲纽斯的人一个接一个倒在了地上，但是他所有的人马都已经倾巢出动。随着珀耳修斯一方的支持者纷纷倒地，战斗很快就变得寡不敌众。

看到形势不妙，吃惊的雅典娜女神立刻赶来帮助，她用盾牌保护着珀耳修斯免受伤害。但是，长矛和刀剑仍然像雨点一样向他倾泻下来。很快，就只剩下他独自一人在孤军奋战。这个宙斯勇敢的儿子背靠柱子，誓死抵抗。这是一场毫无胜算的战斗，除非……

就在这时，只听他大喊一声："凡是我的朋友，把你们的眼睛转向一边！"

说完，他从有魔力的背囊里面取出美杜莎的头颅，面朝敌人高高举起。刹那间，菲纽斯的人都被变成了石像。一些人正准备投掷长矛，还有一些人手握宝剑正准备冲锋。

现在只剩下菲纽斯一人还活着。目睹了发生在同伴身上的厄运，他吓得跪在珀耳修斯的脚边，乞求得到他的宽恕。但是珀耳修斯毫不犹豫地伸出蛇发女妖的头颅，将他也变成了石头。就这样，菲纽斯永远保持着一名战士被困时最可耻的姿势——奴颜婢膝，祈求宽恕。

珀耳修斯娶安德洛墨达为妻后，不能在克甫斯的宫殿久留，他需要尽快返回希腊。于是，安德洛墨达挥泪辞别父母，跟随丈夫出发了。

到达塞里福斯岛后，珀耳修斯第一时间前往狄克提斯简陋的住处寻找母亲。

"简直让人难以置信！"狄克提斯见到珀耳修斯后大叫了起来。然后他双膝跪地，激动地亲吻着英雄的双手。

"要是你听说我砍了美杜莎的头，就更不会相信了，"珀耳修斯说，"快告诉我，我母亲怎么样？"

"你母亲被波吕得克忒斯关起来了！"狄克提斯说。

狄克提斯话音未落，珀耳修斯便立刻冲了出去寻找那个邪恶的国王。这时候，国王和一群狐朋狗友正在宫殿外面闹哄哄地大快朵颐。看到珀耳修斯走到身旁，所有人都惊得站了起来。根本没有人想到会再次见到他，尤其是波吕得克忒斯。

"你好大的胆子，还敢回来！"波吕得克忒斯叫道，"我叫你去把美杜莎的头拿回来！"

"我取回来了！"

波吕得克忒斯听到珀耳修斯的话，发出了一阵嘲笑声。他的朋友们也立刻附和着他，一起嘲笑大英雄珀耳修斯。

"快听听！"他们嘲笑道，"他说把蛇发女妖的头带回来了？！啧啧啧！"他们一边起着哄，一边用手指着他。

于是，珀耳修斯伸手从背囊里面取出了那个邪恶的头颅。

"你们看，"他大声叫道，"让你们嘲笑我！"

顷刻之间，这些人都化成了石头，脸上永远保持着嘲笑的样子。就这样，这个岛上的每个角落也遍布了石像。今天的塞里福斯岛布满岩石，人们说那是由于这些石像经过长时间的风吹雨打，逐渐受到侵蚀破碎而成的。

有关菲纽斯和他的士兵还有一个更加令人印象深刻的传说。据说在巴勒斯坦约帕市，当地人经常指着一个立着高大石头的地方，说那些石头就是菲纽斯和他的士兵们变成的。罗马皇帝马可·奥勒利乌斯还把一些酷似人形的石头搬到了罗马，借此提醒国人，要铭记珀耳修斯的英勇事迹。

下面继续我们的故事。

珀耳修斯救出母亲后，让狄克提斯做了塞里福斯岛的国王，自己则带着达娜厄和安德洛墨达返回阿尔戈斯城。回到那里以后，珀耳修斯立刻去找雅典娜，向她的帮助表示感谢，而且还把美杜莎的头送给她。作为装饰，雅典娜把女妖的头装在了自己的盾牌上。接着，他又去找冥府三女神，把长飞翅的鞋子、冥王哈迪斯的头盔和有魔力的背囊还给了她们。

珀耳修斯返回阿尔戈斯城之后，他的祖父阿克里西俄斯早已不见了踪影。由于害怕神谕真的应验，阿克里西俄斯放弃了王位，逃往塞萨利的拉里萨。他离开后，珀耳修斯做了阿尔戈斯城的国王。

此后不久，拉里萨举行了一场盛大的运动会，全希腊的选手都来参加比赛，珀耳修斯参加了掷铁饼的比赛。这位英雄力量惊人，他掷出的铁饼飞出体育场，正好砸在一个路人的头上，那人当场毙命。而这个路人恰恰就是阿克里西俄斯。就这样，神谕真的应验了——阿克里西俄斯死于自己外孙之手。

珀耳修斯满怀悲伤和羞愧地返回阿尔戈斯城。这件事发生后，尽管阿克里西俄斯之死纯属意外，但珀耳修斯再也无心坐在外祖父的王位上。凑巧的是，在附近的梯林斯，普罗托斯刚刚让他的儿子米格潘西士继承了王位。

阿克里西俄斯和普罗托斯的继承者之间的善意化解了他们父辈之间的仇恨。不久，他们达成协议，由米格潘西士来执掌阿尔戈斯城的王位，而珀耳修斯将执掌梯林斯的王位。

珀耳修斯被称为"迈锡尼的缔造者和首任统治者",迈锡尼是神话时期最富庶、最繁荣和最伟大的城市。珀耳修斯看到迈锡尼离梯林斯不远,而且位置极佳,于是决定建造防御工事并迁都于此地。

在修建迈锡尼的过程中,珀耳修斯得到了库克洛普斯的巨大帮助。据说,只有这些独眼巨人才能搬起用于修造迈锡尼城墙的巨石。从那以后,迈锡尼的城墙被人们称为"库克洛普斯城墙",这个称呼一直沿用至今天。

珀耳修斯和安德洛墨达在一起生活了许多年,他们一共生了七个孩子。

他们最大的儿子珀耳塞斯是波斯的首任国王,同时也是这个伟大民族的创始人;后来,他们的二儿子厄勒克特律翁成为迈锡尼的国王;他们的女儿阿尔克墨涅则是希腊神话大英雄赫拉克勒斯之母。

正如我们已经看见的那样,所有这些国王、英雄和王朝的缔造者都是阿尔戈斯城的建造者和首任国王河神伊纳克斯的后代。

如果我们梳理一下这个伟大家族的成员,其成员的谱系如下:第一代是伊纳克斯,第二代是伊娥,然后是厄帕福斯,接下来分别是利比亚、伯洛斯、达那俄斯、许珀耳涅斯特拉、阿巴斯、阿克里西俄斯、达娜厄和英雄珀耳修斯,珀耳修斯之后是厄勒克特律翁、阿尔克墨涅以及宙斯的伟大儿子赫拉克勒斯……一共有十四代人。

珀耳修斯和安德洛墨达和平地统治着迈锡尼。依照宙斯的意愿,他们死后没有下冥界,而是升上了天庭。在晴朗的夜空中,人们借助于星系图的帮助,很容易看见珀耳修斯星座(英仙座),它的旁边是安德洛墨达星座(仙女座),稍远一些便是克甫斯星座(仙王座)和卡西俄珀亚星座(仙后座)。由于婚后再也没有见到自己的父母,安德洛墨达临终前悲伤不已。于是,天地的伟大统治者宙斯便将克甫斯和卡西俄珀亚夫妇的星座安排在女儿的星座旁陪伴她。

第四章

坦塔罗斯之子：珀罗普斯

今天,参观奥林匹亚考古博物馆的人都会怀着敬畏之心站在两座雕像前,这两座雕像曾经被用于装饰宙斯的神庙。东侧的雕像描绘了珀罗普斯和俄诺玛俄斯的战车比赛场景,西侧的雕像描绘了肯陶洛斯人和拉庇泰族人的战争场景。就算只是因为雕像上刻画的精美艺术,这两个神话传说也值得传颂。

在开始讲述珀罗普斯和俄诺玛俄斯的故事之前,需要介绍一下珀罗普斯的父亲——坦塔罗斯。

弗里吉亚位于小亚细亚的圣山特摩洛斯山下,弥达斯曾是弗里吉亚的国王,如今的国王是坦塔罗斯,他是宙斯和海洋女神普鲁托的儿子。

坦塔罗斯拥有统治者想拥有的一切,土地肥沃,作物丰盛,肥美的草场遍是弯角公羊领头的牧群,骑手们在健美的马背上将牧群驱赶至其他牧场。每天,坦塔罗斯统治的首领们都会将丰厚的礼物送往王宫,除了财宝还有从帕克托洛斯河旁的高山流出的金子,帕克托洛斯河是世界上含金量最高的河流。

不止如此,坦塔罗斯还是和诸神关系最为亲密的人类,奥林匹斯的神仙经常到他的金色王宫吃喝玩乐,有时也邀请他到奥林匹斯山享用神灵的美食美酒。

宙斯十分喜爱这个儿子,甚至邀请他参加奥林匹斯神灵们的会议,共同决定人类的命运。

但宙斯和诸神对坦塔罗斯的疼爱让他过于骄纵、目中无人,他开始将自己视为他们的领导者,渐渐地不再尊重他们。他将神灵们的美食美酒带回凡间,与朋友共享,将神灵们的秘密透露给凡人,以彰显自己尊贵的身份。宙斯警告他,如果想要继续保持和奥林匹斯山诸神的友谊,行事要更加小心,但坦塔罗斯以傲慢的口吻回复道:"我想做什么就做什么,我是强大的统治者,不会接受任何人的建议。"

宙斯对坦塔罗斯的态度感到不满,但他深爱着自己的儿子,所以没有对其施以惩罚。

这样一来,坦塔罗斯做出了更加不敬的事:他向诸神撒谎,发誓称不知

诸神心爱的金色猎犬——莱拉普斯的下落，但实际上他不仅知道，而且就是他将猎犬藏了起来！

宙斯听闻儿子的所作所为后非常生气，但他的父爱又一次战胜了怒火，坦塔罗斯再次逃过一劫。

坦塔罗斯不仅没有感激宙斯的仁慈，还将其视为软弱的表现。他高估了自己，相信证实权力真正的方法就是犯下最可恶的罪行后不受任何惩罚。

这个可怕的念头一旦出现，坦塔罗斯便开始绞尽脑汁地想象最残酷、最可怕的行为，不久他就找到了：他决定杀死自己的儿子来宴请诸神。他这样做不仅为了羞辱他们，还要向世界证明，奥林匹斯神并不像人类心中所想的那样无所不知！

坦塔罗斯邀请众神来到王宫，向他们提供了世界上最卑鄙的肉。

但没有神灵上当受骗：肉盛上来的那一刻他们就已知晓并拒绝享用。此刻，所有人的目光都投向了宙斯，这位诸神及凡人的统治者脸上写满了愤怒，

天地间顿时电闪雷鸣。这种罪行绝对不能纵容。宙斯厌恶地看了看坦塔罗斯，便将其打入地狱，让其永远经受酷刑。

受罚的坦塔罗斯站在清澈的池塘中，很快便感到口渴，但当他蹲下前倾喝水时，池塘顷刻间又消失了，只留下干涸的土地。等他一站起来，水又出现了，高度及腰。就这样，坦塔罗斯一次次地想要缓解口渴，他干裂的嘴唇却没能沾到一滴水，坦塔罗斯要永远遭受喝不到水的惩罚。

不仅如此，他还要永远忍受饥饿。在他头顶的树枝上长有鲜美的水果，饥饿的坦塔罗斯想要伸出手去摘，但树枝太高，他一次次尝试，一次次失败。

虽然这些惩罚令他难以忍受，但这还远远不够，坦塔罗斯还得忍受另一项惩罚：他的头顶悬有巨石，摇摇晃晃，似乎会随时掉落，碾压坦塔罗斯。每当石头摇晃或发出声响，坦塔罗斯便十分恐惧，但这块石头永远也不会坠落，而他将永生忍受无尽的恐惧。

宙斯目睹了残忍的坦塔罗斯因自己的罪行受到了应有的惩罚，便吩咐赫尔墨斯将餐桌上坦塔罗斯儿子的身体碎片收集起来，冲洗干净后，重新拼在一起。赫尔墨斯认真娴熟地照做了，但他发现肩膀有一块肉找不到了。原来，这块肉已经被德墨忒尔吃掉，她失去了自己的女儿珀尔塞福涅，心烦意乱之下误食了这块肉。不过，赫尔墨斯用一块巧夺天工的象牙进行了代替，最后由宙斯赋予尸体完整的生命。

诸神拯救的这个年轻人名叫珀罗普斯,他的肩膀上有一块象牙。直到现在人们还说身体上有白色记号的人都是珀罗普斯的后代。

珀罗普斯继承了父亲的王位,但是统治时间并不长。因为他在战争中败给了特洛伊国王伊洛斯,被迫逃出自己的国家。

珀罗普斯带着自己的妹妹尼俄伯和几个好友,向西方的希腊逃去。

最终,他来到了奥林匹亚附近的比萨,这里的国王是俄诺玛俄斯。

俄诺玛俄斯有个美丽的女儿,名叫希波达墨娅,但他并不打算让女儿出嫁,因为先知曾警告说,他注定会被希波达墨娅的丈夫杀死。为了逃过这一预言,俄诺玛俄斯决定杀掉所有想迎娶公主的男人,并警告未来的求婚者:要想迎娶公主,必须先在战车比赛中打败他,失败的人还会死在他的长矛之下。

比赛结果总是一边倒:国王总是赢,对手总是输。因为国王的战马比狂野的北风还快,而且他还是全希腊最好的战车驾驶者。

尽管如此,还是有十三个求婚者为希波达墨娅的美貌所吸引而接受挑战,和比萨国王一决高下。结果他们全部战败,死在了国王的长矛下。

现在,珀罗普斯也决定挑战俄诺玛俄斯,因为他也迷上了希波达墨娅,而深爱着珀罗普斯的希波达墨娅乞求他不要去送死。

"他的战马是世界上最快的,没有一个希腊驾驶者可以和他匹敌,我宁愿你离开,永不见我,也不想你因我而死。"

珀罗普斯回答道:"我不会死的,俄诺玛俄斯反而会失去女儿。我的马是波塞冬所赠,它们和风一样快,诸神站在我这边,他们会帮我赢得胜利。"

珀罗普斯出现在俄诺玛俄斯面前,要求他将公主嫁给自己,并表示自己做好了参加战车比赛的准备。

俄诺玛俄斯回答道:"很好,既然你不珍惜自己年轻的生命,那我也没必要珍惜。我会像对其他人那样,让你提前一小时出发,但我的战车一旦超过你,

我便会杀了你。"

然而，珀罗普斯有赫尔墨斯的支持。

"我们花了那么大力气拯救了他，难道这么快就让他再次死去吗？"赫尔墨斯问道。

宙斯也有同样的想法，所以在宙斯的应允下，赫尔墨斯急忙找来自己的儿子弥尔提洛斯，他是比萨的首席御夫。

赫尔墨斯说："听着，弥尔提洛斯，这次我想让俄诺玛俄斯死，而不是他的对手。你要确保比赛过程中他的战车出现问题。"

弥尔提洛斯像他父亲一样狡猾，不久便想出了办法。

当晚，他就找到俄诺玛俄斯的战车，取出了车轴和后轮之间的锁销，换了个蜡制的。

第二天一早，比赛就开始了。他们从奥林匹亚的宙斯神庙出发，向东一直跑到科林斯地峡，在黄昏之时到达当地的波塞冬神庙。

俄诺玛俄斯像往常一样让对手提前一小时出发，自己则向宙斯献祭。献祭完成时，珀罗普斯已经遥遥领先；俄诺玛俄斯跳上战车，闪电般地出发了。然而，珀罗普斯的战马速度极快，他驾驶了几个小时都没看到珀罗普斯的身影，焦虑的俄诺玛俄斯加快了速度。驾驶了这么久还没有超过对手，这对俄诺玛俄斯来说还是头一次。最终他看到前方珀罗普斯的战车，又恢复了自信。他的战马好似注入了新力量，速度加快，两人之间的距离逐渐缩小。珀罗普斯回头看到让人闻风丧胆的俄诺玛俄斯正像一道闪电向自己追来。

一场恶战开始了，珀罗普斯的战马疯狂地向前奔跑，好像知道自己正被可怕的敌人追赶。俄诺玛俄斯缩小了差距，但在诸神的帮助下，珀罗普斯的战马也加速了。两个对手你追我赶，他们十分清楚这是一场生死较量，所以心都提到了嗓子眼。俄诺玛俄斯又继续加速，疯狂地鞭打着战马，两人的差距又缩小了。珀罗普斯的战马已经用尽全力，两人的差距也越来越小。

没什么能阻止俄诺玛俄斯，他疯狂地在战车上跺脚，手中致命的标枪颤抖着。看到胜利以及对方临近死亡的一刻，他的脸上浮现出嗜血的喜悦。比赛的终点就在眼前，不远处就是波塞冬神庙。俄诺玛俄斯的速度更快了，珀罗普斯绝望地努力保持领先，但他的战马已经拼尽全力。他喊道："神啊！既然你们把我从父亲的愤怒中解救出来，那现在又为何抛弃我？"

不过诸神似乎真的遗忘了他，因为俄诺玛俄斯战车上的蜡制锁销依然像铁制般坚固，俄诺玛俄斯像飓风一样前进着，他的车轮在石路上留下深深的印记。俄诺玛俄斯等待的一刻终于到来了。他发出了一声令人毛骨悚然的呐喊，便准备将长矛射向珀罗普斯的后背。但就在此时，他的右车轮飞了出去，皇家战车翻倒，俄诺玛俄斯头朝地摔向石路，倒在地上死了。

这就是残忍的比萨国王的结局，也是战车比赛的结局。多亏了弥尔提洛斯，珀罗普斯才成了胜利者，迎娶了美丽的希波达墨娅，成为比萨的国王。

但是神话很少有圆满的结局，尽管神话的创造性很高，但并不像童话的结尾那样——"他们幸福地生活在了一起"。珀罗普斯的故事也是如此。

珀罗普斯得知救他的人是赫尔墨斯后，便修建了一座寺庙，以赫尔墨斯命名，这是世间第一座以神命名的寺庙。他也赐予了弥尔提洛斯奖赏。

"无论你想要什么，我都会给你。"还没等弥尔提洛斯表明自己的需求，珀罗普斯便说道。然而，弥尔提洛斯的答案让人厌恶：他想要珀罗普斯的一半国土，不多也不少。

给予这种奖赏让珀罗普斯很痛苦，他整夜都在犹豫。第二天一早，他便去找弥尔提洛斯，以为他丈量边界为由将他带到郊外。接着，珀罗普斯带他来到悬崖边，猛地将其推下崖底，弥尔提洛斯掉入了大海。

弥尔提洛斯坠落时诅咒了珀罗普斯和他的后代，珀罗普斯乞求赫尔墨斯保护自己免受诅咒，但赫尔墨斯没有回应，即便他之前救过珀罗普斯两次。因为珀罗普斯杀死的不仅是自己的儿子，还是珀罗普斯的救命恩人。

弥尔提洛斯的诅咒生效了，珀罗普斯和他的子孙都遭受了不幸，他们犯下了罪行，受到诸神严惩。尽管如此，"珀罗普斯"这个名字没有被人遗忘，这片土地以他的名字命名，从那以后便被称为"伯罗奔尼撒"。

以上就是奥林匹亚宙斯神庙东侧雕像上的故事，另一侧的雕像则讲述了拉庇泰族人和肯陶洛斯人的故事。

　　拉庇泰族人住在塞萨利，有个国王叫伊克塞翁。大多数人都说肯陶洛斯人是伊克塞翁和涅斐勒的后代。这个种族很奇怪，半人半马，性格野蛮，不过也有例外，比如喀戎，他很聪明，长生不老。神话中的许多人物都曾向他请教，甚至连阿斯克勒庇俄斯这样的神灵也向他请教医术。

　　肯陶洛斯人和拉庇泰族人是邻居，他们居住在皮立翁山，此前他们相处和谐。

　　拉庇泰族的现任国王是英雄珀里托俄斯，他为了庆祝自己和美丽的得达墨娅的婚礼，举办了一场盛大的宴会，邀请了全希腊所有的英雄。由于肯陶洛斯人的祖先曾经是拉庇泰族的国王，珀里托俄斯也邀请了他们及其领袖欧律提翁，并在宫殿附近的洞穴中热情款待了他们。

　　珀里托俄斯的奴仆在洞穴中放置了桌子，摆好了丰盛的美食和烈酒。然而，肯陶洛斯人并不知道烈酒须兑水后才能喝，便一饮而尽，很快就酩酊大醉。

欧律提翁变得十分冲动，不可控制。伴着嘈杂的脚步声，他跑出了洞穴，闯进了华丽的殿堂，想要掳走珀里托俄斯的新娘。这种行为不仅侮辱了新娘，还侮辱了珀里托俄斯。

受到此番侮辱的珀里托俄斯十分愤怒，脸色铁青，拿起剑便刺向欧律提翁，其他宾客也都纷纷照做，欧律提翁逃回了洞穴，满脸是血。

"看看珀里托俄斯做了什么！"他喊道，"走，我们去把他们的妻子掳走！"

这番话让醉酒的肯陶洛斯人冲进宫殿，抢掳拉庇泰族的女人。

拉庇泰族人再次拿起剑，一场恶战开始了。肯陶洛斯人将椅子、三脚凳、桌腿以及一切可以拿在手中的东西作为武器。很快，宫殿的墙壁上充满了打斗留下的痕迹。拉庇泰族人英勇地保卫着自己的女人，但有些肯陶洛斯人依然得逞，掳走了拉庇泰族女人，其他肯陶洛斯人跟在后面。

珀里托俄斯在前追着，他的同族和其他英雄紧随其后，空地上的战争像殿内一样激烈。肯陶洛斯人力量强大，搬起巨石朝英雄们砸去，还拿木棍攻

击他们。就在关键时刻,珀里托俄斯的好朋友——希腊英雄忒修斯赶来救援,他率先击败了欧律提翁,这让其他拉庇泰族人大受鼓舞。在这位雅典战士的带领下,他们重新鼓起勇气冲向肯陶洛斯人。

这场斗争血流成河,只有少数肯陶洛斯人逃到了山上,但也没活多久。之后的几年中,他们试图杀掉赫拉克勒斯,却为赫拉克勒斯的箭所伤,纷纷死去。

就这样,在森林中和山上生活的野蛮的肯陶洛斯人都消失了,最后连喀戎也死了。

第 五 章

五代人类的诞生

很久很久以前，早在人类文明萌芽之初，古希腊人曾说，永生的神祇其实先后五次创造人类，并非只有一次。

古希腊人认为第一代人过着幸福快乐的生活，而且他们是最接近神祇的一代，因此称他们为"黄金一代"，他们生活的年代也相应地被称为"黄金时代"。古希腊人说，黄金时代的人类彼此关系融洽，生活无忧无虑，平时既无战争破坏，又无天灾侵袭，他们的生活总是在欢愉中循环。他们甚至不知道何为劳累，何为生病，何为痛苦。漫长的岁月也没有令他们的生命之树枯萎，他们自始至终都那么年轻力壮。

在他们幸福地度过若干年后，死亡终于悄悄来到他们身旁，就像带领他们进入了甜美梦乡一样。他们在一生中几乎拥有想要的一切，因为人间简直就是天堂，硕果累累，物产丰饶，还有成群的牛羊在碧绿的草地上悠闲安逸地吃草。人们生活富足，不懂饥饿，也没有贫穷。

然而，由于当时统治世间的提坦巨神克罗诺斯犯下了滔天大罪，为了惩罚他，黄金一代遭到了彻底毁灭。不过他们死后都变成了永生的精灵，飘散在天地各处，无影也无形。他们惩奸除恶，维护正义，奖励善行。这是宙斯成为世间新一任主宰后对黄金一代的奖赏。

"白银一代"是居住在大地上的第二代人类。他们和黄金一代截然不同！他们软弱愚蠢，往往连自己的事情都处理不好，更不要说去帮助别人了。头一百年，他们简直就像需要母亲关怀的无助小孩，尽管那所谓的母亲关怀也时常不足。等他们终于长大了，他们的成人岁月却又十分短暂，因为他们黑白不分，善恶混淆，导致生活中总是充满痛苦与悲伤。他们无心劳作，彼此间又毫无温情可言，整天靠着你争我抢的方式浑浑噩噩地过日子，还时常爆发流血冲突、自相残杀。他们不再听从于神祇，也从不给他们献祭。

第二代人类的种种劣迹以及对神祇的极大亵渎，终于激怒了宙斯，他将白银一代的所有人全都打入了暗无天日、阴森可怕的地狱。这个惩罚也彻底终

结了整个"白银时代"。

克罗诺斯的儿子宙斯又创造了第三代人类,叫作"青铜一代"。他们中有一位伟大的君主名叫佩拉斯戈斯,因此他们有时也被称为"佩拉斯戈斯的后裔"。

"青铜时代"的人们个个威武雄壮,力大无穷。他们都是英勇无畏的勇士,面相可怖,身披耀眼的青铜铠甲,随时准备战斗。他们的武器和工具也均用青铜锻造,甚至房屋也用黄铜建造,这一切都因为那时的人们尚未学会使用铁器。他们不种地,靠打猎和采集野果为生,战争才是他们持久不变的伴侣。虽然他们伟岸的身躯和强大的力量并非天生,全靠神祇赐予,可是最后他们竟变得目中无人,浑身上下都充斥着愚蠢的傲慢自大。他们面露狰狞,飞扬跋扈,心肠也变得像石头一般坚硬。

然而，不管他们会变得多么强壮可怕，也始终逃不掉命运的枷锁。青铜一代的傲慢无礼令宙斯大感愤怒，他们全都坠入黑暗阴森的世界。因此，青铜一代同样再也见不到灿烂的阳光了。

现在，第四代人类诞生了。其中，赫拉克勒斯、忒修斯、伊阿宋、阿喀琉斯以及希腊神话里由无畏英雄们组成的整支伟大队伍简直令这个时代熠熠生辉。正是因为他们的不朽事迹，这个时代被赋予了一个响亮的名字："英雄时代"。

"英雄一代"比他们的祖先高贵正直，还和神祇一般美丽。永生的神祇们常从奥林匹斯山上下来和人们聚在一起，分享他们的喜悦，分担他们的忧愁，并支持保护着他们。人类中的不少国王和贵族的创立者就是某些神祇的血脉。在这一时期，宏伟而强大的城市拔地而起，欣欣向荣。其中，最著名的要数镀金的迈锡尼，其当时正是迈锡尼文明中的辉煌年代。

但是，世间没有任何事物是永恒的。即使这是一个英雄辈出的时代，它仍旧走向了衰落。为了抢夺俄狄浦斯王的财富，数不尽的战士在忒拜七座城门外永远地倒下了。

而在十年特洛伊之战中，更多的战士牺牲在了特洛伊城门前，他们曾从希腊的各个城市扬帆起航，只为抢回宙斯的女儿——美丽的海伦。当所有战士阵亡后，迈锡尼不复存在了，同样消逝的还有提伦斯、卡诺索斯、皮洛斯、伊娥尔科斯以及许许多多美丽的城市。后来，伟大的宙斯复活了所有牺牲的战士，并将他们带去了人类视线之外的极乐群岛。

极乐群岛在无边的海洋深处，在世界最远的地方。在那遥远的地方，谷物每年丰收三次，水果也像蜂蜜一般甜蜜，英雄一代过着没有痛苦折磨的幸福生活。

随着英雄们的消失，神话的时代也告一段落。宙斯创造的第五代人是"铁匠"，他们至今仍旧生活在我们这片富饶的土地上。

对第五代人而言，生活十分艰辛。他们必须勤劳工作才能勉强度日，生活中处处都是考验和难题。就连神祇们似乎也不喜爱这一代人，他们重新回到奥林匹斯山上，还把接连的灾祸和不满的怨气不断地降临和发泄到人类头上。

当然，在这些痛苦之余，人们也会获得少许来自神祇的祝福。不过坏的总是远远多于好的，人们的生活笼罩在不幸和痛苦之中。

第五代人心中一直缅怀着先人。神话时代给后人留下了丰富的文化传统。在节日、集市和婚庆等各种聚会中，不少歌手、诗人和讲故事的高手来往穿梭于各座城市和村落之间，向人们讲述着消失的上一代人的英雄事迹。

其中一位吟游诗人名叫荷马，他双目失明，却成为历史上最伟大的诗人。

后来，埃斯库罗斯、索福克勒斯和欧里庇得斯创作的不朽悲剧轮番在希腊的每一个城市上演。所有悲剧的主题无一不是取材于第四代人，即令人难以忘怀而又神秘莫测的英雄一代。

历经数个世纪的洗礼，这些回忆流传到我们这里却仍旧鲜活生动。我们必须牢记，整个希腊神话都围绕着第四代英雄们的伟大事迹而展开，一旦英雄们消失了，神话也就宣告结束了。

但在开始讲述这一伟大时代之前，我们不妨回首看看之前的人和事，瞧瞧青铜时代如何消失，而第四代英雄们又如何诞生在这一片大地上。

第六章

普罗米修斯：人类的保护神

正如我们此前所说，伟大的宙斯并不喜爱第三代人，他们百般傲慢、不可一世。为此，宙斯最终决定彻底放弃他们。但这并非宙斯一时兴起，之前发生了太多事情，最终才导致宙斯下定决心采取行动。如果要从故事的源头讲起，应该说青铜一代并非一开始便如此不可救药。

与之恰恰相反，他们曾心性纯良，对神祇们也满是赞美和尊崇。然而在早些时候，生活异常艰难。那时候人们尚未学会取火，住的也都是树林里简陋的小棚子、洞穴或者树洞。

如果没有亚佩托斯之子提坦巨神普罗米修斯的帮助，第三代人可能要一直过着艰苦的生活。可以说普罗米修斯对人类的爱几乎"无神能及"。他将自己的一生都献给了一项伟大而崇高的使命：帮助凡人谋求美好生活。虽然他早已明白，为了给予人类无私的爱，自己最终将付出何种沉重的代价，但他从未计较过。他总是说："没有牺牲，哪能实现美好而纯粹的理想。"

普罗米修斯做的第一件好事便是将火种赠予人类。他从火神赫菲斯托斯的火炉里偷了一块燃烧的木块，高高地举着它，像举着一把熊熊燃烧的火炬，驱散了周围一切黑暗。他带着火种一路奔跑，急着将它送给亲爱的人类朋友。

"来自神祇的礼物！"激动的人们欢呼着，普罗米修斯赠予的木块让各处都

燃起了不熄的火焰。他们用火取暖照明、烧烤食物以及向神祇献祭。但这还不够，普罗米修斯接着又向人们展示了如何进一步利用火。

很快，他们建造起了属于自己的第一批熔炉并开始冶炼矿石。他们学会了冶炼青铜、白银和黄金，又用青铜制作了工具、家用器皿、武器等一系列必需品。他们十分热爱青铜这种金属，甚至还穿上了青铜铠甲。此后，他们便被广泛地称为"青铜一代"。

然而，普罗米修斯的帮助并未到此为止。他还教人们如何驯化动物。正因为他，人类第一次学会骑马，第一次学会驾驭战车，还第一次乘着船扬帆出海。普罗米修斯还教人们如何治疗疾病。也是因为他，人类才学会在火上熬制草药。直到这时，疾病才不像以往那般严重威胁着人类的生命。

此外，普罗米修斯还教人们领悟神谕以避免灾祸、扫除障碍。在他的帮助下，一片崭新的天地在人类面前打开大门。火种这个礼物为人类的心智点亮光明，为他们的心灵带去温暖，为他们的身体注入新的活力和力量。

如今，人和神祇之间只存在一点差异：人有生老病死，神祇却能够永世不灭。

人类社会的这些进步并未征得宙斯的许可。青铜一代的人本就体格健壮，一旦他们再学会使用火，将比以往强大若干倍。人与众神之王宙斯对此开始感到畏惧。

"都怪普罗米修斯，"宙斯抱怨道，"就是他给人类送去了火种，让他们变得和神一样厉害。"这个难题扰得宙斯不得安宁，最终他开始给人类降下各种灾难，这样他们就将失去亚佩托斯的

儿子所赐予他们的力量了。

但是宙斯的行为遭到了普罗米修斯大胆的反对。

"我不能眼睁睁地看着人们重新坠入痛苦和悲伤。"普罗米修斯反驳道。于是他又继续暗中帮助人类,并给他们带去新的欢愉。

世间之主听说普罗米修斯一直还在帮助人类后,顿时勃然大怒。

"小心点儿,亚佩托斯的儿子,"宙斯挥舞着拳头威胁道,"你胆敢再忤逆我一次,别怪我让你生不如死。"

"克罗诺斯的儿子,你要明白,"普罗米修斯回应道,"我不怕威胁,也绝不会在折磨面前崩溃。你难道忘了,我们曾并肩作战,而现在你竟威胁我屈服。还记得提坦巨神之战吗?我们曾一起将神和人全都救出了暴政的泥沼。我并

非主张坏人就可以不受惩罚，尤其是那些手握强权、统治四方的领导者犯了错误，更不能姑息纵容。但是，普通民众只是想努力改善一下自己的生活，他们又有什么错要受到惩罚呢？"

几番话语交锋下来，宙斯和普罗米修斯之间的敌意变得愈加深重。

在西库昂会议上，紧张局势达到高潮。神祇和凡人共聚一堂，一起商议如何分配动物祭品。在献祭仪式上，一头大公牛已经准备就绪。普罗米修斯受命将大公牛分成两部分，然后由宙斯决定哪部分归神祇、哪部分归凡人。

毋庸置疑，宙斯肯定不愿意将最好的部分分给人类。其实神祇也并非要食用肉类祭品，因为他们专吃神肴仙馔，专喝琼浆玉液，那味道可是好得超乎人类的想象。真正令神祇们喜悦的是从祭坛火堆上袅袅升起的香味，而并非肉类本身。只不过宙斯并不想给人类丝毫好处，他早已做出了决定：所有好肉尽归神祇，凡人只能分得皮毛、内脏和骨头。

普罗米修斯知道了宙斯的想法，他决定必须做一件事：向人神之主宙斯施计。

首先，普罗米修斯将大公牛开膛破腹，选出所有的上好牛肉放置在大盘中，并盖上血淋淋的牛皮。随后，他又在另一盘中堆满牛骨，并小心地在上面盖一层白花花、亮闪闪的牛油，让人看不到一根骨头。

普罗米修斯准备就绪后，将两个大盘子呈给宙斯检查。此刻，宙斯正站着等待给出判决，他的右边站着一群奥林匹斯山神祇，左边站着一众凡人，两边的观众都焦急不安地等待着最终的结果。

人与众神之王一看见那血迹斑斑的盖着牛皮的盘子，脸上立刻流露出恶心不已的神情，扭头看向了另一边。随后，他的目光停留在了第二张盘子上，一想到亮闪闪、白花花的牛油下面就是鲜美的肥牛肉，他就垂涎欲滴。

宙斯对普罗米修斯说："噢，亚佩托斯的儿子，你应该是众神之中最聪明的神祇，可这一次你竟如此不公。不过这样也更好，省得我做艰难抉择，如此这般我可以轻松地决定哪一半该归神祇所有。"

"按您的意志做出决定吧，伟大的宙斯，"普罗米修斯回答道，"人神都将尊重您的决定。"

随后宙斯指着那覆盖着亮闪闪牛油的盘子，厉声说："从现在起，这一部分将归神祇所有，那么——"他指着另一张盘子，甚至都不屑一顾，"这一部分将留给人类。这就是我的决定，永不改变！"

话音刚落，宙斯的脸色顿时阴沉下来。仿佛一团疑云顷刻间飘过他的思绪，他的双手猛地伸向第一个盘子，拨开表面的一层牛油，顿时勃然大怒。简直难以置信！世间之主怎能遭受这样的欺骗？现在凡人能享用献祭用的上好牛肉，而神祇们竟反倒只能啃骨头！这是宙斯自己的决定。简直是奇耻大辱！但是祭品分配已经有了分晓，没有谁有力量更改，甚至宙斯本人也无能为力。

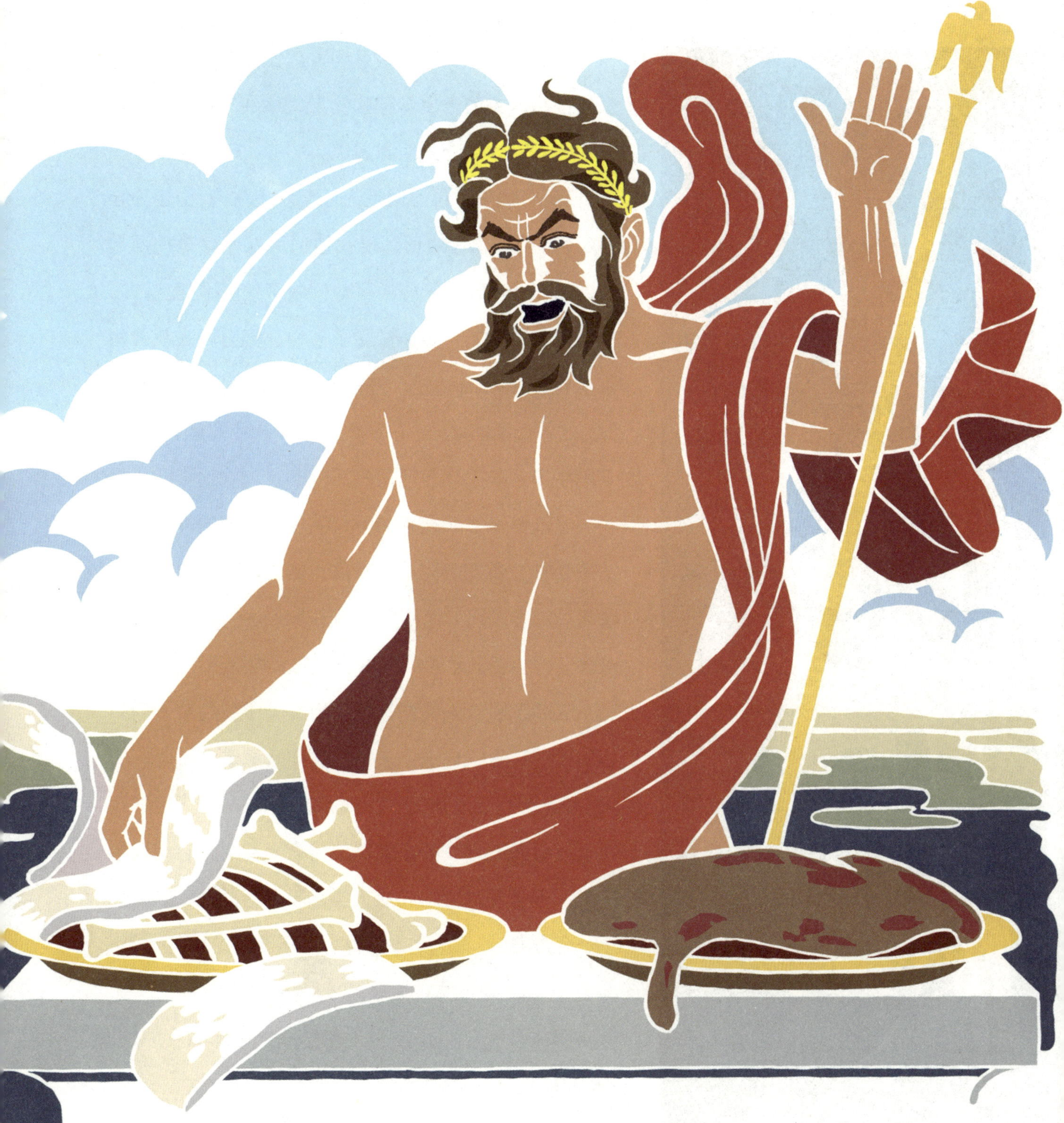

不过宙斯并不只有这点能耐：他能够收回普罗米修斯带给人类的来自众神的礼物，拿回本属于天堂的火种，剥夺人类的光明与温暖。

"我们就来看看他们是否还喜欢吃生肉，"宙斯自言自语道，"无论如何，现在他们可能不会觉得那足智多谋的朋友普罗米修斯替他们做了件好事吧。"

宙斯说到做到。他撤回了火种，把它藏在高耸巍峨的奥林匹斯山深处，并警告普罗米修斯道："至于你，亚佩托斯的儿子，小心我的怒火。我要惩罚起来，手段是多么残忍你自己明白。"

但普罗米修斯从来都不是受警告约束的神，世间没有哪种力量能够阻止他帮助人类。因此，就在宙斯警告后的第二天，他便悄悄地将火种偷出奥林匹斯山，藏在一根中空的芦苇中，再一次把火种赠予了人类。

从那天起，人们便烹饪享用祭品中的肉食，而只将白骨放在香气环绕的祭坛前供神祇享用。

这一次，宙斯的怒气彻底爆发了。一场可怕的刑罚正等着普罗米修斯，惩罚他偷窃火种还将它归还给人类。但世间之主想先从人类下手，为此他秘密筹划了一个方案。

第七章

潘多拉与洪水

这天，宙斯命令铁匠神赫菲斯托斯用泥土造出一位女子。他告诉铁匠，该女子要有女神般倾国倾城的容貌、柔美的声音和曼妙的身姿，她的眼睛还要投射出不可抗拒的诱惑光芒。

赫菲斯托斯遵照父亲的旨意，凭借精湛的技艺用土和水造了一位美女。世间之主看到赫菲斯托斯的劳动成果后欣喜万分，这正是他需要的女子。

"我要将她作为礼物赐予人类。"宙斯告诉奥林匹斯山诸神。于是，神祇们便纷纷争相去打扮那位女子。

智慧女神雅典娜为美女编织了比阳光还要闪耀夺目的华服；美丽、温雅、欢乐三女神为她装饰了美丽璀璨的珠宝；时间女神为她戴上了芳香四溢、洁白如雪的花环；爱情和美貌女神阿佛洛狄忒则赐予她不可抵挡的魅力。

不仅如此，其他神祇全都赶来向她赠送礼物，使她变得更加光彩夺目、高贵典雅。这位美丽年轻的女子被命名为"潘多拉"，在希腊语中意为"全是礼物"。

潘多拉被赋予了如此无与伦比的魅力和美貌，对人类来说本可称得上是一件精美礼物。宙斯却从中作梗，让她彻底成了灾难。他给儿子赫尔墨斯下达了秘密指令。为了遵守父亲的命令，机智的神祇赫尔墨斯教会潘多拉甜言蜜语却谎话连篇的本领，还赋予她狡猾奸诈、背信弃义的性格。

随后，宙斯命令赫尔墨斯将潘多拉作为礼物送给普罗米修斯的弟弟——生活在人类中间的厄庇米修斯。遗憾的是，这俩人虽是亲兄弟，性格却迥然不同，厄庇米修斯不仅呆滞愚钝，还意志软弱。普罗米修斯时常警告他万万不可接受宙斯的任何礼物，以防其中有诈。可是厄庇米修斯一看见那美得不可方物的潘多拉，就将兄弟的警告忘到了九霄云外，立刻对她敞开了怀抱。待他忆起兄弟的劝诫时，为时晚矣，因为他早已将宙斯的礼物潘多拉娶为了妻子。

一想到家中曾被普罗米修斯小心地封住罐口的那个罐子，厄庇米修斯便告诉自己："现在我必须保持警惕。"

"一定要当心，厄庇米修斯，"普罗米修斯告诉他，"千万不要打开这个罐子。否则，一切罪恶与灾难都将降临世间。"此后，毋说打开罐子，厄庇米修斯甚至都不愿向它靠近一步。

所以，当厄庇米修斯发现潘多拉正饶有兴致地琢磨那个罐子时，可以想见，厄庇米修斯心中的恐惧升到了极点。

"离罐子远一点，潘多拉，"他警告道，"普罗米修斯明确嘱咐过，这罐子绝对不能打开。小心点，不要让罪恶和灾难降临到我们头上。"

"放心吧，我为什么要去打开它。"潘多拉不经意地回答道。

可尽管她嘴上这样敷衍着，视线却一刻未曾离开那神秘之物。潘多拉对看见的大多新奇事物都具有好奇心，尤其是那个罐子，竟密封得如此精心细致。从她被禁止接触它的那一刻开始，潘多拉便被吊足了胃口，好奇心使她片刻不得安宁。

"罐子里装的到底是什么呢？我为什么不能打开它？"潘多拉一遍又一遍不断地问自己。直到有一天，她终于按捺不住内心的好奇，几乎等不及丈夫离家，她便飞奔至罐子身边，迫不及待地打开了它。

一打开罐子，潘多拉便恐怖地大叫一声。从罐子里蜂拥而出的全是可怕的恶魔：邪恶、饥饿、仇恨、疾病、复仇、疯狂以及一系列可怕的邪灵。看到这些恶魔遍布人间时，潘多拉感到害怕极了。她一时手足无措，最后鼓起剩余的丁点儿勇气抓起塞子再次封住了罐子。可是，她这一堵，堵住了罐中最后一个还没来得及逃脱的精灵——希望。所有的一切都按宙斯的计划进行着。

这种种邪灵在世间肆虐猖狂，像瘟疫一般席卷着所有城市和乡村，又像恶心的迷雾一样侵入每个家庭，将人们的生活搅得苦不堪言，灾难接连不断。

普罗米修斯看着这一切，心情沉重得像铅块一样，痛苦不堪却又无能为力。然而，正在气头上的宙斯还为人类准备了更深重的灾难，普罗米修斯只能眼睁睁地看着一场空前浩劫降临到人类头上：终极毁灭。

潘多拉打开罐子释放众多恶魔肆虐人间后，人类也变得邪恶残忍，不再崇拜神祇。就在这时，宙斯终于下定决心彻底铲除人类。不过，他在行动之前还需要找一点借口，恰好阿尔卡底亚的国王吕卡翁和他的五十个儿子给了他机会。

在恶魔肆虐世间之前，佩拉斯戈斯之子吕卡翁不仅是一个好人，还是一位杰出的国王。要论对宙斯的忠实崇拜程度，吕卡翁在全希腊所有统治者之中几乎无人能及。他在希腊建造了第一座城市吕科萨拉，并将它献给了宙斯；他还为宙斯修建了一座宏伟壮观的神庙，朝圣者可以前往此处以相称的礼仪朝拜人神之主；他甚至还举办了名为"吕凯亚"的运动会向宙斯致敬，这是希腊历史上最早的运动会。

然而，尽管运动会是为表示对宙斯的敬意和尊崇而举办，世间之主却从中找到了毁灭整个人类的理由。

吕凯亚是全希腊人共同参与的运动会，每两年举办一次，从希腊各地赶来的运动员和观众都会在这里受到热情招待。吕卡翁甚至将自己的王宫让出，供到访者随意使用。因此，除了开展各种竞技比赛外，人们还会共同庆祝一个节日来致敬好客的宙斯。希腊人相信正是宙斯制定了热情好客的神圣规定。

可是，由于潘多拉打开了罐子导致世间恶魔横行，所以从那个可怕之日起，吕科萨拉人便忘记了热情好客为何物。如今再无一人愿友善地对待异乡人，甚至连吕卡翁也不例外，他曾经无比尊崇宙斯，现在对宙斯也是恶语相向、

肆意辱骂。你们也许已经猜到了，事件就发生在本应为致敬宙斯而举办的运动会期间。

各个地区的运动员和观众挤满了吕科萨拉的大街小巷，第二天，吕凯亚运动会就将正式拉开帷幕。不过，现在没有哪个本地人愿意像过去那样请这群异乡人进屋。因此，他们像走丢的羊群般四处游荡，除了街道和广场之外几乎无处落脚。

在所有异乡人中，宙斯也扮作普通人模样混在其中。他想亲眼看看这个以他的名义举办的运动会和盛大节日。可是，他发现每一扇门都朝他紧闭，更没有人愿意给予他食物和住宿。最后，他决定到王宫去寻找热情好客的人。

这位来访者威风凛凛、高大魁梧、面露尊荣，他超凡脱俗的形象本应足够告诉吕卡翁他的真实身份到底是谁。可是吕卡翁并没有认出来，反倒火冒三丈地吼道："我受够了你们异乡人。你们为何不睡在树丛里，非要来弄脏我们的城市？"

"野兽才睡在森林里。"宙斯回答道。他一说话，整座宫殿的阶梯都沐浴在耀眼的光芒里。

通过这一神迹，除了吕卡翁和他的儿子们，在场的所有人都认出了站在他们面前的不是别人，正是宙斯本人。于是，他们纷纷跪倒在地敬拜宙斯。

"我们才不在佩拉斯戈斯的土地上敬拜异乡人！"吕卡翁暴跳如雷地尖声

吼道,"对你们的国王才可以下跪,而不是对随便哪个异乡人!"

这时,一位老者从人群中走上前来,用坚定的语气说:"的确,伟大的国王,在这片土地上我们不再尊敬异乡人。可是在过去,佩拉斯戈斯的子民们总是敬拜好客的宙斯,并热情招待每一位登门的异乡人。而现在,我们却要将他们赶走,我担心这样一来会有可怕的灾难降临到我们的城市和您的头上。好好招待这位表面看上去像是异乡人的来客吧,刚才的迹象已经表明他不是普通的凡人,而是宙斯。用适合世间之主的礼仪尊重他,为他准备丰盛的餐食吧。"

"够了,老家伙,"吕卡翁回答道,"我会收留这个异乡人。但是别指望你来给我上课、告诉我该怎么做,那是我自己决定的事。"

吕卡翁同意收留老翁。不过,他并不想向宙斯表示敬意。相反,他要羞辱宙斯。

看他用了怎样愚蠢残忍的办法吧!

他命令儿子们为宙斯准备了一锅所能想象的最恶心的肉食——人肉和动物肉的大杂烩。

宙斯立刻就分辨出摆在自己眼前的是一盘什么肉,他愤怒地咆哮道:"好个吕卡翁!你竟敢如此厚颜无耻地侮辱世间之主!"

不,宙斯怎能再继续容忍这样的待遇呢?他气得暴跳如雷,掀翻桌子,一道闪电将吕卡翁的宫殿烧成灰烬。

"现在,是你们要去住森林了。"宙斯把吕卡翁和他的儿子们原来说过的话一股脑儿地全部回敬在他们脸上。话音刚落,吕卡翁和他的儿子们就变成了一群贪婪的野兽。从此,"吕卡翁"在希腊文里就是"狼"的意思。

狼群发出恐怖的号叫,逃进了王宫背后山上的密林里,那座山也被称为"吕卡翁山"。

但宙斯的愤怒并未因这一惩罚而有所消减。

"这就是所谓的人类啊!"宙斯愤怒地吼叫道,"让普罗米修斯来看看,欣赏欣赏他们的杰作!我要彻底地铲除他们,一个不留!有罪的、无辜的全给我消失,我要永远地毁掉他们!普罗米修斯不是很爱他们吗?就让他看看我是怎样一个一个将他们毁掉,过后他还要承受人神都从未受过的最严酷的惩罚。"

这是宙斯的原话。不过,最开始又是谁将潘多拉派往人间的?如今邪恶笼罩人间,谁又要对此负责?人类落得如此不堪的下场又该怪谁?宙斯做决定时根本未曾考虑过这些问题。他要引发一场大洪水淹死所有人,还有地面上的所有生灵。

宙斯站在吕卡翁被掀翻的桌子旁,呼唤布雨的南风之神前来,令他前往提坦大洋神俄刻阿诺斯管辖的广阔水域,聚集层层厚云,让云吸满大洋神的海水,随后刮起强风,将海水速速运回,淹没大地上所有的高山平原。

很快，厚重的乌云便覆盖在整片大地上空。乌云层层堆叠，直到天空漆黑一片，万物都被乌云笼罩。

突然，一道刺眼的闪电照亮天地，一声不祥的雷鸣震慑了整个世界，一次又一次的回响，就像在预告末日的来临。随后便是死一般的寂静，沉重而又令人恐惧。突然，灾难降临了。伴随着可怕混乱的电闪雷鸣，一场大雨仿佛成千上万座瀑布从天而降般，倾泻而下。乌云从无边的大海中汲取的海水无穷无尽，泛滥成灾。

洪水很快便淹没了平原，吞噬了山坡，甚至连高山也未能幸免。然而，这场突然降临的大灾难丝毫未曾减弱，直到整个世界一眼望去全部变成了海洋。如今，只有高耸的奥林匹斯山和帕耳纳索斯山两座山峰尚在水面之上。

过去人们耕种的田地如今鱼虾成群，曾经牛羊吃草的牧场如今海豚来回嬉

戏。照常理讲，没有人能幸免于难，但事实并非如此。普罗米修斯再次破坏了宙斯的计划，希望拯救人类免遭彻底毁灭的厄运。

普罗米修斯有一个儿子，叫丢卡利翁，是弗西俄提斯的国王。普罗米修斯警告过丢卡利翁洪水即将来临，并告诉过他自救和保护家人的万全之策。

丢卡利翁听后立刻着手准备。他砍倒了成百上千棵参天橡树以及又高又直的柏树，为的就是建造一艘方舟，到时候不仅可以保护自己的家人，还能拯救一大群动物的生命。

在妻子皮拉和孩子们热切而不停歇的帮助下，丢卡利翁的造船工作进展飞速。船的龙骨用粗大的树干制成，肋材穿凿其中，甲板用木钉钉牢，每一条板缝都用沥青柏油衔接结实，最后加上顶棚并涂了一层上好的柏油。

一切准备妥当后，动物们先上船。世间每一种飞禽走兽各自雌雄一对，不

论是骄傲的狮子还是爬行的蛇，全都自愿登船。所有动物和平共处，全都按照睿智的提坦巨神普罗米修斯的规定安安静静地走到自己指定的位置。

在妻子皮拉和孩子们的帮助下，丢卡利翁在方舟内准备了充足的饮食饲料，可供人和动物生存多日。

一切完成后，丢卡利翁让妻子和孩子们赶紧登船。他和大儿子赫伦最后登船，跳上船后便收起跳板。还未等关好舱门，狂风暴雨就席卷而来。

很快，上涨的洪水便将方舟升到了地面以上。整整九天九夜，方舟在狂风暴雨中东倒西歪，皮拉和丢卡利翁则焦急地倾听着船外似乎无休无止的暴雨的轰鸣。终于在第十天早晨，船体突然发出一声巨响，他们知道方舟再次着陆了。丢卡利翁立刻跑去打开窗户，大雨停了，但四面八方依旧是一望无际的海面，除了方舟着陆的地方，那是一座小岛，岛上有两座小山峰。

丢卡利翁认得这个地方。

"我们在帕尔那索斯山顶峰上！"他惊呼道，"我相信最糟的时候已经过去，但在上岸之前，我们必须确定一下是否还会有暴风雨。"说着，他便放出了一只鸽子。那时候，每个人都知道，这些鸟类往往对天气变化有着准确的预感，如果这只鸽子惊慌地飞回来，就说明暴风雨还将再次降临，为了安全起见，他们不应该下船。不过，鸽子先停在敞开的窗沿向外望了望，便兴奋地飞向了山顶。

丢卡利翁看到这一幕后，便赶着所有动物上岸，自己也踏上了干燥的陆地，皮拉和孩子们紧随其后。

至此，普罗米修斯拯救了人类，所有生灵也并未被洪水从大地上一冲而净。

现在，虽然希腊国内的民众认为，丢卡利翁的方舟最终停靠在了帕尔那索斯山的山腰处，但意大利南部的希腊人说海浪将方舟一路推到了他们生活的那片土地上，并最终留在了埃特纳山。在东边某些地方，这个神话还流传

着另一个版本，特别是在亚历山大大帝远征之后尤为盛行。那里的人们认为，丢卡利翁的方舟被带到了雪松覆盖的黎巴嫩山山巅，而在基督教兴起后，那个方舟最终停靠的地方便成了整个东部地区基督徒的一个朝圣点。由此可见，在这遥远而漫长的岁月里，丢卡利翁和方舟的传说可谓流传甚广。

说回丢卡利翁，他和家人们仍旧聚集在山巅。上岸后，他们做的第一件事便是向宙斯的妻子赫拉祈祷。他们害怕直接向宙斯本人祷告，会再一次激起宙斯更大的怒火，用闪电将他们全部击毁。只有赫拉能够让宙斯镇静下来，缓解他的怒气。

"天上最伟大的女王陛下，"丢卡利翁和皮拉呼唤道，"看看世间都遭受了怎样的灾难啊。请您恳请宙斯收回洪水吧，为此我们将永生永世感谢您。"

话音刚落，他们脚下的山体开始分裂，出现了一道深不见底的鸿沟，只见这条鸿沟疯狂地吸水，还伴随着巨大的轰鸣声。顷刻间，四周广无边际的海洋消失了，山峦平原又重新出现。随后，那道鸿沟合拢了，不过，原来鸿沟的位置还是留下了一道缝隙。丢卡利翁和皮拉在这儿为女神赫拉专门修建了一座神殿以表感谢。随后，他们将剩余不多的行李放在动物背上，下山向平原走去。

只是，四处不见一个人影，丢卡利翁和妻儿们的周围只有荒凉与衰败，遍地都是断壁残垣、树根朝天和乱石烂泥。

带着沉重的心情，他们在塞飞索斯河边停下休息。

"我们是仅有的幸存者，"丢卡利翁说，"来，我们为伟大的宙斯修建一座圣坛吧，感谢他赐予我们生命。"

建好圣坛后，他们又乞求宙斯的帮助。这时，天神赫尔墨斯出现了，他是受世间之主的指令特地前来。他对丢卡利翁一家说："伟大的宙斯听到你们的感谢后甚感欣慰，特地派我前来告诉你们，你们可以向他请愿，不管什么愿望，他承诺一定会帮你们实现。"

"我们希望人类能够重回大地。"夫妻俩异口同声道。

随后，赫尔墨斯迅速赶回奥林匹斯山向宙斯禀报。

宙斯听到他们的请求后，坐下来想了一会儿，最终说："就依他们吧。我不生人类的气了。现在，该轮到普罗米修斯为自己的行为付出代价了。"

为了证明自己一诺千金,他派遣法律女神忒弥斯亲自下山告知丢卡利翁和皮拉。女神说:"如果将你们伟大母亲的骨头扔到身后,你们所渴求的任何愿望都将实现。"

但是丢卡利翁是夫妻而非兄妹,他们的母亲并非同一人,这令他们疑惑不已。

突然,丢卡利翁的脸上大放光彩,他参透了女神忒弥斯的话,大叫道:"奥林匹斯山上的宙斯是让我们将大地母亲盖亚的骨头扔至身后,因为是她孕育了我们一切生命。"

"没错,她是世间一切生命的母亲,"皮拉回答道,"而这些小石子就是她的骨头。"

随后,丢卡利翁夫妻俩在河边一边弯腰捡石子,一边朝身后扔。

刹那间,丢卡利翁扔的石子变成了男人,而皮拉扔的石子变成了女人。

人类又陆续重新回到了世间。也正因如此,在远古时候,表示"石头"和"人"的字几乎是相同的。

于是,第四代人类诞生了。

丢卡利翁和皮拉养育了多个孩子，而他们的后代全都长成了希腊神话中大名鼎鼎的英雄。

他们的英勇事迹赋予了第四代人类荣耀，因此，这一代人被冠以"英雄一代"的名字。不论世间之主宙斯如何仇恨普罗米修斯，命运就是如此安排，在英雄们光荣的子子孙孙的血管里注定要流淌着普罗米修斯的热血：据说所有的希腊人都是赫楞[①]的子孙，而赫楞是丢卡利翁的儿子、普罗米修斯的孙子。正因如此，所有的希腊人又被称为"赫楞人"。

赫楞继承了父亲丢卡利翁的王位，成了统治弗西俄提斯的新一任国王。他有三个儿子，分别是：埃俄洛斯、多罗斯和克苏索斯。埃俄洛斯的后代是埃俄利亚人，多罗斯的子孙是多里亚人，而克苏索斯有两个儿子，分别是伊昂和阿开俄斯，他们便是伊娥尼亚人和阿开亚人的祖先。

[①] 赫楞（Hellen）及其子孙居住的岛屿被人称为"赫拉斯"（Hellas），因此希腊人也被称为"赫拉斯"。——编者注

第 八 章

解放普罗米修斯

希腊神话足以使我们相信,希腊的四个部族不仅源自普罗米修斯的四个后裔,而且还沿用了他们的名字。

然而,宙斯对普罗米修斯的愤恨并没有因为大洪水而平息。他的熊熊怒火从人类烧到了这位无所畏惧的提坦巨神身上,这次单单针对他一个,而且怒火越烧越旺。现在,宙斯再也等不及了,他要狠狠地惩罚普罗米修斯,他竟敢忤逆自己的意志,把火种送还给了人类。

普罗米修斯很清楚,他根本无法逃脱宙斯为自己量身定制的酷刑。于是,他悄悄地找到雅典娜,因为他知道这位蓝眼睛的女神也相当热爱人类,他告诉她:"雅典娜,可怕的命运在等着我。我将会被坚不可摧的铁链捆住,永生永世遭受惨无人道的折磨。不过,这些并不是我最害怕的。我最怕的是如此一来,人类将失去守护神。"

"你注定要承受的磨难实在是太多了,不要再让人类的命运折磨你自己了,"雅典娜毅然决然地说,"你交给我的任务,我一定如数完成,而且我还要做得更多。"

随后,普罗米修斯坐下来教女神建筑、天文、数学、造船、冶金、医学以及其他各方面的技能知识,这样女神便可以将知识传授给人类。

"可能这种办法更好,"普罗米修斯教完以后说,"宙斯那么疼爱你,他一定不会阻拦你的。而且你知道如何说服他,我却做不到。"

"不要害怕,勇敢的提坦巨神,"雅典娜回应道,"我不会让你失望。现在,请鼓起勇气。"

的确,在所有神祇中,有且仅有雅典娜能够继续普罗米修斯的工作。她胜利的决心为这位人类最伟大的朋友又注入了新的力量。

普罗米修斯的心绪平静下来,他看了看周围翠绿肥沃的大地,想象着未来的世界,在人类的辛勤劳动下,大地必将变得更加美丽富饶。此刻,他的灵魂幸福而又满足,他用平稳镇静的语气说:"让宙斯把最残酷的惩罚拿出来吧,我准备好了。"

德国一位伟大的哲学家曾说过:"在所有为全人类做出贡献的受难者中,最伟大神圣的就是普罗米修斯。"

亚佩托斯的儿子、提坦巨神普罗米修斯戴着坚不可摧的手铐和脚镣在荒郊野岭中艰难跋涉,他跨过崎岖不平的岩石,只听见身上的锁链哐啷作响。他竟敢忤逆宙斯的意志,从天上盗取火种送到人间,为此,他将遭受可怕的惩罚。

如今,众神和人类共同的最高统治者下令,将普罗米修斯用天界专门锻造的铁链锁住,永生永世钉在这片荒野中的一块岩石上。

不错,永生永世!所有人都知道宙斯的决定不可能改变,因为宇宙之主向来一言九鼎,说出口的话从不收回。

不屈的普罗米修斯高昂着头颅,向山上攀登。他非常清楚前方有何种可怕的折磨在等着自己,而他唯一的罪过无非是对人类爱得太过深切。他的手腕和脚腕都挂着沉重的镣铐,镣铐两端被紧紧地抓在一位身形巨大、面色铁青的奴仆手中。

宙斯的这个仆人名叫暴力,他始终怒视着眼前这位无所畏惧的提坦巨神。在暴力身后跟着众神的铁匠赫菲斯托斯,他低着头,面色阴郁,为普罗米修斯的遭遇感到痛苦,甚至咒骂自己习得的本领,因为现在他要用亲手打出来的铁链将自己最好的朋友钉在岩石上。

最痛心的是,他知道普罗米修斯并不是因为犯了罪而遭受惩罚,这是他为了给全人类带来福祉而付出的代价。每靠近目的地一步,赫菲斯托斯心中的痛苦便增加一分。

现在,他们终于来到了目的地。经过色雷斯,蹚过伊斯特罗斯河,横穿整个斯库提亚,如今展现在他们眼前的是高耸入云的高加索山,下面便是波涛汹涌的大海。此前从未有人踏上过这片荒凉的土地,翻过崎岖的山岩,爬上裂缝的峭壁。这片荒凉之地寸草不生,从未有过任何生命。从远古时期开始,

怒号的狂风便肆意拍打着山岩，黑海上汹涌的波涛无情地侵蚀着冰冷的海岸，发出雷鸣般的巨响。

在高耸的岩壁脚下，暴力猛拉了一下锁链，让普罗米修斯停住。暴力板着岩石般冷冰冰的脸，恶狠狠地说："就是这里！这块光秃秃的岩石正好处在最大的风口上。这里，冬天凛冽刺骨的暴风雪将轮番鞭笞他的每一个毛孔，而夏天炙热的太阳将灼烤他的每一寸肌肤。就让他永生永世被钉在这里，好为其他人敲响警钟，让那些自以为胆敢忤逆宙斯意志的人感到恐惧。"

说完，暴力便愤怒地转向赫菲斯托斯，咆哮道："快来！还等什么？立刻开工！把他绑在岩石上，让他丝毫不能动弹。然后用这颗钉子直接穿透他的胸膛，把他高高地钉在那里，让他既无法跪下，也不能侧身睡觉。不要给他留下任何喘息的机会，要一直折磨他。我多么庆幸他是不死之身，这样他就能永生永世遭受痛苦——这个盗贼！"

赫菲斯托斯深深叹息道:"不知道谁才是真正的坏人。可能是你,也可能是我——但绝不会是普罗米修斯。噢,亚佩托斯的儿子,我的心为你痛得流血,但我又不能违背我父亲的命令。我必须要快点儿把你绑在那块岩石上。为什么呢?因为你给予了人类你应该给予的一切。"

"铁匠,说话注意点儿!"暴力威胁着吼道,"不要对这个盗贼浪费你的同情。"

"你的话语真是和你的样子一样丑陋,"赫菲斯托斯回答,"你是时候学学什么是偷窃、什么是给予了。"

"宇宙之主说他是个盗贼、是个坏人,他就是盗贼、就是坏人。不管宙斯怎么想,我们必须和他保持一致,因为世间除了宙斯就再没有谁是真正自由的。你应该非常清楚,不管我们拥有怎样的自由,一切都归功于他。"

"自由地干些坏事!"赫菲斯托斯反驳道,"自由地盲从!这就是你所谓的自由？但是在我们中间还有那么一位，他勇敢无畏，精神上无拘无束，简直无人能比——尽管他的身体受锁链的束缚，但他的精神比宙斯更自由！"

"赫菲斯托斯，你是什么意思？你疯了吗？如果被宙斯听见了，我俩都要被闪电劈成两半。凭什么我要为你的一派胡言承担风险？他就是盗贼和坏人。宙斯说是，那就是！开工吧，把他钉起来，我们赶紧处理他！"

"不，不！"赫菲斯托斯回答道，"如果世上还有光明，还有自由，那光明和自由现在就戴着锁链站在我们面前。如果我注定要亲手将最正义的神钉在山上，那我宁愿从未来过这个世界。现在只有一个愿望支撑着我：最后的胜利终将属于真理——不论过程多么曲折艰难，结局一定会是如此。"

"够了！"暴力挥舞着拳头咆哮道，"你再继续这样口无遮拦，终有一天你也将遭受同样的折磨。或许只有那样，你的脑子才能清醒点，真正认识到我们所拥有的那一点儿自由是多么宝贵！"

"所以现在，暴力也来教导我们珍惜自由喽！"赫菲斯托斯回击道，"听着，伙计，我才不在乎会遭受怎样的折磨！"不过，当工匠之神赫菲斯托斯说这些话的时候，神情却变得愈加悲伤，他继续说："但是不管我在不在乎肌肤之苦，始终有一件事我办不到，那就是违背我父亲的意志，逃避命运交代给我要做的事。"

随着一阵沉默，气氛变得异常紧张。暴力的神情越发阴森可怕，显然就要按捺不住性子彻底爆发了。很长一段时间，赫菲斯托斯一直对暴力不理不睬，最终，在深深的叹息声中，铁匠赫菲斯托斯举起锤子开始工作。

"狠狠地锤！"暴力咆哮道，"把铁链使劲儿往岩石里头锤！"

坚硬的岩石发出阵阵巨响，每当众神的铁匠落下可怕的锤子，整座高加索山都在剧烈颤抖。锤子打击的声音像巨雷般响彻整个大地。终于，普罗米修斯被粗壮的铁链牢牢地绑在了岩石之上，甚至赫菲斯托斯自己也无法解开。

"还有钉子！"暴力大声喊道，"用钉子穿透他的胸膛，把他钉在岩石上！"

钉钉子也完成了。整个山峰发出阵阵呻吟，仿佛没有生命的石头也在痛苦地挣扎，但那位无所畏惧的提坦巨神自始至终未曾发出一丝声响。他高傲地挺立着，默默忍受着所有骇人的折磨。他的眼睛始终聚焦在远方地平线的某个地方，比波涛汹涌的大海还要远的地方——那是人类生活劳作的地方。

当任务完成后，暴力抬头望着普罗米修斯，厉声叫道：“现在你就尽情地咒骂宙斯吧，反正在这片荒野上他既听不到也根本不想听。听我一句，如果你想从神那儿偷东西，一定要把偷到的东西给另外的神，不要给人类，因为只有神才能帮你获得解脱。世上没有哪个人有本事帮你解开身上的锁链。”

暴力在说这些话的时候，丝毫没有想到这样的奇迹有一天真的会发生：一位伟大的英雄终将降生，他就拥有暴力所说的神力，能够斩断天界制造的铁链，解放这位无所畏惧的提坦巨神。

"现在我们上路吧，"暴力最后说，"留他一个在这儿，可能终有一天他会认识到宙斯的神力并为自己犯下的罪恶而忏悔。但即使这样也于事无补，神决定的事情永远无法改变。"

从此，宙斯最大的敌人将永远被钉在那里，永生永世在痛苦中挣扎。

赫菲斯托斯低着头，满脸阴沉，悲伤地站在一旁。

过了一会儿，他抬起头，注视着人类最伟大的朋友。普罗米修斯的眼里没有痛苦，只有无比坚定的决心：永不向非正义低头，绝不对权力卑躬屈膝，就算是要遭受人神所知的最可怕的折磨，就算折磨将无穷无尽，也绝不服输。

赫菲斯托斯又垂下眼睛，转身离开了。在他迈着沉重的步伐艰难返回时，那饱受折磨的提坦巨神的眼神仿佛仍在眼前，巨神的眼中没有丝毫泪光，有的只是不服输的坚毅。回想到这儿，两颗巨大的泪珠顺着铁匠的脸颊滑下。

很快，普罗米修斯便陷入了彻底的孤寂。在茫茫荒野上，寂静被一声低沉的呻吟划破，那痛苦声来自被缚的巨神。只有现在，当施加折磨之人离开后，巨神才终于可以表现自己的极度痛苦。

"噢，大地啊，天空啊，俯视万物的太阳啊，"普罗米修斯哭喊道，"看看我这个神在遭受怎样的苦难，仅是为了根本不能算是罪过的罪过，竟被同类残忍地钉在石头上。

"宙斯对我说'你为人间盗取火种'。没错，就是我做的！因为我能预见未来，虽然我知道这样做会带来怎样的惩罚，但我仍旧丝毫未曾犹豫。不管我要经受怎样可怕的折磨，我的意志绝对不会动摇。我将忍受这一切羞辱和无尽的折磨，直到正义足够强大，遍布整个大地。"

说完这些话，普罗米修斯便陷入了沉默。他好像听到了什么声音，像树叶被风吹过时发出的沙沙声。很快，他便看清了，一群海洋女神正向他走来。她们是海洋之神俄刻阿诺斯的女儿，那位白发苍苍的提坦巨神曾将整个世界都拥入怀抱。

她们走近了。

一看到眼前这可怕的场景，她们吓得大叫出声，随后就那样呆呆地站住，一动不动，简直不敢相信眼前看到的这一切。终于，女神中年龄最大的那一位打破了沉默："我们听到了锤子敲击的回响，带着我们父亲的祝福，希望能够减轻你的痛苦，不幸的普罗米修斯。不过眼前这一切仍旧可怕得超过了我们的想象。"

"噢，伟大的海洋之神俄刻阿诺斯的女儿们，我最忠诚的朋友，"提坦巨神普罗米修斯回答道，"哪里有痛苦，你们那善良的心就带你们去到哪里。现在你们看到的折磨正是宙斯给我的惩罚——直挺挺得像哨兵般被钉在岩石上，没人愿意来救我。"

"我们的心为你痛得流血，普罗米修斯，"女神们答道，"因为你就是人类的光明，人类的希望。但是现在宙斯严酷地统治着整个世界，同时也残酷地惩罚着整个世界——是否正义我们现在还尚未得知。但是我们相信，即使你真的有错，不管是何种罪过也不至于遭受如此残忍的惩罚。"

"可事实就是如此。"

"告诉我们，你到底犯下了何种大罪？"

"我拯救了宙斯想要毁灭的人类。"

"这是伟大的功德，怎会是罪过！"海洋女神们惊呼道。

"我从宙斯那儿偷了火种，并把它还给了人类！"

"即使这样，你也为人类做了一件伟大的事情，这对神而言并没有损失。"

"我教会人类如何治疗疾病，还在他们灵魂深处洒下希望！"

"天呐，钉在岩石上的是一颗多么高尚的心灵啊！"海洋女神们边听边小声哭泣。

"我还为人类带去了艺术和科学，教会他们如何阅读写字、如何搭建房子，给他们的灶台带去温暖。"

"你做了这么多善事，为何要受这般惩罚？"

"正因为为人类做了种种善事，我才因此受到惩罚。不过请记住我的话。如果我真的做了什么罪孽深重的事情，或许我还根本不会受到惩罚。不公正的人总是对反抗非正义的人施以最严酷的惩罚。"

"唉，不幸的普罗米修斯，你说得对。现实如果不是这样就好了。往天那边看看，好像有人来了。"

他们仔细地往天边望去，很快就分辨出地平线上有一辆带有翅膀的马车正穿过云层向这边飞来。拉车的正是白色飞马珀伽索斯，这匹长有翅膀的飞马正拉着海洋女神父亲的马车向她们飞驰而来。

白发的海洋之神俄刻阿诺斯是天空之神乌拉诺斯和大地女神盖亚的儿子，在这困难关头，他从世界上最遥远的地方赶来帮助他的朋友普罗米修斯。海洋之神俄刻阿诺斯性格谦逊单纯，他受不了世界被不公正统治，便独自一人远离奥林匹斯山到别处居住。但是现在他的好朋友有难，他觉得自己必须赶来尽一份力。

当看到人类的大恩人被高高地钉在岩石上时，俄刻阿诺斯心如刀绞。

"天呐，宙斯究竟对你做了什么？！"俄刻阿诺斯大声叫道，"世间为何存在如此多的不公正？！"

"俄刻阿诺斯，你还记得我们曾一起帮助过宙斯吗？"

"我当然记得！"这位白发盈头的巨人愤然答道，"现在我就出发到奥林匹斯山去！我要去提醒宙斯当年我们有着多么深厚的友谊。我知道该怎么使他的心软下来，让他给你自由——但是你也要学会避开可能的伤害，因为你知道，虽然宙斯很严厉地统治我们，但是还没有谁能向他的统治发出挑战。"

"你说的句句在理，"普罗米修斯打断他，"所以现在不要去见宙斯。俄刻阿诺斯，小心某种可怕的命运也降临到你头上。你去了可能非但无法感化他，反而会火上浇油。没有什么能改变他对我的恨。"

"我要去，"俄刻阿诺斯回答道，"我必须要救你，你所受的不公应该被平反，我不在乎是否也身陷囹圄。"

"我一直知道你是一个仗义真诚的朋友。我们都知道,患难见真情。真的谢谢你,俄刻阿诺斯,但我真的不愿意你为了我以身犯险。宙斯不会因为你而改变想法,而且要我说,你也不应该向宙斯去乞求开恩同情。离开这儿吧。如果你还是不听我劝,我不想再听你说了,我心已定。"

白发的提坦巨神听到这番话后,脸沉了下来,他终于明白这件事他帮不上忙,而他那被缚的朋友也不可能再改变心意。带着沉重的心情,俄刻阿诺斯只好重新坐回马车,拉紧缰绳,随着巨翼飞马珀伽索斯升上了天空。

"不要扔下他不管!"当马车离开地面时,俄刻阿诺斯对女儿们大声喊道,随即他便离开了。

所有的希望都破灭了,海洋女神们陷入绝望的泥沼,开始为这位被缚的提坦巨神的悲惨命运恸哭。

"伟大的提坦巨神,为你悲痛的不只有希腊人,"女神们哭泣道,"还有亚细亚的工匠、科尔基斯的曼妙少女、斯库西亚的所有部落、阿拉伯半岛上好战的

居民,以及在高加索锯齿般的山峰上把守雄关的人,全世界所有人都痛你所痛,为你流泪。"

随后,他们又忆起了阿特拉斯,普罗米修斯那位大力士兄弟,他曾被宙斯降罪而永生永世用双肩扛着无比沉重的苍天。

"人类勇敢的保护神啊,即使是阿特拉斯的痛苦也无法与你现在承受的相提并论。从古至今还从未有过哪种惩罚能比得上你所受的永恒的痛苦。"

海洋女神们还在为提坦巨神的命运悲恸不已,普罗米修斯自己却沉默了。突然,他抬起头,看着海洋女神们说:

"我的沉默不是因为筋疲力尽或者痛苦不堪,而是因为回忆和思绪在我脑海中泛滥。我和你们一样从未料到宙斯会用这样的方式惩罚我。我们曾是那么亲密的朋友,而且还是为伟大目标共同奋斗过的战友。

"在往日的岁月里,我们曾一起经历过不公正的统治,见证过提坦巨神克罗诺斯统治世界时的无法无天,见证过正是他的不公才把所有邪恶的怪物带到世间,如愤怒、饥饿、仇恨、疾病,还有战争。我们就看着这些怪物肆虐人间,在人类中间猖狂横行,将世间变成活人的炼狱。也就是在那时,我们

决定与克罗诺斯和其他提坦巨神开战，把克罗诺斯赶下台。宙斯明白他可以仰赖弟兄们的帮助，但还不够。

"为了帮他，我竭尽全力。首先，我为他拉来了战友：我睿智的母亲，忒弥斯；你们的父亲，伟大的俄刻阿诺斯；大地女神，万物之母；最后还有独眼巨神，为宙斯带来了闪电。而我则和众神一道，在长达十年的恶战里一直守护在他身旁，直到这场提坦巨神之战结束，宙斯最终以获胜者的姿态出现在我们面前。然后，一个接一个，我抓住了所有克罗诺斯统治时期肆虐人间的怪物，把它们全都关进了一只巨型陶罐，交给了我的兄弟厄庇米修斯看管，这样它们就再也逃不掉了。

"随后，我开始帮助人类，为了拯救人类于痛苦之中，我送他们火作为礼物，宙斯却大发雷霆。为什么呢？人类做了什么伤害他的事情呢？也许，他害怕人类？我不知道。总之不管是什么理由，宙斯对人类的态度彻底变了，他开始执意伤害他们。西库昂那头献祭的公牛则是一切灾难的开始。宙斯不希望人类食肉，而只是将肉放在神坛上祭献给众神。我不让他继续这样做，他就收回了我赠予人类的礼物——火，这样人类就无法再将我为他们赢来的肉煮熟。所以，

我从宙斯那里偷偷盗取了火并还给了人类，于是我们成了敌人。

"迄今为止，宙斯只有一个目的：惩罚我。为了报复我、刺激我，他将潘多拉派往人间，这个女人打开了提坦巨神之战后关押所有怪物的巨型陶罐。所有的恶魔再次一窝蜂地席卷整个人间。宙斯看到人类因此而堕落沉湎的样子，又用一场大洪水想将人类永远除掉。而我因为救了丢卡利翁和皮拉而再次破坏了他的计划。

"我能告诉你们的远不止这些，但我现在所说的已经够多了。现在你们明白为什么我会被钉子穿透胸膛挂在石头上了吧。我没有用任何蛊惑之术让人类陷入妄想或给予人类任何永恒的祝福。我不过是启发了他们的心智，让他们的日子稍微好过一点，缓解了他们尘世生活的苦痛。为了做到这些，我甘愿承担这样乃至更残酷的刑罚。"

"噢，普罗米修斯！你对人类展现出了伟大的爱，却丝毫未曾考虑过你自己。"

"我生来便是如此，"普罗米修斯回答道，"我的命运注定如此。"

"然而，宙斯注定要永远这样统治下去。"海洋女神们说。

"不要这样说，"提坦巨神反驳道，"命运之神写下的东西你们不会知道。"

普罗米修斯是亚佩托斯的儿子，而亚佩托斯具有预知奥林匹斯众神命运的

神力，所以，普罗米修斯也能看到不少命运之神安排的事情。海洋女神们知道这一点，随即问道："难道宙斯的命簿里有他害怕的东西？"

"只有我知道谜底，"普罗米修斯回答道，"但现在还不是揭晓谜底的时候。如果宙斯继续这样不公正地统治世间，我绝不会救他；守着秘密，总有一天我会让他恢复理智，那就是我重获自由的时候。"

"噢，如果你今天解放就好了！"女神们呼喊着，"但是铁链如此坚不可摧，甚至锻造铁链的人都无法将之砍断，你如何才能自由呢？"

海洋女神们这样说是因为她们并不知道在未来的某一天，一位英雄终将诞生，他便具有这样的神力，能将勇敢的提坦巨神身上那坚不可摧的铁链砍得粉碎！

但被钉在岩石上的普罗米修斯回答道："总有一天我会被解救，至少这一点我深信不疑。不过，在这一天到来之前，无尽的年岁将会逝去，因为能够砍断铁链的英雄还有很长一段时间才会到来。在那之前，我将承受闻所未闻的折磨。不过，我看到了些什么？不幸的伊娥正朝这里奔来。她绝对想不到，很久很久以后，正是她的一位后人将成为我的拯救者。"

正当他述说时，空中回荡着一头痛苦的母牛心碎的咆哮。这是伊娥发出的可怕声音。她曾是阿尔戈斯一位美丽的公主，现在却变成了一头悲惨的、受苦的小母牛，口吐白沫，身上抓痕累累、血迹斑斑，像着魔般疯狂奔跑着，只为躲避巨牛虻的毒咬。在另一部苦难史里我们曾提过伊娥，天后赫拉将自己的愤怒发泄到这位不幸的公主身上。这可怜的姑娘被追赶着跑过半个世界，现在她发现自己来到了高加索山。

当伊娥看到普罗米修斯被挂在岩石上时，立刻止住了脚步，她被眼前这可怕的景象吓得目瞪口呆。"这可怜的人儿一定犯下过十恶不赦的大罪，才要遭受这样恐怖的折磨，"伊娥心想，"还好我并未犯下要遭受此等折磨的罪过。"

随即她也为自己所受的折磨而痛苦不堪，只见她绝望地抬起头，用尽剩余的所有力气大声呼喊道："宙斯啊！你为何留我受这等折磨？你为何不直接用雷电劈了我，将我烧成灰烬？为何不让大地裂口吞了我？为何不让我喂了鱼？为何一定要让我忍受这种痛苦？"

"噢，伊纳科斯的女儿，赫拉的怒气不公正地降临到你的头上……"挂在岩石上的提坦巨神对她说。

"你是谁，不幸的人儿？你如何知道我父亲的名字，又是如何知道降临在我身上的命运？"

"我是把火作为礼物赠予人类的神——也可以说偷。只要你喜欢，随你怎么说。"

"你是普罗米修斯，人类伟大的恩人！"伊娥大叫道。

"所以我被钉在这岩石上，浑身绑着坚不可摧的铁链。你看，其实你所受的折磨远非最甚。耐心是治疗痛苦的最佳良药。"

"哎哟，如果我有你这般意志的力量，我也能承受这些痛苦，再难过也行；但是我受不了了，如今我只有一事相求：立刻去死。"

"你能找到你所说的那种力量，而且你也将获得那种力量，只要你明白你现在所受的折磨总会到头，而且你的生命并非毫无意义。"

"噢，普罗米修斯！"伊娥哭喊道，"因为你能看到未来，你什么都知道。

我的生命也有可能存在某种意义吗?"

"听了我的话你会万分惊讶,但我必须要告诉你,听着:正是得益于你某位子孙的帮助我才有望重获自由!"

伊娥听后大吃一惊。她从未想过自己未来也会有孩子,而且其中一位还具有如此神力,能够砍断这些天界锻造的铁链!不过,这位绑在岩石上的提坦巨神的一番话的确重新给了她活下去的力量。

伊娥鼓起勇气说:"如果我没理解错的话,你的意思就是,终有一天我可怕的流亡生涯将宣告结束,我也将重新成为一个人。说吧,我求你了,告诉我在什么地方、什么时候我的折磨将会终止。"

"在埃及,"普罗米修斯答道,"就是雄壮的尼罗河汇进大海的地方。你还要花很长时间,继续漂泊很远很远,继续忍受更多的不幸,然后才能到埃及。不过在那里你将遇见宙斯,他将重新把你变成女人。"

伊娥愉快地接受了勇敢的提坦巨神的预言。

"我必须要向你表达谢意,普罗米修斯,"她说,"无论如何我要找到我所需要的勇气。但是请告诉我,你刚才说正是得益于我的某位子孙的帮助,你才有望重获自由,这是什么意思?虽然你的话给我燃起了新的希望并带来了喜悦,但我仍不是很明白。"

"如果你想听,那我全都告诉你吧,"普罗米修斯回答道,"在遥远的埃及,当宙斯把他的神手放在你头上后,你将怀上他的孩子,并重新变回你往日的模样。你的孩子将唤作厄帕福斯,因为他仅仅是通过一次轻微的碰触怀上的。他将成为埃及的第一位王,而他的子孙后代都将成为英雄。在他之后,有一天会诞生一位具有无比神力的英雄,即使是我身上的这些铁链也耐他不何。他叫赫拉克勒斯。不过啊,哎哟,我还得再等上几百年,他才出世。"

还未等普罗米修斯说完,伊娥又发出一阵可怜巴巴的哀叫声。她跃入空中,立马又开始逃跑。不过,可怕的牛虻已再次将毒刺扎进了伊娥的侧腹,不幸的伊娥越过参差不齐的山峰,很快便消失不见了。

"有人说弱者永远不要和强者纠缠在一起,这可真是智者之言,"海洋女神们感叹道,"如果强者不因自己的财富而堕落,也会因对自己的光荣传统过于骄傲而毁灭。"

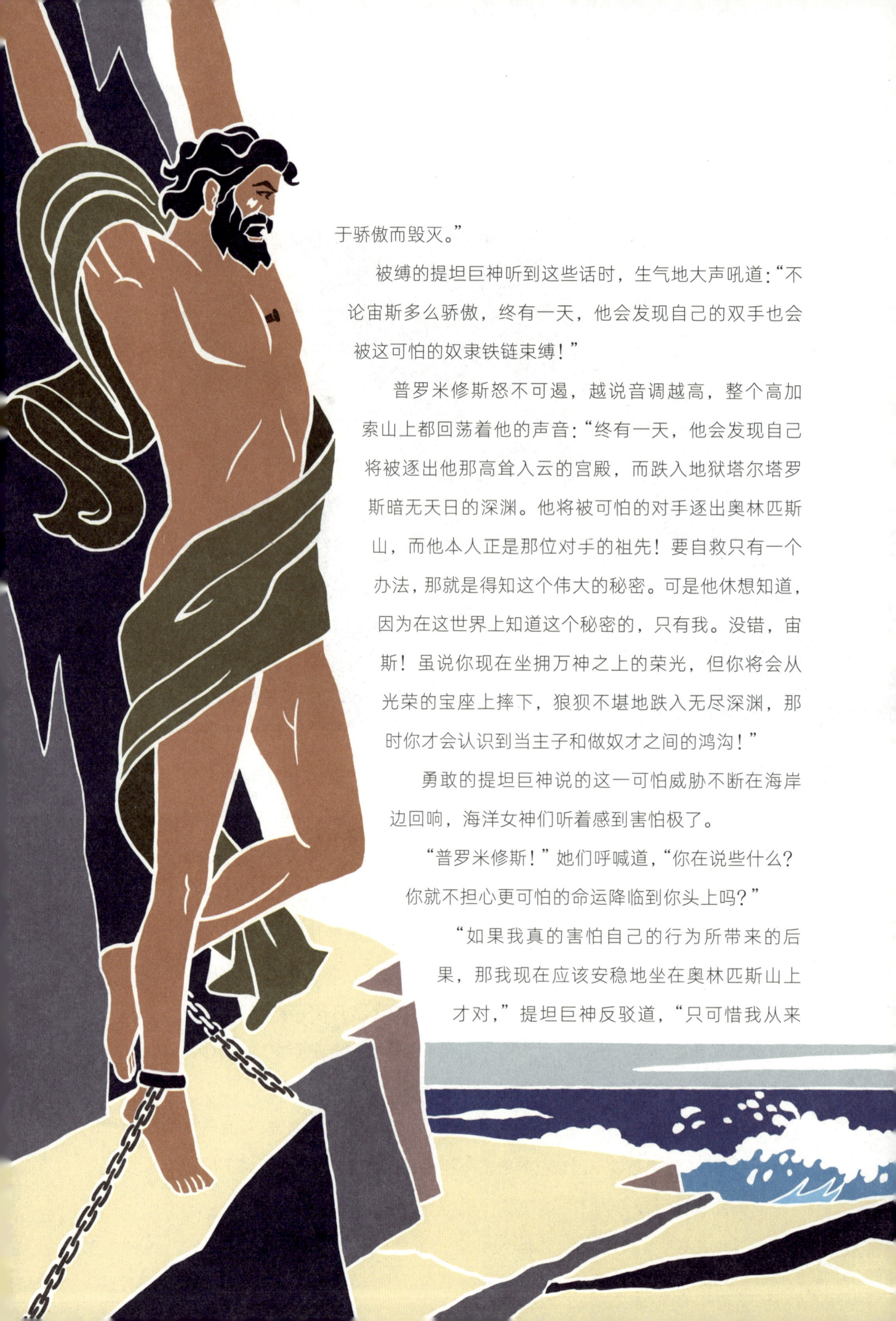

被缚的提坦巨神听到这些话时,生气地大声吼道:"不论宙斯多么骄傲,终有一天,他会发现自己的双手也会被这可怕的奴隶铁链束缚!"

普罗米修斯怒不可遏,越说音调越高,整个高加索山上都回荡着他的声音:"终有一天,他会发现自己将被逐出他那高耸入云的宫殿,而跌入地狱塔尔塔罗斯暗无天日的深渊。他将被可怕的对手逐出奥林匹斯山,而他本人正是那位对手的祖先!要自救只有一个办法,那就是得知这个伟大的秘密。可是他休想知道,因为在这世界上知道这个秘密的,只有我。没错,宙斯!虽说你现在坐拥万神之上的荣光,但你将会从光荣的宝座上摔下,狼狈不堪地跌入无尽深渊,那时你才会认识到当主子和做奴才之间的鸿沟!"

勇敢的提坦巨神说的这一可怕威胁不断在海岸边回响,海洋女神们听着感到害怕极了。

"普罗米修斯!"她们呼喊道,"你在说些什么?你就不担心更可怕的命运降临到你头上吗?"

"如果我真的害怕自己的行为所带来的后果,那我现在应该安稳地坐在奥林匹斯山上才对,"提坦巨神反驳道,"只可惜我从来都不是一个小心行事、瞻前顾后的神。"

"懂得适时低头的人才是聪明人。"

"这话没错,不过是在应该这样做的时候,我决不会在暴政面前低头!"

正在这时,长着翅膀的天神赫尔墨斯像一道闪电突然出现在上空。宙斯派他来弄清楚普罗米修斯的话到底什么意思。

赫尔墨斯威胁地看着普罗米修斯,大声叫道:"你这诡计多端、满嘴胡话的盗贼!不要净说些谜语,干脆直截了当地告诉我吧,谁将把主神宙斯推下台?救他的那个'伟大的秘密'又是什么?世间强大的统治者现在命令你告诉他,你这个可悲的罪人!虽然你是盗火的小偷、人类的好友,但我知道有一件事是毋庸置疑的,哪怕其他所有神联合起来也不及你对未来看得清楚,看得准确。"

"谁让你跑到这儿恃强凌弱来的?"普罗米修斯反驳道,"如果你真想知道点儿什么,我只能清楚明白地告诉你:宙斯倒台的时候,他所有的奴隶和溜须拍马者都要和他一起下台!"

"算了吧,现在说够了吧,"赫尔墨斯回答道,"告诉我那个秘密吧。没人敢这样鲁莽地无视宙斯的意愿。此外，为什么我要为你的固执而跟着倒霉呢？"

"我要说的，我已经说了。滚开，不要让我再看见你！"

"你要为你的无知愚蠢付出代价！"赫尔墨斯回答说。

"如果你以为我会为了免受这样的折磨而甘愿成为像你一般阿谀奉承的奴才，那你就大错特错了，"提坦巨神回答道，"比起沦落成为宙斯最忠心的奴才，还不如做这块岩石的奴仆，简直要好上一千倍。"

"我看出来了，你像恨他一样恨我。"

"我恨所有恩将仇报的人。"

"这就是你反抗宇宙之主意志的原因？"

"不公正是我反抗的唯一原因。"

"什么是公正，什么又是不公正？只有统领所有神祇和凡人的他才能决定。"

"不！"普罗米修斯咆哮道，"我永远无法接受。不公正生不出公正，我们也不能因为对己有利便颠倒黑白，混淆是非。人类到底对宙斯做了什么，要在他手里遭受这样严酷的惩罚？他为何要把火种重新收回，又为何想让人类像过去一样被活活饿死？他为何要对人类发洪水？你能告诉我吗？"

"我只能告诉你一件事，"赫尔墨斯回答道，"他是我的父亲，最强大的神祇，天下没有比违抗他的意志更大的罪过。"

"不，如果你想寻求真理，不公正才是最大的罪过。只有爱才能创造美，而不是恨。也许你更希望看到整片大地都变得野蛮荒芜。看看那绿油油的草地，以及在草地上安详吃草的牛羊；看看那些正在经营自己田地的农民；看看村庄以及建有寺庙和雕像的城市；看看圣坛；再看看圣坛前热腾腾的祭品，它们甜美的香气正慢慢升上天空。这一切都得益于你所说的'被偷来的火'。看看人类是怎样称赞、崇拜你们这些奥林匹斯山上的神祇的，不过从来不包括我。噢，不！我的名字可能从未被提及。为什么？因为我给予人类帮助，却丝毫未曾帮助过神祇。这就是我努力付出所获得的回报吧！但是我告诉你：不公正不可能永远统治世界，虽然我现在正在遭受不公正的折磨，但总有一天，宙斯会获得他真正应得的惩罚！"

"你威胁够了！尽好你的职责，告诉我你该告诉我的：宙斯如何获救？"

"如果我欠宙斯一个自救的办法，我会亲自告诉他，"提坦巨神回答道，"不过现在反而是他欠我。现在他必须要做的是另一件事，那就是将公正给予人类，不要让残暴统治世界，不要让公正如被缚的花朵般孤独凋零！"

"普罗米修斯，有一件事你必须明白：宙斯的决定是改变不了的。如果你还不说，你的命运将会更加悲惨。"

"我的决定也改变不了。宙斯的命运才会更加悲惨！"

"傻瓜！"赫尔墨斯大叫道，"从你理想的高空下来吧，回到现实，不要再执迷不悟了！"

"我已经降得够低了，现在都降到和奴才在一起说话了！"

"谁给你吃了熊心豹子胆，竟敢和我这样说话？你以为我是马厩小厮吗？"

"你说小厮？如果你觉得可以从我这儿套到秘密，那你真的是连婴儿的智商都不如。除非宙斯放了我，并表示他将用爱统治世界，否则我绝不会告诉他如何获救。就算他要我承受他那扭曲的思想里能想出的最邪恶的折磨，也休想把我的精神打垮，休想强迫我说出拖他下台的那个人。"

"你真的觉得这样做你能得到丁点儿好处吗？"赫尔墨斯问道。

"你是商人的守护神，"普罗米修斯讥笑道，"而且你说话就活脱脱像个商人。我从未想过自己能得到些什么。我只关心一件事：只有公正才应该被考虑重视，而绝非不公正！"

"既然你不服从宙斯的统治，那现在就听听宙斯对你做的决定吧，如果听完你还敢忤逆宙斯，那你就自己守着那秘密吧。与你即将遭受的折磨相比，你现在的痛苦不过是场游戏。到时将有电闪雷鸣一齐把你所在的这块岩石劈成碎片，同时大地将出现巨大的裂缝，你将被吸入地狱塔尔塔罗斯暗无天日的深渊。不仅是你，还有岩石，还有所有一切。经过漫长的时间后，你又将重见天明，接受对你最严酷的审判。白天，一只老鹰将用它的利爪撕裂你的胸膛，啄食你的肝脏；到了晚上，你的伤口将会痊愈；但第二天老鹰又会回来再次划破你的胸口。这种折磨将日日如此，夜夜如此，永不停歇，永无尽头。现在再仔细想想吧，你知道的，宙斯绝不是在虚张声势。他的雷电已经准备就绪。如果你听我一句劝，识时务者为俊杰，不妨多点思考，少点莽撞。"

赫尔墨斯一说完，所有海洋女神的眼里都噙满泪水，天空中乌云密布。女神们害怕地四处张望，毕竟，那些更骇人听闻的折磨是很可能发生的！最后，她们只好在普罗米修斯面前跪下，乞求他接受赫尔墨斯的建议，听从宙斯的意愿。

"改变自己的决定并不可耻,"女神们力劝他,"真正可耻的是聪明人明知自己错了还固执己见,一意孤行。"

"赫尔墨斯说的我全都知道,"普罗米修斯反驳道,好像他根本没有在听,"以后还会有些什么样的折磨,我好多年以前就清楚了。"

随后,他用雄壮的声音大声吼叫道:"全都来吧!就让宙斯的闪电响雷都落在我头上,地动山摇吧。就让狂风激起巨浪,让肆虐的飓风蹂躏一切吧。就让天空中的太阳星辰改变运行方向,让我的身体坠入暗无天日的地狱塔尔塔罗斯吧。但是，请记住一件事情，我的意志绝不会有丝毫动摇！"

"简直太奇怪了，"赫尔墨斯沉思着说，"我从未想过最后会得到这样的答案。"随后，他抬起头，大声吼道："难道你的精神错乱到这种地步，已经无法分辨好坏了吗？还有你们，噢，俄刻阿诺斯的女儿，如此同情他的女神们，听我一句，小心点！马上离开这个地方，越快越好，哪怕仅一次霹雳发出的声音就足以让你们精神失常，神经错乱！"

"你对我们就没有一点安慰的话吗？"海洋女神们痛苦地回答道，"没有，当然没有。我们就不劳你费心了。我们讨厌背信弃义的丑恶嘴脸！"

赫尔墨斯威胁过的可怕后果很快便应验了。天空漆黑一片，雷声阵阵轰鸣，在天地万物间不断回响。一道道闪电划破天空，活像一条条火蛇。飓风骤起，和着宙斯发出的惊人霹雳将意志坚定的提坦巨神和背后的岩石一道激向半空中。

与此同时，大地一分为二，中间出现一道巨缝，被缚的普罗米修斯直挺挺地一头栽进漆黑的深渊地狱塔尔塔罗斯。

海洋女神们害怕而绝望地哭喊着逃离了高加索山，此时，赫尔墨斯却在岩石的高处安全地俯视着下面的一片惨象。他也害怕，但思绪颇多。虽然他也讨厌普罗米修斯，但实在无法掩饰住对这位提坦巨神的崇拜之情。

"没错，如此勇敢坚毅的神不应该遭受这样的命运，"他暗暗自言自语道，"现在坠入深不见底的地狱塔尔塔罗斯，而以后还将重新被钉在高加索山上日日被宙斯的神鹰划破胸膛。这样可怕的折磨还将永无尽头，即使有人有心救他也无能为力，谁能敲断他身上绑着的天堂锻造的铁链呢？"

当这些思绪浮现在赫尔墨斯的脑海中时，他肯定没有想到未来有位叫赫拉克勒斯的英雄会出世，正是他能把无畏的提坦巨神身上那坚不可摧的铁链砍断。

数不清的日日夜夜过去了，普罗米修斯一直被埋在地下深处，独自在地狱塔尔塔罗斯的黑暗中苦苦挣扎。他身上仍旧绑着铁链，胸膛被钉在那块岩石

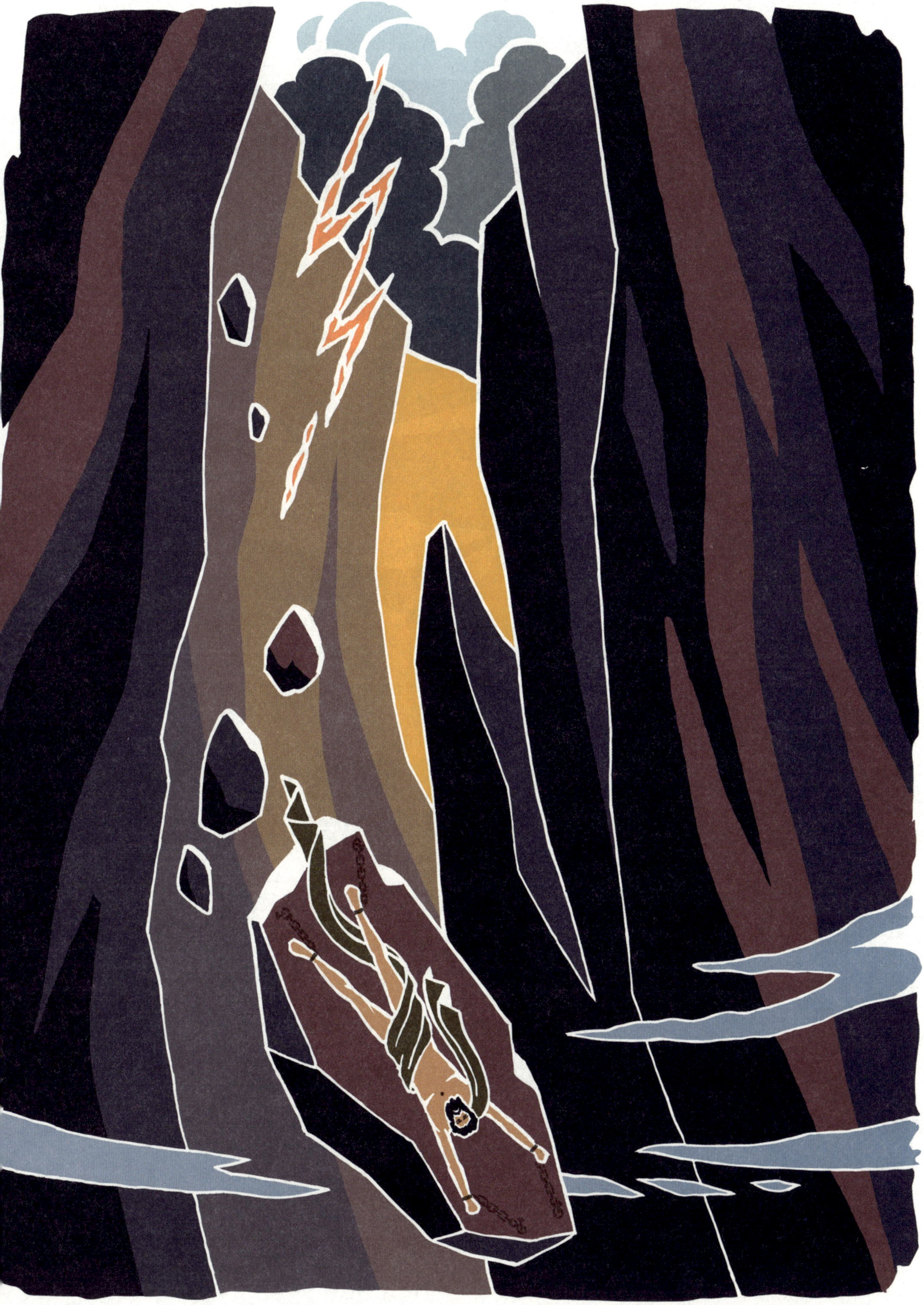

上。他得不到片刻的喘息，哪怕一个小时的睡眠也难以实现，不然还能暂时忘记这一切折磨而获得顷刻的美好。

普罗米修斯重见天日的时候到了，一场剧烈的地震让冥府深处也左摇右晃，束缚普罗米修斯的那块岩石被抛向高空。随着一声巨大的雷响，岩石一下子撞上了高加索山峰，最终又立在了原来的位置上。

饱受折磨的提坦巨神的眼睛受强光刺激，一开始什么也看不见。当他终于能够睁开眼时，看见的却是宙斯的奴仆暴力那野蛮凶残、气势逼人的模样。

暴力也开门见山。

"快说！"他一开始便厉声说，"说！告诉我那个秘密，到底怎样拯救宇宙之主。现在你应该已经见识了宙斯强大的力量，那你必须认清形势，无论如何你也无法反抗他的意志。"

但普罗米修斯始终沉默着。仅是暴力那副模样便让他满心厌恶，他扭开头尽量避开他。

"我已经说过了！"暴力咆哮道，"我命令你给我答案！"

"噢，我多么希望这奴才没有站在我面前，"普罗米修斯心里默默想着，"比起让这家伙来折磨我的心智，还不如直接让老鹰来撕裂我的胸膛，那还要好上一千倍。"

"听着，普罗米修斯，"暴力继续说，"如果你不照做，宙斯的老鹰马上就来。你到底能不能得救全掌握在你自己手上。"

"如果宙斯需要你这样的帮手，"勇敢的提坦巨神愤愤地低声说，"我还不如钉在这块岩石上。就让他的猎鹰来啄食我的肝脏吧，我绝不会屈服！现在，滚开，你这个懦夫！寄生虫！"

普罗米修斯言语中出其不意的愤怒对暴力产生了不小的威胁，他立马飞回了奥林匹斯山。

很快，老鹰便飞来了。那是一只体型巨大的猎鹰，喙如弯刀，爪如金钩，像闪电般俯冲下来，猛扑到被缚的提坦巨神的身上，开始它惨无人道的工作。当老鹰撕开他的胸膛，啄食他的肝脏时，他痛苦地咬紧牙关，忍受着这可怕

的折磨，没发出一声喊叫。当老鹰飞走了，普罗米修斯身上被撕开的伤口仍旧折磨着他。只有到了晚上，伤口才痊愈，肝脏也才重新长出来。可是，这样的折磨永生永世不会消减一分，到了第二天，他又会重复承受昨日的可怕痛苦。一年年过去了，整整过了好几个世纪，人类伟大的恩人始终身缚铁链，直挺挺地钉在岩石上，不断受着折磨，但又一直在盼望着，等待着。

白发的俄刻阿诺斯的女儿们时常来看望他，以减轻他的痛苦。她们对普罗米修斯的敬佩之情与日俱增，如大海般已经延伸至无边无际的程度。

她们惊异于他的耐性："噢，我们甚至都不敢正眼瞧你，勇敢的提坦巨神，你如何能忍受这无穷无尽的折磨？"

诚如海洋女神们所言，她们一听到老鹰展翅的不祥声音就赶紧躲起来，还不停绝望地哭泣。

老俄刻阿诺斯的女儿们并未遗忘普罗米修斯，也从未忘记在他受难时跑来与他做伴。她们常常告诉他有关人类的种种：人们的苦难和希望，以及人们的痛苦和幸福。

被缚的提坦巨神聚精会神地听着海洋女神们的述说，但一想到此时此刻的

自己不能帮到人们一丝一毫，他的心就疼得像在滴血。

不过，海洋女神们带给他些许安慰。

"普罗米修斯，人们在不断地进步。他们正学习掌握你教他们的艺术技能，还学习好好利用你送给他们的礼物——火。他们的生活会越过越红火。"

随着时间的流逝，女神们带给普罗米修斯的消息愈加令人欣喜。

"普罗米修斯，时间会治愈很多伤痛，"她们告诉他，"人间发生了很多变化，奥林匹斯山上也同样如此。随着时间慢慢过去，宙斯已经开始关爱新一代人类。神祇们都称这一代人所处的时期为'英雄时代'。由雅典娜领头，德墨忒尔、赫菲斯托斯及其他众神辅助，很多神祇都向人类提供帮助；而人类则向神祇们回馈以赞美，这让宙斯十分高兴。神祇们时常和人类同吃喝、同居住，分享他们的喜悦，分担他们命运受挫时的痛苦。战争时，神祇们和人类站在一起；和平时，他们也从不远离。神祇们常常和凡人相爱，因此诞生了不少半神，而这些半神成了统治者和伟大的英雄，为人类增添了新的荣光。"

当女神们说起这些时，她们瞪大眼睛看着普罗米修斯。自从他被绑在这块岩石上，这是她们第一次看到勇敢无畏的提坦巨神面露喜色。

"我不恨宙斯了,"他说,"一直以来我只想要做一件事:帮助人类,不让他们痛苦地生活。我很高兴,宙斯他曾经因为我帮助了人类而将我视为仇敌,如今自己却成了人类的朋友。"

"真是睿智,不幸的提坦巨神,"海洋女神们回答道,"尽管过去的几百年间你受尽了可怕的折磨,但你的心灵依旧如此善良,你的思想依旧如此单纯,你的情感依旧如此高贵,从未变过。"

"噢,听着,我最好的朋友的女儿们,"普罗米修斯回答道,"盲目、无价值的顽固是逻辑理性最大的敌人。即使是最不屈的灵魂也会在善良面前低头。宙斯对我像对人类一样给予了巨大的伤害,但如果他现在决定从头来过,善待人类,我不会对他怀恨在心。的确,或许现在是时候告诉宙斯那个可以拯救他的秘密了。"

"你明智的决定带给了我们快乐和新的勇气,"海洋女神说,"你话语中透露出的善良和睿智再次坚定了我们与日俱增的希望。如今似乎有什么东西在告诉我们,你饱受折磨的日子就快结束了。我们非常确定。那一刻越来越近,伟大的赫拉克勒斯即将出现,他将砍断你身上坚不可摧的铁链。"

"没错,"普罗米修斯回应道,"我可以从空气中感受到这一点。是的,赫拉克勒斯这位我等了几百年的英雄终于要来了。"

听到这番话,海洋女神们难掩兴奋,彼此拥抱,还载歌载舞,高兴地旋转跳跃,随即又飞奔到旁边岩石顶上大声呼叫道:"赫拉克勒斯!赫拉克勒斯!赫拉克勒斯!"

的确,不久就出现了一个人影,他的轮廓就伫立在远方的山峰顶上。

"赫拉克勒斯!"海洋女神们再次齐声大声地呼唤。

"我来了!"英雄的声音模模糊糊地从远方传来。

高加索山上出现了难以形容的喜庆场面,海洋女神们相互亲吻拥抱,一些飞奔着去迎接远道而来的英雄,一些迅速跑到普罗米修斯面前告诉他这个令人喜悦的消息。

赫拉克勒斯并不知道女神们为何这样呼唤他，但他觉得她们需要帮助，所以他分秒必争抓紧时间赶路。他迈着巨大的步伐翻过参差不齐的山岩，上山下谷，不断向前。

赫拉克勒斯一向乐意救人于水火，他的一生都致力于这一伟大的使命。因此，他未曾犹豫便开始为欧律修斯服务，哪怕后者是迈锡尼极富嫉妒心又胆小如鼠的国王，曾为了羞辱甚至害死赫拉克勒斯而专门派他去完成十二项几乎不可能完成的任务。但赫拉克勒斯不仅完成了这十二项任务，还完成了不少其他的非凡任务，因为他认为完成这些任务能够帮助全人类。

他让全世界免遭危险凶兽的侵扰；他和恶人殊死搏斗，战胜了多个野蛮凶残的战士；他开辟了通向远方的条条新路，让大海汇入无边无际的大洋；他将整个人间都扛在自己肩上；他与人马角斗并战胜了他们，打败了提坦巨神们；他坐着太阳神的金船和太阳一起航行，漫游全世界，从北到南，从东到西；他甚至还下过冥府，竟然又能原路返回，还从来没有哪个人能做到这一点。

现在他发现自己正在高加索山，是时候去完成一项最具挑战性、最高尚的使命：将人类的伟大朋友从长时间的监禁束缚中解救出来。

终于，赫拉克勒斯站在了附近的一块岩石上，正好面对普罗米修斯。在此之前，他已经在群山中跋涉了许多天。他参加了阿耳戈英雄们的远征，但是在"阿耳戈号"抛锚地附近的森林里迷路了。不过现在，看着面前这位浑身捆着铁链、钉在岩石上的提坦巨神，他明白了自己为何注定要迷路，为何脚步会径直指引着自己来到这片荒无人烟的地方。因为只有在这里，他才能看到普罗米修斯正在遭受着人神所能想象到的最残酷的折磨。

赫拉克勒斯对这位遭受不公正惩罚的提坦巨神充满同情，随即决定不再让这可怕的折磨持续下去。他从岩石上直接跳下，飞奔着跑去帮忙。当跑到普罗米修斯面前时，他简直找不到语言来表达自己对这位勇敢的提坦巨神是多么怜惜和崇敬。

突然，一声可怕的尖叫响彻天际。海洋女神们都惊慌地双手掩面。赫拉克勒斯抬头望向天空，只见一只老鹰正在高空盘旋。现在正是这只猎鹰来啄食巨神肝脏的时间。赫拉克勒斯毫不犹豫地立刻从肩上的箭囊中抽出一支箭，使出全身力气拉满弯弓，瞄准目标。弓弦一放，利箭嗖地一下射向天空。

很快，猎鹰便一头从高空中栽落下来，尽管双翅还在扑腾，但沉重的身体直往下掉，一切挣扎也无济于事。只见猎鹰垂直栽进冒着白色泡沫的大海，也就一眨眼的工夫，便坠入深渊，不见了踪影。

看到猎鹰栽落海底，海洋女神们高兴地大声欢呼。

就在那时，长着翅膀的赫尔墨斯带着宙斯下达的一项任务从天上猛冲下来。

普罗米修斯知道这位行动迅速的神祇此番前来所为何事，便对他说："这次你无须来恳求我，是时候让宙斯知道那个伟大的秘密了。但是你也看到了，也是时候让我重获自由了。他就是赫拉克勒斯，这些年里我一直等待的英雄。除了他，没人能砍断这几乎坚不可摧的铁链。我的意思是，不管是神祇还是凡人都办不到。"

不过，赫尔墨斯仍旧还想再问一个问题。

"但，不是宙斯命令你永生永世被钉在这块岩石上吗？尽管我非常同情你，可宙斯的决定怎么可能收回呢？退一万步说，就算宇宙之主他自己想这么做，我们也知道这是不可能的呀。"

"不要再纠结这些问题了，"普罗米修斯回答道，"总有一个办法既能还我自由又能不忤逆宙斯的意愿。现在我马上告诉你那个伟大的秘密，听清楚了，然后一字不落地回禀给你的主人：他一定不能娶伟大的海洋术士涅柔斯的女儿忒提斯为妻。命运之神已经安排好让忒提斯生下一个比孩子父亲更伟大的儿子。如果宙斯和忒提斯结为夫妇，他们的儿子会把他从宝座上拉下台。"

普罗米修斯话音刚落，赫尔墨斯便带着这个警告火速赶回奥林匹斯山。

赫尔墨斯一走，赫拉克勒斯便走上前来，说："终于！现在我想做什么就做什么。没人告诉过我，人类伟大的朋友必须永久被束缚在这里。"

伟大的英雄一边说着，一边举起手中的大棒用无比的神力锤击铁链，整个岩石都开始颤动。这是一项艰难的任务，即使遭到如此巨大的打击，天界锻造的铁链依旧坚固。但赫拉克勒斯下定决心，一定要解救这位遭受不公正对待的提坦巨神，他不断锤击铁链，力气越来越大。每打击一次，力度都是前一次的两倍。他锤击铁链溅起的火花闪亮炫目，像发光的瀑布般倾泻而下。霹雳如大雨般密集地落在英雄周围，整个大地都在摇晃，高加索山这一片荒芜的土地也一遍遍回荡着英雄敲击铁链的声响。

很快，这"坚不可摧"的铁链便被敲成了碎片。铁链断掉后，力大无穷的英雄拔出了普罗米修斯胸前的钉子。提坦巨神终于自由了。他深深地吸了一口新鲜空气，便倒在了赫拉克勒斯坚实的怀抱里。两位英雄紧紧拥抱在一起，享受着无声的喜悦，一旁的海洋女神不禁喜极而泣。

"伟大的英雄，对你的感谢我无以言表，"普罗米修斯说，"你给了我自由，我实在不知道说什么来表达我的谢意。"

"我还尚未学会如何接受感谢，"赫拉克勒斯回答道，"被选来解救人类最伟大的朋友是我最大的幸福。人们称我为英雄，或许他们是对的。我完成了这么多困难的任务，或许我将被永远地铭记。但这一次的任务最为艰难，这些铁链实在坚固。不过有一点我非常确定：不论是这件事，还是我所有的成就，加起来都无法与你的功劳相媲美。你的丰功伟绩需要极其强大的身心双重力量作为支撑，这比我的力量强大上千倍，除了你，没人拥有这种力量。"

"听着，赫拉克勒斯，让全世界都牢记这些伟大事迹，"普罗米修斯回答道，"所有神，甚至最卑微的凡人都能找到我们当初决心反抗不公正时所具有的力量。统治这个世界不公正的势力越凶猛，我们就能找到越强大的力量来反抗它。"说完这些话，普罗米修斯便陷入了沉默。是时候让他休息休息了。

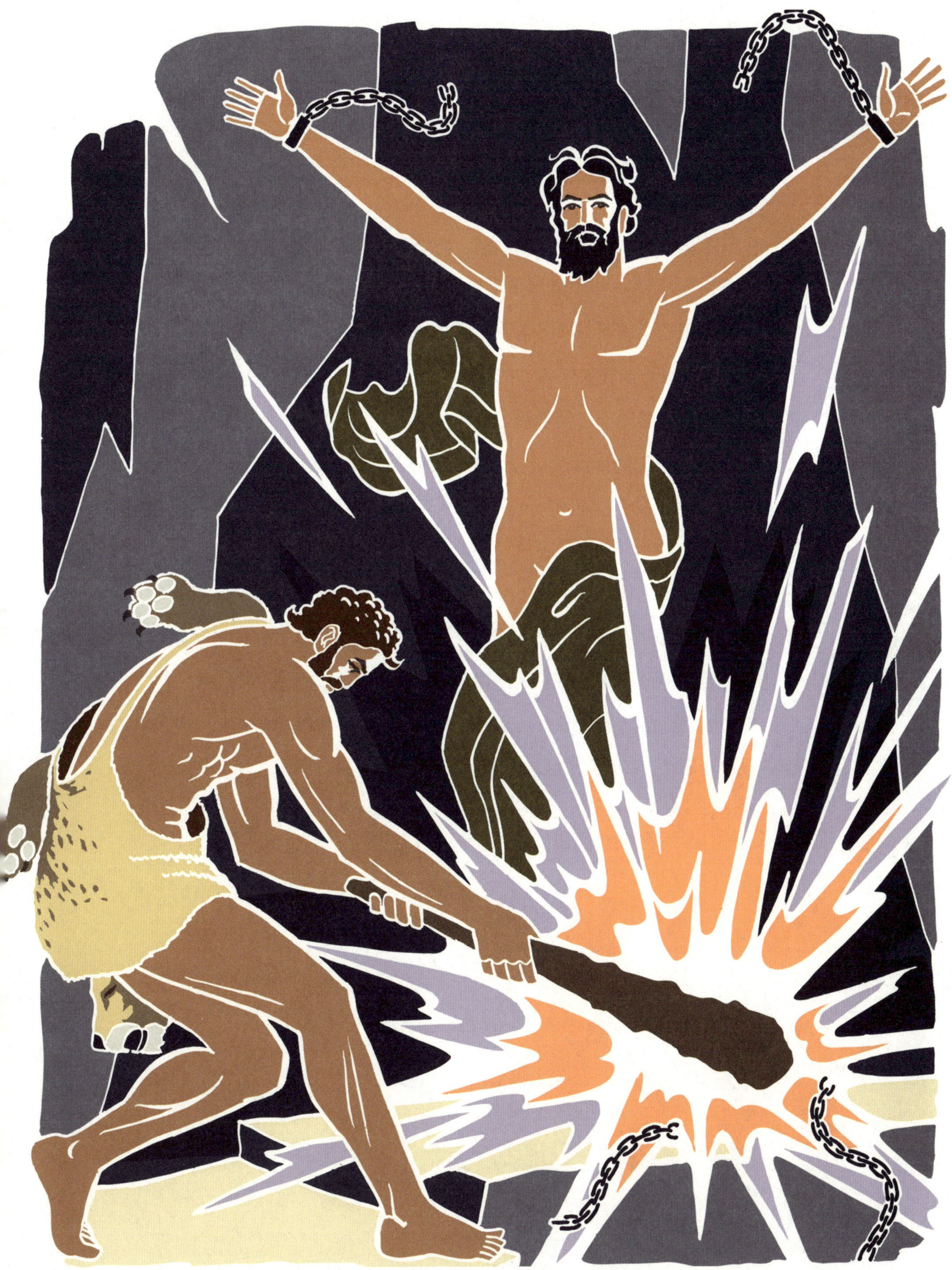

于是，世间最残忍的磨难终于结束了。宙斯和普罗米修斯达成了和解，神界又重归祥和。

由于遵从了这位提坦巨神的预言，宙斯未将忒提斯娶为妻子。虽然这位美丽的海神之女也是位神灵，但奥林匹斯山上的神祇将她许配给了一个凡间男子，弗西亚国王珀琉斯。

正如普罗米修斯先前预言过的那样，她生下了一个比孩子父亲更为强大的儿子，那就是阿喀琉斯，全希腊最伟大的战神。

只不过对赫尔墨斯而言，一直以来都有一个疑问烦扰着他。"宙斯的决定为何没有得以完全执行？"他问自己。不过不久以后，这个问题就得到了解答。

宙斯命令赫菲斯托斯锻造一枚戒指，并从普罗米修斯以前被缚的岩石上取下一块小石头镶嵌在戒指上。宇宙之主将这枚戒指作为礼物送给了这位不屈不挠的提坦巨神，他以后将永远佩戴这枚戒指以作为对恩赐的感谢。

由此看来，宙斯的意志最后仍旧得到了尊重。"让普罗米修斯永生永世被绑在一块岩石上。"宙斯曾经说过，而普罗米修斯也的确永生永世被绑在了一块岩石上。

第九章

赫拉克勒斯与十二项任务

远古时期，人们相信万能的宙斯统治着人神两界。相传希腊大地上住着一位名叫赫拉克勒斯的英雄，人们对这位英雄的崇拜和敬爱程度甚至超过了对神的信奉，因为他功勋盖世、成就非凡。

赫拉克勒斯的形象如此伟岸，没有任何一个城邦能将他局限在其狭小的领域。他已经是整个希腊的英雄，不仅如此，他身上还寄托着所有希腊人对未来的希望和追求。

众所周知，古时的希腊被划分为诸多小城邦，各城邦之间战火不熄，结果往往是毁灭与绝望。但所有人依旧说着同一种语言、信奉相同的神明，都同样热爱生活、渴望和平。因此，渐渐地，所有希腊人都渴望这些城邦能得以统一。

然而，这也只是单纯的渴望。

正是因为这份渴望，才有了描写赫拉克勒斯降生的精彩神话。

那时，人们相信奥林匹斯山众神能解决所有重大的问题。他们认为，宙斯正是因为希望希腊城邦得以统一才决定再生一个儿子，也就是赫拉克勒斯。等到赫拉克勒斯长大后，他会成为一名足够强大的英雄并完成统一希腊城邦的愿望。

赫拉克勒斯长大后将要统治的城邦正是繁荣的迈锡尼——那个希腊最辉煌、最富足、最强大的城邦。

迈锡尼是大英雄珀耳修斯建立的，他是宙斯的另一个儿子。珀耳修斯死后，他的儿子厄勒克特律翁继承了王位。厄勒克特律翁生了九个孩子，其中一个是女儿，名叫阿尔克墨涅，她将成为赫拉克勒斯的母亲。

阿尔克墨涅身材高挑，仪表庄重，堪称当时世界上最美丽、最聪慧的女子。浓密的秀发如丝如绸，衬托着她美丽的面庞；长长的睫毛色泽深沉，点缀着她生动的大眼睛。厄勒克特律翁的这个女儿具备了女性所有天生的优雅，注定要成为英雄的母亲。如果宙斯做了孩子的父亲，她必将生出这个世界上最伟大的英雄。也正因此，在所有女子中，不论是神还是人，宙斯只选中阿尔克墨涅来做赫拉克勒斯的母亲。

当然，宙斯已经和赫拉结婚了。但是，古希腊人并不羞于认为神可以和任何自己喜欢的女子生下孩子，或许是因为人们愿意相信英雄和伟大领袖的父亲应当是一位神仙，又或许是因为总有些国王喜欢吹嘘自己是宙斯的儿子。但不管怎么样，相传赫拉克勒斯出生后，就再没有其他女人怀上过宙斯的孩子。

宙斯不改往日行事作风，依旧为达目的不择手段。他等了很久，直到时机成熟。

故事要从开头讲起。

阿尔克墨涅的父亲厄勒克特律翁已经将女儿许配给了梯林斯的国王安菲忒吕翁。当时，迈锡尼受到了特勒邦人的攻击，发生了一场野蛮的激战。那是一个可怕的种族，单是族人的声音便震耳欲聋。迈锡尼最终获救了，却在这场血战中付出了惨重的代价。阿尔克墨涅的八个兄弟，也就是厄勒克特律翁的儿子们，全部战死沙场。阿尔克墨涅因此伤心不已，便将和安菲忒吕翁结婚的想法抛诸脑后。

之后，又发生了一件事情，再次酿成恶果。特勒邦人虽然放弃攻占厄勒克特律翁的城邦，却偷走了他所有的牛，并在回家的路上将这些牛藏在伊利斯国王波吕克赛诺斯那里。

安菲忒吕翁还想着娶阿尔克墨涅为妻，他找到了这些牲口并相信这能帮上未来岳父的忙，于是从波吕克赛诺斯那儿买下牲口，随后将牲口送回了迈锡尼。

没想到的是，厄勒克特律翁却因此大发雷霆。"波吕克赛诺斯有什么权利出售偷来的动物？你又怎么可以接受一桩这么可耻的买卖？"厄勒克特律翁向安菲忒吕翁怒吼道。

"神明在上啊！"安菲忒吕翁大声嚷嚷，"我只是想帮你！我宁可看着你的这些牲口流落于哈迪斯最黑暗的深渊，也不愿看着人们为了它们互相残杀！"

恼怒之下，安菲忒吕翁将手中的大棒挥向牛群。虽然只是一时的愤怒，结果却是无法挽回的悲剧。大棒砸中了一头公牛的牛角,又反弹回来打中了厄勒克特律翁的头。一招致命,他倒在尘土中死了。

如果说安菲忒吕翁和阿尔克墨涅第一次推迟婚期是因为女方所有兄弟的死,那么这一次便是因为男方了。尽管安菲忒吕翁杀死厄勒克特律翁纯属意外,但他还是因为沉重的负罪感放弃了所拥有的一切,包括梯林斯的王位,而后去了克瑞翁统治下的忒拜。

但是,安菲忒吕翁对阿尔克墨涅的爱一刻也不曾停止,最后他派了一位信使去迈锡尼,请求阿尔克墨涅原谅他无意中犯下的罪过,并问她在经历这些事后是否还愿意嫁给他为妻。

就在这时,宙斯为达到自己的目的向阿尔克墨涅的脑海中灌输了一个答案。

阿尔克墨涅告诉信使:"我可以嫁给安菲忒吕翁,但前提是他答应婚礼结束后立刻向特勒邦人开战,为我死去的兄弟们报仇。我想,这不仅仅是我个人的愿望,也是我死去父亲的愿望。"

安菲忒吕翁为了得到阿尔克墨涅愿意做任何事,听到这个要求当然也不会退缩。但是带领谁的军队呢?他现在已经没有自己的军队了。当机立断,他向忒拜国王克瑞翁求助,但克瑞翁告诉他:"我可以提供你想要的军队,但条件是你要助忒拜摆脱丢墨西亚狐的困扰。"

丢墨西亚狐是一只可怕而且嗜血的野兽,已经给忒拜周边地区带来了无数灾难。为了抑制丢墨西亚狐的凶残,忒拜人依照神谕指示,每个月都要献祭一名男婴供其享用。这一献祭十分残忍,然而要杀掉这只狐狸又似乎毫无可能,因为据记载,不论是人还是野兽都无法追上它,更抓不到它。不仅如此,它还受到了海神波塞冬的庇护。

就在安菲忒吕翁几近绝望之时,雅典的克法洛斯国王伸出了援手,将莱拉普斯借给他。这是一条具有天生神力的狗,从来没有猎物能在它眼皮子底下逃走。

"但你要尽快把它送回来，"国王要求道，"它是神圣的动物，曾是宙斯送给阿格诺尔的女儿欧罗巴的礼物。"

安菲忒吕翁牵着狗出发去追踪丢墨西亚狐。很快，莱拉普斯便嗅到了猎物的气息，开始紧追不舍。

就这样，从未被追上的狐狸和从未丢失过猎物的狗展开了疯狂的追赶。但胜利之门究竟会向谁敞开呢？这不仅仅是安菲忒吕翁和忒拜人所关注的问题，就连众神也都在聚集讨论。倘若莱拉普斯捕获丢墨西亚狐，那么命运之神为这只狐狸写下的神话还有什么价值呢？更不用说他们都害怕这个结果会惹恼波塞冬，因为他是丢墨西亚狐的保护者。

然而，倘若这狐狸逃过一劫，那么众神赋予莱拉普斯的力量又有何意义呢？同样地，难道有人敢于违背宙斯的意愿？宙斯必然是希望莱拉普斯取胜的，最后竟然是宙斯亲自找到了既能使自己满意，又能让其他诸神接受的解决方法——他把莱拉普斯和丢墨西亚狐都变成了没有生命的石像。

当然，这也意味着安菲忒吕翁无法将这只圣犬还给克法洛斯了，但他后来加倍补偿了国王，将一座从特勒邦人手中夺来的岛屿当作礼物送给了国王。这座岛屿如今被命名为"克法罗尼亚"，得名于新主人克法洛斯。

但最重要的是，忒拜人摆脱了血祭的噩梦，而安菲忒吕翁也得到了他想要的军队。这支军队非同寻常，士兵们都是甘愿为忒拜孩子们的救世主效命的战士。现在安菲忒吕翁可以兑现对阿尔克墨涅的承诺了。

就这样，他们终于举行了婚礼，但也仅仅是一个婚礼。因为婚礼仪式刚一结束，安菲忒吕翁就告别了新婚妻子，带领他的军队出发，去和特勒邦人开战了。

阿尔克墨涅则回到宫殿，把自己锁在房间里。尽管她全身心爱着自己的丈夫，却是她亲手将他送上了战场，只能等着丈夫凯旋。

这一切都在伟大的人神统治者宙斯的掌控之下，他开始实施计划了。

在阿尔克墨涅独自待了几天后，宙斯化身为安菲忒吕翁的模样，打开年轻新娘的房门并冲进去激动地说："胜利了！大获全胜！我们彻底击败了特勒邦人！"说完他便满脸喜悦地将阿尔克墨涅揽入怀中，开始亲吻她。之后，他向阿尔克墨涅讲述了真正的安菲忒吕翁打仗的全部经过，绘声绘色地向她描述了"自己"的英勇事迹！

这种种细节都为宙斯的伪装增添了可信度。阿尔克墨涅确信眼前的这个男人就是她的丈夫，终于毫无疑虑地投向了宙斯的怀抱，和他共度漫漫良宵。

他们共度了不止一个普通的夜晚,而是整整持续了三个黑夜。这正是伟大的宙斯想要的。

为了达到这个目的,他传召赫尔墨斯,下令让他飞去找太阳神赫利俄斯,命令赫利俄斯一整天都待在他金碧辉煌的宫殿中,而不执行日常飞过天际的任务。

这之后,宙斯又立即派遣赫尔墨斯去找时序女神,下令让她当日不用准备赫利俄斯的双翼飞马和金光马车。

如此一来,赫利俄斯只能服从最高领袖的命令,不管愿不愿意,赫利俄斯错过了他每天绕地球表面一周的日程,无奈地待在宫殿里嘟囔道:"这都是些什么事啊!伟大的克罗诺斯统治时期要比现在好多了。至少,那时候我们还能分清昼夜,他也不会抛下自己的妻子跑到忒拜去冒险!"

但是,众神的信使赫尔墨斯的任务还没结束,宙斯又接着让他去找月亮女神塞勒涅,命她当晚在天空中待得久一些。于是,月亮女神和她的兄弟太阳神一样,除了服从命令别无选择。

最后,赫尔墨斯去找了睡神修普诺斯,告诉他宙斯命他当晚让全人类都陷入深睡眠。这一命令也得到了执行。因此,地球上没有人怀疑他们那天晚上的睡眠其实持续了三夜之长。

最后,终于迎来黎明破晓时,宙斯却消失了。过了一会儿,真正的安菲忒吕翁回家了。

胜利归来的安菲忒吕翁喜不自胜,他兴冲冲地跑去拥抱新娘。而此刻的阿尔克墨涅见到丈夫时,自然不会再流露出惊喜的神色。

"难道你见到我不感到惊喜吗?"安菲忒吕翁惊讶道。

"为什么要惊喜?"阿尔克墨涅答道,"我们一整晚都在一起啊,不是吗?"

妻子的回答让安菲忒吕翁感到莫名其妙,但胜利和重逢的喜悦冲淡了他的疑虑。他并未多想,转而滔滔不绝地说起这次大战的细节和他的英勇表现。

"这些事迹确实激动人心啊,我的夫君,"阿尔克墨涅似乎不为所动,"但即便如此，我也觉得没有必要听两遍吧！"

安菲忒吕翁听到这话简直难以置信。不过，他没有对阿尔克墨涅说什么，而是独自去德尔斐找神使，请神使告知他的妻子为何会说那些令人摸不着头脑的话。

于是，安菲忒吕翁知道了自己外出期间发生的一切，还知道不久后妻子将会生下两个儿子。其中一个自然是宙斯的儿子，而且这个孩子将成为整个希腊最伟大的英雄。

直到九个月后的一个傍晚，正当众神齐聚在奥林匹斯山华丽的大殿上享用美食之际，宙斯突然起身宣布："众神，我有话要说。此时此刻，我已大喜过望，再也不能保守这个秘密了。今夜珀耳修斯家族诞生的第一个孩子是我的儿子。他长大后将成为世界上空前伟大的英雄，将受到所有希腊人的景仰和服从。他的名字叫赫拉克勒斯。"

赫拉听到这话时充满了嫉妒，她的丈夫竟然又和别的女人生了孩子！她的情绪失控了，对坐在旁边的欺诈女神埃特窃窃私语了几句，又转过头对宙斯厉声说："你又这样，喝起酒来就说大话、发宏愿，第二天早上醒来便忘了，之后就不了了之。不过这次，我要你当着所有人的面郑重发誓，今夜珀耳修斯家族诞生的第一个孩子真的会像你说的那样成为伟大的英雄，并受到所有希腊人的景仰和服从。"

宙斯并未疑心，便不假思索地许下了永远不能违背的誓言。"好，"他大声喊道，"我以冥河圣水之名起誓，我所言非虚！"

赫拉听到丈夫的誓言后，暗自得意地笑了。原来，在迈锡尼，塞奈洛斯的妻子尼基佩也在待产中；而塞奈洛斯和阿尔克墨涅的父亲一样，也是珀耳修斯之子。虽然尼基佩只有七个月的身孕，但这对赫拉来说不是问题。赫拉立即派出助产女神艾莉西亚赶往忒拜，先延长阿尔克墨涅的产痛时间，紧接着去迈锡尼让尼基佩的孩子提前出生。

赫拉的旨意得到了严格执行。因此，尽管宙斯的计划已经尽善尽美，当晚珀耳修斯家族诞生的第一个孩子却是迈锡尼的欧律修斯，这个早产两个月的孩子体弱多病，而且胆小羞怯。又过了一个小时，赫拉克勒斯降生了。紧接着另一个男孩也出世了，那是安菲忒吕翁的骨肉伊菲克勒斯。

赫拉克勒斯才出生没多久，赫拉就来到宙斯面前。

"恐怕我要让你失望了！"赫拉冷笑道，"今晚珀耳修斯家族诞生的第一个孩子不是你的儿子，而是迈锡尼的国王塞奈洛斯之子欧律修斯。那么根据你立下的誓言，欧律修斯将成为统治者，而赫拉克勒斯只能服从！"

宙斯气得话都说不出来。这样一来，他的宏伟计划就全部骤然落空了。虽然事态严重，令人难以置信，但事实确实如此。

"欧律修斯将成为统治者，而赫拉克勒斯只能服从。"这是宙斯曾亲口以冥河圣水之名起誓的。

就这样，赫拉成功欺骗了人神两界共同的伟大领袖宙斯，几代人的梦想依然只能是梦想。至于欧律修斯，他当然全然没有能力成为整个希腊真正的领袖。

宙斯怒不可遏，他简直不能想象自己竟然掉进这样一个陷阱里。他的目光落在埃特女神身上，立即就知道了事情的原委。就是埃特迷惑了他的判断，出其不意地蒙骗了他——她会付出代价的！宙斯一把抓住埃特的辫子，动用神力将她从奥林匹斯山扔了出去。

自那天起，欺诈女神就只能生活在地球凡界的男男女女之间了。自此凡人的所有欺诈行为都要归因于她那诡计多端的影响，就连希腊语中"欺诈"一词的字面意思都是"来自埃特的"。

宙斯将埃特扔出奥林匹斯山后，随即转向其他众神说："啊，我已立下神圣的誓言，便无法收回我所说过的话。赫拉克勒斯不能成为希腊长期以来所期待的伟大领袖了。相反，他将受尽磨难，想到这里我就悲从中来。但他还是会完成十二项伟大的工作和许多其他丰功伟绩，他将赢得人神两界前所未有的称赞和景仰。而当他在地球上的寿命终结时，他将来到奥林匹斯山，位列仙班，就连赫拉也只能和他平起平坐并与之成为朋友。"

听到这些话的赫拉，只是暗暗对自己说："宙斯居然认为我会和阿尔克墨涅的孩子和睦相处，真是愚不可及！噢，不！永远不可能的，原因很简单，赫拉克勒斯命不久矣了。我要让他死于襁褓之中——就是现在，这轻而易举。"

但事与愿违，赫拉之后所做的事完全无法让自己如愿。

一天傍晚，宙斯让阿尔克墨涅的心中产生了一丝恐惧，预感到宙斯的妻子那天晚上会去伤害婴儿赫拉克勒斯。为了不让赫拉的怒火波及孩子，阿尔克墨涅带着小赫拉克勒斯离开了宫殿，将他放在忒拜城墙下一处偏僻的地方，并请来雅典娜女神保护她的小男孩。

那天晚上，雅典娜依照宙斯的指令，叫上赫拉一起在忒拜附近散步，假装不经意间将她带到赫拉克勒斯所在的地方。

赫拉看见孩子后，惊奇地喊道："有个婴儿独自躺在野外！多可爱的小家伙呀！我从来没见过这么可爱又这么健康的孩子！"

雅典娜斜睨了赫拉一眼说："也不知道这孩子被遗弃在这个地方多久了。这世上总有这么多狠心肠的人！仙后殿下，您有母乳，何不喂他一些？他一定渴坏了！"

赫拉十分愿意给婴儿喂奶，但赫拉克勒斯吮吸的力度太大，把赫拉弄疼了。于是赫拉粗暴地推开了他，乳汁从赫拉的乳头喷向了昏暗的天际，于是就诞生了银河系。但这不是唯一的后果：赫拉克勒斯喝了赫拉的乳汁后，竟成了不朽之身。于是，赫拉非但没能毁灭赫拉克勒斯，反而让他变得不可毁灭。

愤怒的赫拉正要催雅典娜离开时，有脚步声接近了。

"我们躲起来吧，"雅典娜建议道，"看看谁来了。"

她们看到阿尔克墨涅急匆匆跑来抱起了她的孩子，赫拉咬了咬嘴唇，气得脸色煞白。她已经知道方才发生的事意味着什么了。正如她当初设计宙斯一样，

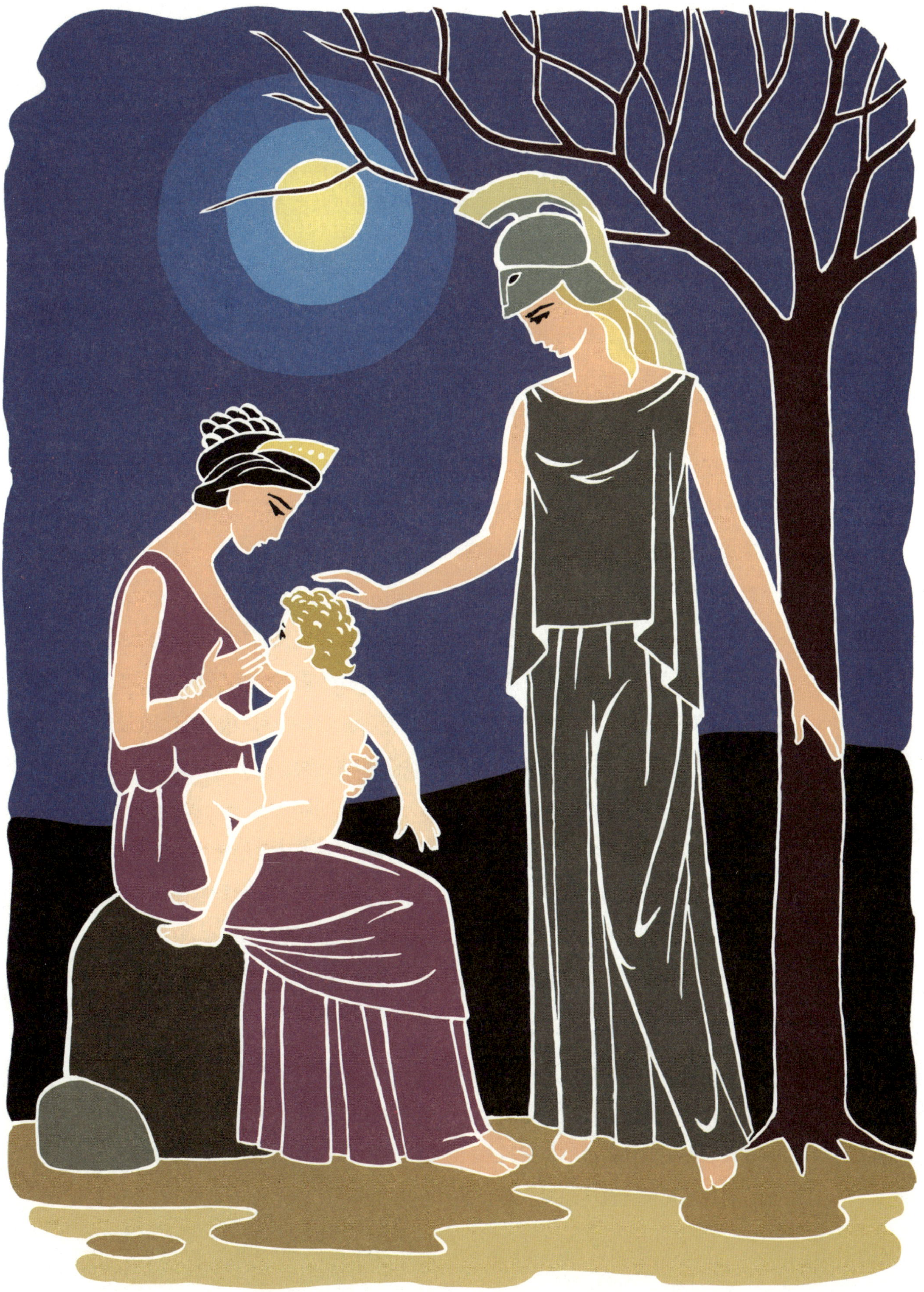

这次轮到她被设计了。她知道自己无话可说，但她看到阿尔克墨涅在月光下比女神还要美丽，嫉妒心倍增，更加下定决心要毁灭赫拉克勒斯。既然她能赐予其不朽之身，一定也能将其收回。

自那时起，宙斯便把保护赫拉克勒斯的任务交给了雅典娜，智慧女神拼尽全力帮助这个男孩。她派出了她的智慧之鸟猫头鹰守卫在男孩的摇篮上空。猫头鹰保护赫拉克勒斯远离每一个危险，并在炎热的夏夜中用自己的双翼为小男孩扇风。在猫头鹰的保护下，小男孩时时刻刻汲取着智慧。

宫中有一块悬在半空的巨大盾牌，可以当作一个很好的摇篮。阿尔克墨涅把两个孩子放在上面，摇着盾牌让他们入睡。这块盾牌曾经是特勒邦国王的，后来成为安菲忒吕翁的一件战利品被带了回来。摇篮在半空中摇晃时，这两兄弟常在里面玩耍。

不过，赫拉克勒斯太活泼了，有一天，他竟把伊菲克勒斯从摇篮边上推了下去。孩子落地便哭出了声，阿尔克墨涅听到后跑过来看发生了什么事。幸好，伊菲克勒斯没受伤，阿尔克墨涅放下心来，但还是立即将盾牌放低到了地面上。

赫拉克勒斯幼小的身躯里隐藏的真正力量，直到赫拉第一次试图谋杀他时才表现出来。

一天晚上，赫拉的机会来了。一只蜘蛛弄坏了雅典娜最精致的刺绣，猫头鹰离开小男孩去抓捕蜘蛛。当然，猫头鹰离开前，提醒了阿尔克墨涅要去守着孩子们，于是她叫了十二名健壮的女仆在猫头鹰回来前守着他们。

女仆们坐在孩子们的房间里做针线活，但到了熄灯时分，她们的眼皮越来越沉，接二连三地垂下头，睡了过去。

最后一名女仆刚打起瞌睡，赫拉派来谋杀小男孩的两条巨蛇就通过半掩的门滑了进来。月光透过窗户投射在两个孩子身上，这两条蛇直取摇篮。尽管两条蛇在地板上滑动的声响微乎其微，小赫拉克勒斯还是醒了过来。他看到两条蛇，迅速从摇篮上跳了起来，准备应对眼前的危险。他这番突然的动静惊醒了伊菲克勒斯，而伊菲克勒斯看到蛇便害怕得发起抖来。

伊菲克勒斯的哭声唤醒了女仆们，当她们看到两条巨蟒在房间里时，一个个都害怕地往外冲，尖叫着求助。阿尔克墨涅听到了女仆们的喊叫声，把安菲忒吕翁也叫了起来。守卫们一下子都清醒了过来，很快就惊动了整个宫殿。

安菲忒吕翁手持宝剑，妻子领着一队士兵紧跟在后，冲进了孩子的房间。然而，眼前的这一幕简直让所有人都不敢相信！赫拉克勒斯坐在那儿，手里紧握着两条巨蟒，巨蟒动弹不得，正在赫拉克勒斯手里抖动抽搐。安菲忒吕翁举起宝剑想斩杀巨蛇，马上就意识到没有这个必要了——赫拉克勒斯已经把手中奄奄一息的蛇丢在了诧异的养父脚下。而此时的伊菲克勒斯，无疑还在恐惧地啜泣着。

于是赫拉此次的谋杀企图便无果而终了，而所有目睹这一幕的人都意识到这个小男孩注定要干出一番大事业。安菲忒吕翁敬畏地站在宙斯的儿子面前。此时他才知道两个孩子当中谁才是自己的亲生骨肉。

自那以后，安菲忒吕翁对赫拉克勒斯的关爱甚至多于对自己孩子的付出。为了教育赫拉克勒斯，他请来了当时最伟大的圣人、最著名的艺术家和最杰出的体育家。于是，赫拉克勒斯学习读书写字，学习文学、哲学与天文学，还在音乐方面接受训练。最主要的是，他还接受各项体育训练并学习兵法。

安菲忒吕翁亲自教他战车御术。赫拉克勒斯小时候，就已经通过练习做到了箭无虚发、远掷长矛、身手敏捷地舞剑、像挥动小树枝一样轻松地使用重棒。他成了无敌的摔跤手、强大的拳击手以及跑得最快的人。除了这些，他还学会了运用最狡猾的战争策略。

赫拉克勒斯从不滥用神力伤害无辜，但同时他也绝不容忍任何人对自己不好或虐待自己。无论是谁，只要触发了他的火暴脾气，都会为自己招来恶果。而这孩子的音乐老师利诺斯，就是个活生生的例子。

赫拉克勒斯热爱所有的课程，包括音乐。但在学七弦琴时，他陷入了困境。赫拉克勒斯的手指十分粗壮，因而总是将琴弦拨断。每当这时，他的音乐老师利诺斯就怒不可遏地诅天咒地起来。赫拉克勒斯已经竭尽全力，但依然不能改善这一问题。

有一次，他在练习一首很难的曲子，一下子把所有的弦都拨断了。利诺斯完全失去了耐心，开始用力殴打赫拉克勒斯，疯狂得让人觉得他是要杀了赫拉克勒斯。这时的赫拉克勒斯对这门课和老师都极其厌烦，于是他在冲动之下，将手中的七弦琴往利诺斯的头上掷了过去。赫拉克勒斯一时无法控制自己的力度，利诺斯被乐器猛地砸倒在地上，死了。

第二天，年轻的赫拉克勒斯就被传唤到法庭。

"你杀了自己的老师，"法官告诉他，"你犯了重罪。"

"可是我真的没想过要杀他，"赫拉克勒斯回答道，"我对发生的一切感到万分抱歉。"

"这样的行为不容借口。"法官厉声说。

但赫拉克勒斯有能力为自己辩护，他所学的一切智慧知识都没有白费。

"我说了，我不是有意要杀他的。而且，我可以为自己辩护。你作为法官，应该知道法律规定，遭受攻击的人有权反击。这可是宙斯和欧罗巴的儿子、希腊最伟大的立法者拉达曼迪斯颁布的法令。"

法官听见这话都哑口无言。他们协商讨论后，最终作出判决：赫拉克勒斯被无罪释放。

虽然有惊无险，但安菲忒吕翁还是怕养子凭借天生神力引发什么其他的暴力事件，于是，他将赫拉克勒斯送到他们在基泰戎山的牧场去看守牧群。

赫拉克勒斯在山上待了两年时间，从小男孩成长为男子汉，肌肉变发达了，力气也变得更大了。

特斯皮俄斯国王统治着旁边一个与他同名的城邦，他的牧群也在山上吃草。特斯皮俄斯去基泰戎山时经常去看赫拉克勒斯，渐渐地两人结为好友。

有一天，国王满脸惊恐地跑了过来。原来是一只可怕的狮子扑向了他的牧群，进行了一场血淋淋的厮杀。很快就有一些村民跑了出来，后面跟着其他牧民。每个人的脸上都写满了恐惧与焦虑，但有一个人例外，那便是年轻的赫拉克勒斯，没用多长时间他便做出了决定。

赫拉克勒斯二话不说便消失在丛林中。他先砍下一根野生橄榄树做大棒，然后就去追踪狮子的足迹了。很快，他发现了野兽的脚印，便跟着脚印到了狮子喝水的泉水处。他卧在一块岩石后面静静等待，狮子一出现他便一跃而上，用手中的大棒给了狮子致命一击。随后，这只凶猛的野兽便倒在年轻英雄的脚下，一命呜呼了。

狮子的死讯传回后，村民们纷纷称赞这位年轻勇敢的英雄。所有人都在传颂赫拉克勒斯的果断、神力和勇敢。特斯皮俄斯国王对赫拉克勒斯由衷钦佩，邀请他到王宫做客。据说国王有五十个女儿，在赫拉克勒斯做客的五十天里，国王的女儿们热情款待了这位少年英雄。

与此同时，忒拜也陷入了巨大的灾难之中。邻邦奥耳科墨诺斯的国王厄尔吉诺斯对忒拜发起了大规模进攻，打败了克瑞翁，并对忒拜人民征收沉重的年税。安菲忒吕翁认为，或许赫拉克勒斯能扭转局面，就下令让他回城。于是，赫拉克勒斯将牧群交给其他牧民照看，便动身回忒拜了。

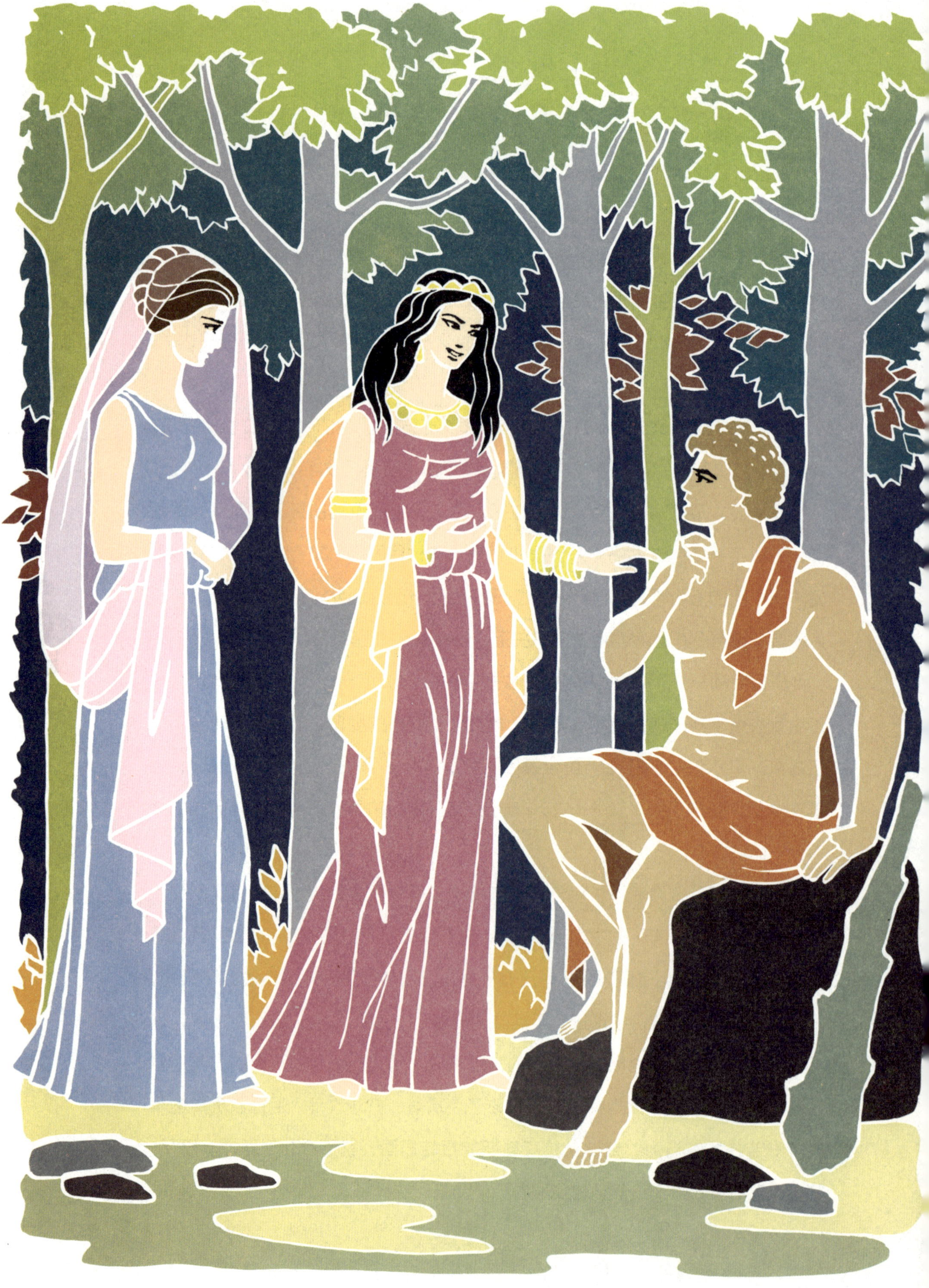

途中，他突然遇见了两位女子。这两位女子都长得很美，但容貌又彼此迥异。

其中一位甚至要比另一位更美丽——至少一眼看去是这样。她打扮得极为华丽，梳着时髦的发髻，化了精致的妆容，身穿锦袍，佩戴着闪闪发光的珠宝首饰，看上去美若天仙。再加上她那勾人心魄的笑容、摄人心魂的眼神、婀娜多姿的体态以及身上令人陶醉的香味，也不难想象她能吸引所有男人的目光了。"我叫欢乐。"她喜欢这样介绍自己，但据传闻，"邪恶"才是她的真名。

另一个打扮简单，但没有人能忽视她身上的自然美。无论如何，她绝不是对自己的外貌不以为意：从她的打扮可以看出她对己对人出于本能的尊重，她的眼神和行为都流露出女性天生的优雅，从她轮廓鲜明的脸庞则能看出其灵魂的高贵。她的名字叫"美德"：朴素、端庄、娇美的她是一名真正的女神。

这两名女子给赫拉克勒斯留下了深刻的印象，但又让他充满疑惑。

"她们两个是多么不同啊！但她们找我会是为了什么事呢？"他想。不过，这两名女子没有让他想太久。

"我们是神派来帮助你选择人生道路的。"美德告诉他。

"其实也不难做出选择，"第一个女子边补充边拉起赫拉克勒斯的手，露出轻浮的笑容，"看着我，你就知道生活应当给你多大的快乐。你英俊健美，只要你想，你的前方将为你铺满舒适与欢乐的花朵，会有很多人想要与你为伴为友。跟我走，我会告诉你该如何尽情享受生命中的每一天每一刻。生命短暂，但只要一个人不虚度时光，不做那些吃力不讨好或为他人做嫁衣的工作，生命会给予那个人无限美好。我的朋友，享受益友陪伴、品尝珍馐佳酿、体验高枕无忧吧，至于世间烦扰，都交给别人操心吧，因为他们生来该受这份罪。而你，你是为快乐而生的。很明显，我不用再多说了吧。"

神不知鬼不觉地，女神赫拉打乱了赫拉克勒斯的思绪，让英雄听见自己在说："确实如此啊，只要我接受这位美丽女士的劝告，生活将会多么精彩啊！"

于是，他跟着欢乐走了，也不等第二位女士说点儿什么。

就在这时，他又听见了美德在他身后说话的声音。

"你要去哪儿，赫拉克勒斯？你可是宙斯的儿子。"那命令的口吻、严厉的语气都在告诉赫拉克勒斯，他的举动既不明智也欠妥当。

"对于伟大和勇敢的人来说，"美德接着说，"有比沉迷欢乐、无所事事更重要的事要做。我无法向你许诺一条平坦的道路，但那一定是公平公正的道路。美好高贵的东西总是无法轻易得到的，而是需要具备强大的意志和勇气；而这些，正是你，赫拉克勒斯所拥有的东西。"

"别听她胡说八道，"第一位女士插话说，"她只是想夺走你生命中所有的欢乐！"

"那就让他跟你走，去享受你描绘的所谓快乐，"美德驳斥说，"走啊，年轻人，去享受生活的乐趣，最好能一直享受到生命的尽头。因为，有一天你的朋友们会厌倦你，你眼前所有的大门都会关上。到那时，你会意识到自己一事无成、一无是处，你空有一身与生俱来的天赋，却没能为他人做出任何贡献。你意志坚定、体魄健壮，至今没有人能比得上你。而对强大和勇敢的人来说，前方的道路从来都是辉煌而艰难的，因为这是英雄的道路。在这条路上，英雄帮助人们战胜邪恶与不公，然后感受到快乐。因为战胜可怕的恶势力能带来真正的快乐，俗世中的快乐最终只能带来痛苦。前进吧，赫拉克勒斯！反对邪恶、成为弱者坚强的后盾，为世界除去妖魔，不辞辛劳地为人类出力，甚至不畏可能经受的屈辱。这就是我要对你说的。如果你愿意，那就跟我走。"

"女神，感谢你的帮助，"赫拉克勒斯已经下定决心，于是答道，"我将选择你为我指明的道路。"

就在他说话之际，两位女子都不见了。

赫拉克勒斯知道自己选择的道路虽然艰难，却是正确的。他继续向忒拜前行并加快脚步。

赫拉克勒斯走到一个十字路口，看到一队士兵朝自己走来，便停了下来。那些士兵看着不像忒拜人。

赫拉克勒斯等着他们过来，在他们靠近的时候用命令的语气问道："你们是谁，要去哪儿？"

"从什么时候开始，我们还需要向忒拜人汇报了？"领头的指挥官回驳道。

"你们踩在忒拜的领土上，"赫拉克勒斯生气地回答道并举起了他的弓，"除非踩着我的尸体，否则你们休想过去。"

"抓住他！"那个外邦的指挥官生气地吼道，将手中的长矛向赫拉克勒斯扔了过去。

赫拉克勒斯闪电般闪到一棵树后，长矛颤颤巍巍地扎进了树干里。赫拉克勒斯拉紧弓弦，朝外射了一箭，正中目标。战争进行得更加激烈，但很快就结束了。所有的入侵者都如赫拉克勒斯所愿负了伤，最后只能跪地求饶。

"先告诉我你们是谁，"赫拉克勒斯命令道，"你们怎么会出现在我们的土地上！"

"我们来自奥耳科墨诺斯，"受伤的士兵们回答说，"是我们的国王厄尔吉诺斯派我们来的，来征收克瑞翁承诺给我们的贡金。"

于是赫拉克勒斯把他们绑成一队，将他们的手捆在背后，告诉他们："回去找你们的国王。让他看看你们的伤口和绑带，告诉他，从现在起，这就是忒拜人的贡金，甚至还可能更糟！"

于是，这些士兵就这样被捆绑在一起，屈辱地回奥耳科墨诺斯去了。赫拉克勒斯则继续向忒拜前行，精神抖擞。

然而，到城邦后，他发现情况不容乐观，安菲忒吕翁一脸愁容，而伊菲克勒斯则站在一旁无助地发脾气。

"听着，赫拉克勒斯，"安菲忒吕翁告诉他说，"卡德摩斯城邦已经沦陷，正在遭受耻辱。拥有七扇大门的忒拜也已经向各方面都不如我们的奥耳科墨诺斯屈服了。我们的人民背负了沉重的赋税，陷入了贫穷与痛苦。如今，我们时刻都在等着厄尔吉诺斯派来士兵向我们索要贡金。"

"把贡金都分还给人民吧，"赫拉克勒斯说，"然后准备和厄尔吉诺斯开战。"

接着，他告诉在场的人他来忒拜的路上发生的事。

"关键是我们拿什么打仗呢？"伊菲克勒斯问，"厄尔吉诺斯战胜我们时把所有的武器和战马都运走了，还禁止我们重整军备。并且，克瑞翁唯一关心的事只是他的王位能否保得住。"

"我们可以自己武装起来，而且必须马上这么做，"赫拉克勒斯回答道，"我来这儿的途中参拜了一座神庙，发现里面全是供奉神灵的武器。"

"是的，"安菲忒吕翁答道，"所有的庙宇都有这样的武器装备。但这些要么是死去将士的武器和铠甲，要么是忒拜在之前的战争中取得的战利品，我也不知道能不能拿走它们。我们要是这么做，很有可能会引来神灵的反对。"

"要是我们坐在这儿两手空空什么也不做，只等着敌人来攻打我们，神灵会

说我们活该遭受这样的厄运。"

"赫拉克勒斯说得对，父亲大人，"伊菲克勒斯插话道，"神灵不会帮助那些不懂得武装自己的人。"

"你们说的话都有道理，"安菲忒吕翁决定了，"让我们行动起来，也召唤忒拜人民行动起来。"

不出几天，全城便进入了警备状态。赫拉克勒斯和伊菲克勒斯召集所有年轻男子一同前往神庙，取了武器装备并分发给每个人。他们拿到了弓、剑、长矛、盾牌、头盔，甚至还有全套铠甲。尽管有些人抱怨说这是在亵渎神灵，但雅典娜女神鼓励赫拉克勒斯不要在乎抗议声，继续执行计划。

很快，赫拉克勒斯就开展了军事训练，他日复一日地训练这些年轻人如何使用武器。尽管克瑞翁还是害怕有人觊觎自己的王位，但他知道对赫拉克勒斯这个人没有什么好怕的。他很清楚这个勇敢的少年英雄最不可能觊觎的，就是尊贵的头衔了。这么一想，他便十分乐意让赫拉克勒斯来当这支忒拜新军的领袖。

厄尔吉诺斯兵临城下，当看到这座城邦有反抗的兵力时，不禁感到意外。但他们很快就注意到这些忒拜军士配备的武器虽五花八门，却老旧得可怜。于是他们都得意扬扬，觉得胜券在握。

然而，他们取得的战果不是胜利，而是惨败。赫拉克勒斯手刃了厄尔吉诺斯，忒拜人还把敌军一直驱回至奥耳科墨诺斯的城墙下。但是这场战役还没有结束，因为敌军在城内还有强大的后备军和可怕的战车队，而忒拜所有的战马都被厄尔吉诺斯抢走了。

赫拉克勒斯绞尽脑汁，找到了解决问题的办法。忒拜和奥耳科墨诺斯之间横亘着一片宽阔的平原，平原中流淌着一条塞菲索斯河。这条河流并不直接流入海洋，而是通过巨大的阴沟流入地底，流过一段山区后才到达海岸。于是，赫拉克勒斯搬起一大块土地，堵住了河流在地下的出口。就这样，河流灌满整个平原，形成了宽广的科派斯湖。

这样一来，敌军无法跨越这道湖的屏障，便只好在山区里打下一场仗了；而在山区，战车便无法派上用场，忒拜人再次获胜。但有胜利就会有牺牲。这一次，整个忒拜都在为安菲忒吕翁哀悼，他在战斗中英勇牺牲了。不过，忒拜城重获自由，不仅不用再纳贡，还让奥耳科墨诺斯双倍偿还。

为了表达感激之情，克瑞翁将女儿麦加拉许配给赫拉克勒斯并赠予其半个宫殿，同时将小女儿许配给伊菲克勒斯。

奥林匹斯山所有的神都带着贵重的贺礼来参加赫拉克勒斯和麦加拉的婚礼。当然，赫拉没有来。

这些众神的礼物代表着他们对这位英雄的勇猛的嘉奖。宙斯送了他一面无比坚硬的盾牌，雅典娜的礼物是一对金色的护胸甲，火神赫菲斯托斯则送了他一顶镶钻头盔，阿波罗送的是一把金色的弓和一满筒的箭，赫尔墨斯送了一把锐剑，而波塞冬送了两匹像海上暴风一样迅猛的快马。

麦加拉为赫拉克勒斯生了三个孩子，夫妻二人过上了幸福的生活。但英雄的幸福和他所取得的辉煌成就让赫拉妒火中烧，她决心再次加害他。

于是，有一天，趁着赫拉克勒斯心满意足地看着自己的孩子玩耍时，欺诈女神埃特悄悄爬到他身后施法，在他面前垂下一条隐形面纱，让他失去理智。很快，赫拉克勒斯的视线模糊了，他把自己的孩子当成了三条群起而攻的恶龙。于是，他抓起椅子、桌子以及伸手可及的所有东西，砸向他眼中这三条恶龙的头部——就这样，他杀死了自己的孩子。

之后，他满腔怒火，着了魔似的把宫殿里的所有东西都砸得粉碎，殿内所有人都争先恐后地跑出门或者干脆从窗户跳出去，只为逃离这个世界上最强壮的男人突如其来的怒火。

终于，克瑞翁的宫殿只剩下一堆乱石，这时埃特将笼罩在赫拉克勒斯眼前的面纱取了下来。于是，这个不幸的父亲便看到，废墟中躺着的不是恶龙，而是被他亲手屠杀的三个孩子。他不敢相信眼前所看到的真相，他怎么能亲手杀了自己的亲生骨肉呢？光是想想就可怕至极啊！

发生了这样可怕的事，克瑞翁勒令赫拉克勒斯立即离开忒拜，麦加拉也告诉丈夫自己再也不想看到他。但其实根本不用等他们驱逐，赫拉克勒斯自己就选择了放逐之路，他流浪到了塞斯皮亚的领土上。

在那儿，他满怀痛苦、声音沙哑地告诉朋友塞斯皮亚国王自己所犯下的可耻罪行。这时的赫拉克勒斯崩溃大哭，像个无助的孩子一样，再强大的力量和勇气也派不上任何用场。

塞斯皮亚很同情赫拉克勒斯，极尽地主之谊，为他做一切力所能及的事情，试图让英雄忘怀。但这一切都是徒劳，任何事都无法抹去他记忆中那可怕的一幕。

就在赫拉克勒斯在塞斯皮亚意志消沉之际，先知们在希腊大范围寻找勇敢无畏的志愿者加入一次探险活动，前往边远的科尔基斯山。此行的目的在于获取金羊毛。金羊毛是一件宝贵的圣物，能为有幸得到它的主人带来幸福和健康。

这个消息一传到塞斯皮亚，赫拉克勒斯就决定要参与这次探险。他觉得，为完成这次使命他可能遇到的危险，也许能为他对自己的孩子所犯下的罪行赎罪。于是，他毫不犹豫地跟着先知们出发了。不过，尽管赫拉克勒斯注定在之后的事件发展中扮演主要角色，但这些事件都被记录在本套图书的《英雄远征传奇》中，这里不加详述。但是，赫拉克勒斯根本没有到达科尔基斯山，因为宙斯下达了旨意，让赫拉克勒斯在阿耳戈英雄们抵达密西亚时迷路，不得不独自回到希腊。

于是赫拉克勒斯回到塞斯皮亚，直至迈锡尼的信使到来。信使带来消息说，国王塞奈洛斯去世了，国王的儿子欧律修斯继承了王位。信使还说，他们给赫拉克勒斯带来了新国王的信。这时英雄赫拉克勒斯就坐在旁边，正一言不发地陷入哀思，当听见自己的名字后他便立即站了起来，仔细阅读信上的内容。

"我，贵为迈锡尼伟大的国王，"信中写道，"宙斯亲自授予我指挥所有希腊人民的权力，现命令安菲忒吕翁之子赫拉克勒斯，即日起为我服役，为我完成十二项任务，所得荣耀将归我和我的王国所有。我，欧律修斯，塞奈洛斯之子、英雄珀耳修斯家族的宙斯的后代，特此颁旨。"

赫拉克勒斯读完这封传唤信后犹豫不决，而塞斯皮亚看到欧律修斯狂妄可笑的命令后，劝说赫拉克勒斯不要去。但众神不这么认为。至于伟大的宙斯，受限于自己多年前立下的誓言，也感到无可奈何。赫拉对阿尔克墨涅的这个儿子恨之入骨，所以，她设计让欧律修斯这样好大喜功的可鄙之人来使唤赫拉克勒斯，不但要羞辱他，还要让他毁灭。

然而，赫拉克勒斯对于自己可能面临的危险毫不在意；至于羞辱，那正是他当时求之不得的。他极度渴望洗刷自己对亲生骨肉犯下罪行所留下的污点，为此愿意服从任何使自己受辱的命令。

唯一使他犹豫的是，自己居然要为这么一个不配得到尊敬的卑鄙之徒服役。

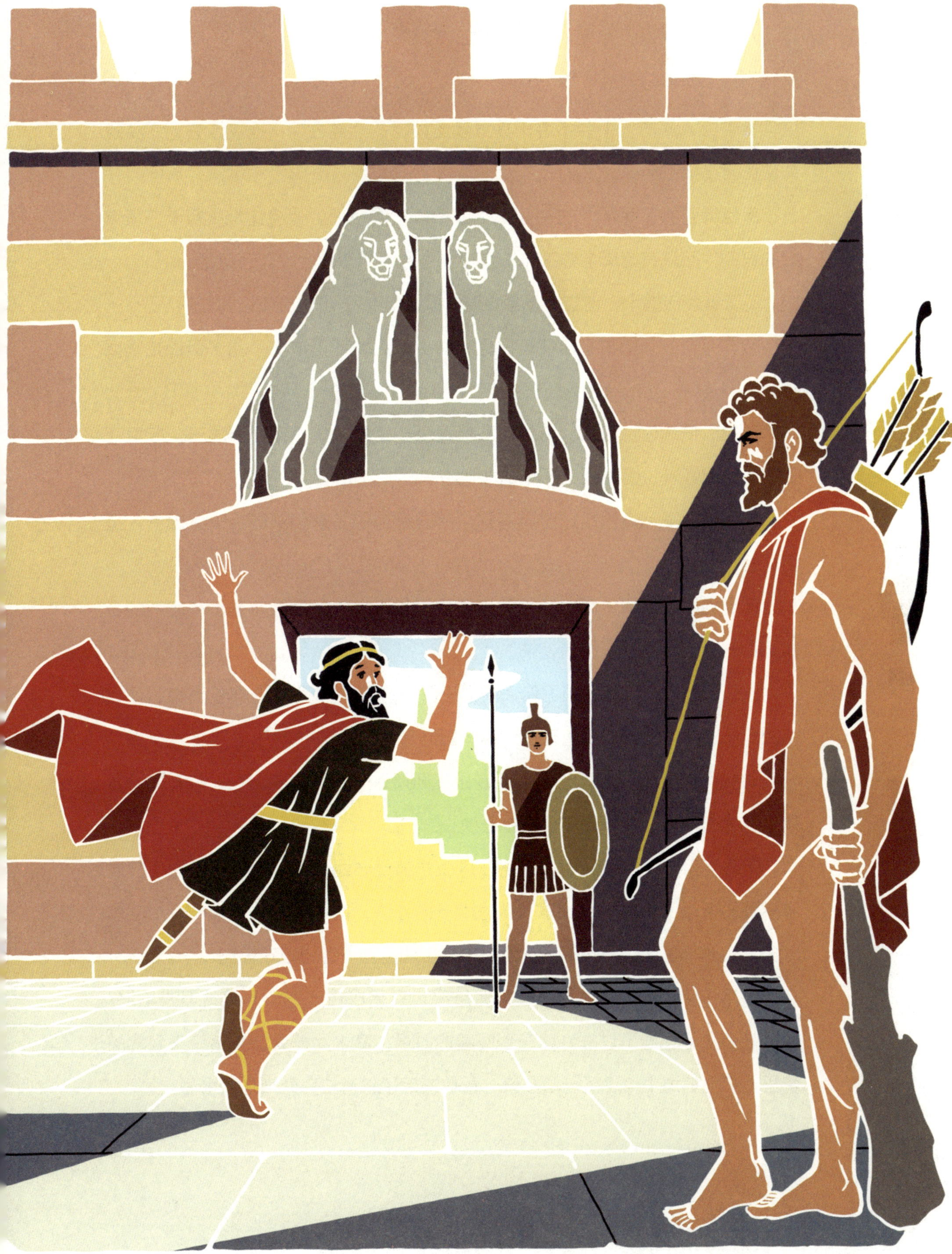

这件事带给人类的伤害会不会比其贡献还大呢？犹豫之际，他决定去德尔斐找神使为自己指点迷津。

而他得到的答案是："去迈锡尼为欧律修斯服役吧。他会让你执行十二项伟大的任务，而只有完成全部工作，众神才会原谅你杀死自己孩子的罪行。"

听了神使的指示，赫拉克勒斯如释重负。他终于知道自己该何去何从了。

赫拉克勒斯立即动身前往迈锡尼，由伊菲克勒斯勇敢的小儿子伊俄拉俄斯陪同。

在他们抵达迈锡尼后，赫拉克勒斯孤身去宫殿求见欧律修斯国王。守卫让他在入口处等着，因为国王严令不准他进去。

欧律修斯来到宫门口，想看看这个将要给他的名誉和王国带来荣耀的人是何样貌。

但当欧律修斯看见眼前英雄健壮的体格和冷峻的外貌时，发出了害怕的尖叫声，一溜烟逃回宫殿躲了起来。

原来，这位所谓"迈锡尼伟大的国王"，只有赫拉克勒斯一半的身高，而且相貌丑陋、骨瘦如柴、脸色苍白，懦弱到连自己的影子都害怕。

"跑啊，快跑！关紧大门！别让赫拉克勒斯进来！"他歇斯底里地喊道，"要是伤了我一根头发，你们都得跟着遭殃！"

国王把自己反锁在房间，吓得在床上蜷缩成一团，躺在那儿想着如何摆脱赫拉克勒斯。最后他打定主意，认为唯一的办法，就是给这位英雄一个艰巨的任务，让他不可能活着回来，这样他的身影就再也不会出现在宫门口了。

欧律修斯绞尽脑汁、苦思冥想，结果也只是成功地把自己搞得沮丧不堪，最后筋疲力尽地睡了过去。就在他睡着的时候，梦之女神受赫拉指令来到他的梦里，在他脑海中构建了一幅图景，帮他决定了将赫拉克勒斯送到哪里。

第一项任务：捕杀涅墨亚雄狮

当时，涅墨亚森林里住着一只凶猛的雄狮，威胁着整个地区。这头狮子拥有普通狮子十倍的力气，而且兽皮坚韧，无论是弓箭、长矛还是最锐利的剑都不能伤害它分毫。原来，它是曾与宙斯摔跤的恶魔提丰和同样凶狠的半人半蛇女怪厄喀德那的后代。而勒耳那九头蛇、把守冥府的三头犬刻耳柏罗斯、吐火兽喀迈拉、狮身女怪斯芬克斯以及其他一些可怕的怪物，都是这头狮子的兄弟姐妹，就连众神也不敢轻易与之交锋。

欧律修斯在梦里看见这头凶猛可怕的狮子，吓得尖叫起来，整个宫殿里的人都赶来看他们这位"伟大的"国王又发生了什么事。

不过，当欧律修斯意识到这只是个梦时，马上又有了勇气，脸上掠过一抹狡黠的微笑。这下他知道该把赫拉克勒斯送到哪里才可以永远不用再看见他了。

他立即用嘶哑而傲慢的声音叫人，当然不是叫赫拉克勒斯，而是叫他的传令官科普柔斯。他叫了一遍又一遍，听起来更像个年老的悍妇，而不是国王。传令官终于来了，欧律修斯便命令他立刻去向赫拉克勒斯传达"伟大的迈锡尼国王"的命令：捕杀涅墨亚雄狮。

至于科普柔斯（这个名字在希腊语中意为"动物粪便"），他迫不及待地想去传达主子的命令，毕竟，向赫拉克勒斯这样一位英雄下达命令真是莫大的殊荣。

赫拉克勒斯听到这个旨意时，一点儿都不吃惊有这样一头狮子存在，因为他之前就有过类似的作战经历，他觉得自己可以轻而易举地捕杀这头狮子。于是，他拿起之前打基泰戎山狮子用的大棒，背上弓和箭筒，出发前往涅墨亚。

在路上，赫拉克勒斯遇见一个名叫墨洛科斯的穷人，那人刚好站在茅屋外准备供奉神灵。赫拉克勒斯跟他打了个招呼，然后问他在供奉哪位神灵。墨洛科斯回答说："在供奉我们的守护神宙斯。我要感谢他保佑涅墨亚雄狮远离我的家门。"

"先别供奉了，"赫拉克勒斯说，"因为我接到欧律修斯的命令要去找到这头狮子并杀了它。我之前杀过狮子，所以并不害怕。不过为了防止我有什么闪失，如果我一个月内没有回来，请用你的贡品纪念我——阿尔克墨涅的儿子赫拉克勒斯吧；如果我回来了，我相信我会的，那么就让我们一起庆祝，向万能的宙斯致敬吧。"

"赫拉克勒斯，阿尔克墨涅的孩子啊，"墨洛科斯叫道，"真是可惜你白白浪费自己的生命！你一定不知道你受命去杀的是怎样一头狮子。如果这头怪物真是狮子生的，那你可能杀得了它；然而它的父亲是提丰，母亲是厄喀德那。没有人杀得了这头野兽，即使你有奥林匹斯山众神庇佑，也难以生还。这么多年来，我们都为之提心吊胆。我们的大量牲畜被杀死，田地都荒废了，那些有勇气要去捕杀这只妖怪的人都没能活着回来。"

赫拉克勒斯这回终于知道为什么欧律修斯要遣他执行这个任务了。但他并没有动摇决心，而是毅然决然地说："我还是要去找这头狮子。不成功便成仁，要么杀了它，要么我被杀。再见了——如果我们不能再见，请按照我说的做。"说完这些话他就出发了。

墨洛科斯钦佩英雄执着的勇气，但他看着赫拉克勒斯离开时，依旧满心希望自己能够让他留下。

赫拉克勒斯独自前行，他四处寻找，直到发现一株野生橄榄树，树干粗大，树节繁多，硬如钢铁。他将橄榄树从地上连根拔起，用它做了一根巨大的新木棒，比之前那根还要粗大沉重。他把旧木棒扔在一旁，扛起新武器继续前行。他想到之后要夜以继日地伏击狮子，需要养精蓄锐才能坚持到最后，于是，他找了一个安静的地方休息。据说他睡了十天十夜，醒来后精力充沛。他起身去泉里洗了个澡，便精神抖擞、信心满满地去找狮子了。

赫拉克勒斯在一片毫无生命迹象的大地上转了好几天，终于发现了狮子的足迹。巨大的脚印深深陷进地面，可以推断出这头恐怖的野兽是怎样一头笨重的庞然大物。赫拉克勒斯沿着狮子的足迹寻找，但新旧脚印混在一起，让我们的英雄常常难以决定追寻哪条路线。

他走了数天，爬高山、探峡谷，在森林中四处找寻，直至贴着一块岩石行走时，他突然发现狮子就在眼前。这头狮子真是大得令人难以置信，它的鬃毛粗乱蓬松，一双眼睛狂野奔放，像要喷出火似的。

赫拉克勒斯悄悄爬到一丛灌木后面躲了起来，卸下弓并取箭瞄准狮子的前额。箭射中了野兽的眉心，但它只是摇了摇头，然后用爪子挠了一下被射中的地方，好像只是被什么昆虫咬了一下似的。赫拉克勒斯又用双倍的力气射了一箭，射中了狮子的喉咙。结果还是像射中了石头一样，箭反弹了回来，而狮子则一副懒洋洋的样子，随即消失在岩石后面。

赫拉克勒斯追了过去，但等他赶到时狮子已不见踪影。赫拉克勒斯搜寻了很久，最后发现了一个山洞的入口。看到洞口的爪印，他意识到这必定是狮子的巢穴。赫拉克勒斯躲在一块大卵石后，坐下守着山洞。

但直至夜幕降临，狮子还是没有出现。"它早上一定会出来的。"英雄想，因此黎明破晓时他已经等得不耐烦了，准备好要用他的木棒将狮子撂倒。然而，随着太阳越升越高，狮子还是没有要出洞的迹象。这时突然传来一声可怕的咆哮，声音在山谷间回荡，比宙斯的霹雳还要响亮。赫拉克勒斯转向咆哮声发出的方向，最后才认出那头雄狮，远远看过去好像只是另一个山头上的一个小点。

"狮子怎么会在我眼皮底下离开呢？"英雄疑惑着，"就算夜里黑，我也能看见它才对，至少能听见动静。可能是我不知不觉睡着了。现在我必须在这儿等着野兽回来，如果去找它，等我到那儿，狮子也早就走了。"

赫拉克勒斯又守了三天三夜，但狮子依旧没有回到巢穴。英雄感到无望了，几乎下决心要再次寻找，这时他突然听见后面有动静。一转头，他看见狮子从洞穴里出来了。

"太蹊跷了，"赫拉克勒斯想，"我在这儿等着这野兽回窝，却看到它从里面走了出来！"这时他才意识到一定有另一个洞口。

就在英雄得出这个结论时，狮子拱起背，像一根弹力棒似的向后弯曲，身子又突然弹跳起来，在空中跃了几个大步，便消失在英雄的眼前了。

又让狮子逃走了，但赫拉克勒斯并不灰心。他径直离开去找洞穴的第二个出口，找到后迅速用一块巨石堵住了洞口。做完这些后，他又回到第一个洞口等着狮子回来。

夜幕逐渐降临，突然传来一声可怕的怒吼，接着是第二声、第三声。这怒吼声是从远处传来的，可以知道狮子已经回到另一个洞口了，并且发现洞口被堵，正在发脾气呢。等它终于回到第一个洞口时，天已经完全黑了。赫拉克勒斯知道在黑暗中和这头怪物打斗不是明智之举，于是他不动声色，让野兽回到洞穴，继续在原地等着黎明破晓。

太阳升起时，赫拉克勒斯到出口处看看有没有可能在狮穴中和狮子搏斗。但山洞的顶部太低了，赫拉克勒斯的木棒对狮子根本使不上力。不过，赫拉克勒斯还是决定继续往里走，想着至少能听见什么声音。

而他确实如愿以偿了——从远处传来了微弱的可怕吼叫声以及爪子乱刨带来的撞击声，看来是狮子在尝试打开另一个洞口。听见这声音，赫拉克勒斯离开山洞赶到第二个出口。过了一会儿，他昨晚堆起的巨石已经滚下来一块，但英雄早有准备。他往洞口处扔下一堆晒干的树枝，然后立即点火。

　　当时的风向正好将滚滚浓烟吹进山洞里。赫拉克勒斯则径直跑回第一个出口，躲在岩石后面，深信这次狮子一定会从这里出现。果然，过了不久狮子便出来了。它双眼通红，被烟熏得泪流不止，但依然是个强劲的对手。

　　狮子警惕地四处张望，已经感觉到了敌人的存在。它张大嘴巴发出一声怒吼，露出所有骇人的牙齿。它用尾巴愤怒地打着自己的身子，爪子用力扑打地面，连大地都在它的击打下抖动起来。

　　但是，这巨兽看着再可怕，也没有吓退赫拉克勒斯。他将手中的大棒高高举过头顶，突然从藏身的岩石后面蹿出来，趁着狮子还没来得及动弹，就给了狮子的头骨重重一击。然而，这头野兽连一块头骨都没有断，反而是那粗壮的橄榄大棒因为夹在两股强大力量之间从头到尾裂开了！

　　所幸赫拉克勒斯这一击没有白费力气，这头所向披靡的涅墨亚雄狮居然开始摇摇晃晃地站不住脚了。英雄索性扔了木棒，整个人架到野兽脖子上，牢牢套住它的头，让它既不能咬人，也不能用爪子抓人。

这头涅墨亚雄狮已然命悬一线。它还试图将赫拉克勒斯从自己背上甩下来，但也只是徒劳。赫拉克勒斯用他那强有力的肌肉勒住巨兽的脖子，越勒越紧，直至巨兽窒息而死，魂归冥府。

　　此时，赫拉克勒斯全身都已被汗水浸湿，他站了起来，虽然筋疲力尽，但喜悦无比。他杀死了涅墨亚雄狮，第一个任务顺利完成。现在要做的只剩下将狮子的遗体带回迈锡尼，将它扔在欧律修斯的宫殿庭院里。他试着将兽体扛在肩上，但实在太重了，而回迈锡尼的路途遥远且艰难，赫拉克勒斯别无选择，只好将兽皮剥了下来，将毛皮带回去给欧律修斯。但是他要如何将这连最锋利的刀刃也伤不了的兽皮从其尸身上剥下来呢？他看了看狮子的爪子，计上心来。他扯了一根狮子的爪子下来，用爪子轻而易举地剥下了狮皮。然后他将狮皮搭在身上，像穿了一件大袍子似的，出发回迈锡尼了。

　　与此同时，在更远的地方，有个人扛了一担柴在路上步履蹒跚，背上的负重和心情的沉重让他弯下了腰。在路的尽头有一间小茅屋，走到小屋后，他将木柴往地上一扔，深深地叹了一口气。原来这人正是墨洛科斯，他去拿了这些木柴准备第二天早上为赫拉克勒斯举行葬礼祭奠仪式，因为这位英雄已经过了一个月还未归来。

　　夜幕降临，墨洛科斯进茅屋点了火，不是为了照明，而是要做口热汤。就在他拿起灶台上的锅时，门口出现了一道黑影，那是一个高大威猛的人，裹着一件野兽皮。奇特的打扮使他看起来有些可怕，墨洛科斯吓得瑟瑟发抖，但眼前这个大汉用友善的口吻向墨洛科斯说了句"晚上好"，墨洛科斯马上冷静下来，并邀请这个陌生人坐下和他共享晚餐。

　　新来的客人才坐下就问墨洛科斯："你有没有听说，涅墨亚雄狮已经死了。这头野兽的灵魂这会儿正在冥府中腐烂呢，我们又可以安心放牧啦。"

　　但墨洛科斯面无喜色，反而深深叹了口气。

　　"你听到这个消息不高兴吗？"陌生人惊讶地问。

"不，我并不高兴，"墨洛科斯答道，"我不知道你说的话是真是假，但有一件事我很肯定，那就是赫拉克勒斯死了。这就是我出去拿了这堆柴火的原因——明天一早我就要为他举行葬礼，祭奠他。"

"明天一早我们应该一起供奉我们的守护神宙斯才对啊。去点个火把，我的朋友，靠近些仔细看看我。"

这一刻墨洛科斯才意识到眼前这个"陌生人"是谁。他从火堆里抓起一根火把，光线照在眼前这个人脸上。坐在他面前的不是别人，正是赫拉克勒斯，并且，这位英雄还披着雄狮的兽皮。可怜的墨洛科斯高兴得说不出话来，他热泪盈眶，扑向赫拉克勒斯，拥抱他，亲吻他。然后他把整碗汤都端起来放到赫拉克勒斯面前。

"我不饿，"墨洛科斯说，"我已经吃过了。"

但赫拉克勒斯并没有相信。

"可以再给我拿个碗吗？"他问。于是淳朴真诚的墨洛科斯就去再拿了个碗，英雄便把自己碗里的汤倒了一半给他。他们用完晚餐后，茅屋里还亮着火，墨洛科斯坐在那儿，屏住呼吸听着赫拉克勒斯讲述自己的惊人壮举。

第二天早上他们都早早起身，一起向万能的宙斯献贡。之后赫拉克勒斯向墨洛科斯告别，便继续出发前往迈锡尼了。

英雄从头到脚披着涅墨亚雄狮的兽皮，威风凛凛地出现在宫殿大门口。欧律修斯定睛一看，吓得血液凝固。与此刻相比，他第一次见到赫拉克勒斯时所受的惊吓简直不值一提。为了不看见这个"野人"，他惊恐万状地逃回房间了。但还有另一个恐怖的惊吓等着他。他还没喘过气来，房门便开了，两名士兵拖着涅墨亚雄狮的兽皮进来了，摊开来给欧律修斯看。

"赫拉克勒斯让我们把这个给您，伟大的国王。"两名士兵说。但话音未落，他们"勇敢的"国王就倒在地上，晕过去了！国王苏醒时状态非常不好，只能再被扶回床上。在他沉睡之时，赫拉又来到他的梦里，告诉他这次应该给阿尔克墨涅的儿子派什么任务才能保证他一定回不来。

欧律修斯一醒过来,便叫来他的传令官科普柔斯,命令他直接去向赫拉克勒斯传令,让他去杀死勒耳那九头蛇海德拉。

科普柔斯正要离开,欧律修斯在后面朝他喊道:"你经过那该死的狮皮时,把它拿走,还给那该死的猎人!"他又自言自语道:"希望这是我最后一次见到赫拉克勒斯和这件狮皮。他也许能杀死涅墨亚雄狮,但我这回送他去的地方,一定不会让他活着回来!"

第二项任务：除掉勒耳那九头蛇

勒耳那九头蛇海德拉，是死去的涅墨亚雄狮的姐妹。这只怪物能分泌毒液，相貌丑陋，住在勒耳那沼泽之中，向周边地区散发着死亡与毁灭的气息。没有人敢想象有人能捕杀这条毒蛇，因为这只野兽有九个头，其中一个还是永生的。这怪物的巢穴在沼泽深处，没有人能够接近。

而且，九头蛇通常藏身于水中或芦苇丛中，会突然扑向毫无防备的受害者，或是够胆量跑来寻它、想成为英雄却智谋不足的人。

赫拉克勒斯决定驱战车前往勒耳那沼泽。他还带上了侄子伊俄拉俄斯，因为侄子不仅是个勇敢的年轻人，还善于驾驭战车。同往常一样，英雄带上了木棒、宝剑和弓箭，不过这次他还披上了涅墨亚雄狮的毛皮。

"欧律修斯真是个笨蛋，"赫拉克勒斯告诉伊俄拉俄斯，"他因为惧怕我而巴不得要了我的命，却又把这张狮皮还给我，这狮皮不仅能抵御所有武器，还能抵挡海德拉的毒牙。对他来说更糟糕的是，既然他将狮皮作为礼物给我了，他就别想再要回去了。"

他们靠近沼泽时，赫拉克勒斯从战车上下来，让伊俄拉俄斯在那儿看着马等他。

"我要去找九头蛇海德拉。"他补充道。

"让我也去吧。"年轻人急切说道。

"不，这是不可能的，"英雄回答说，"我必须独自去杀了它才行，这是欧律修斯定下的条件。我知道他是决心要置我于死地，我必须遵守他定的规矩。"

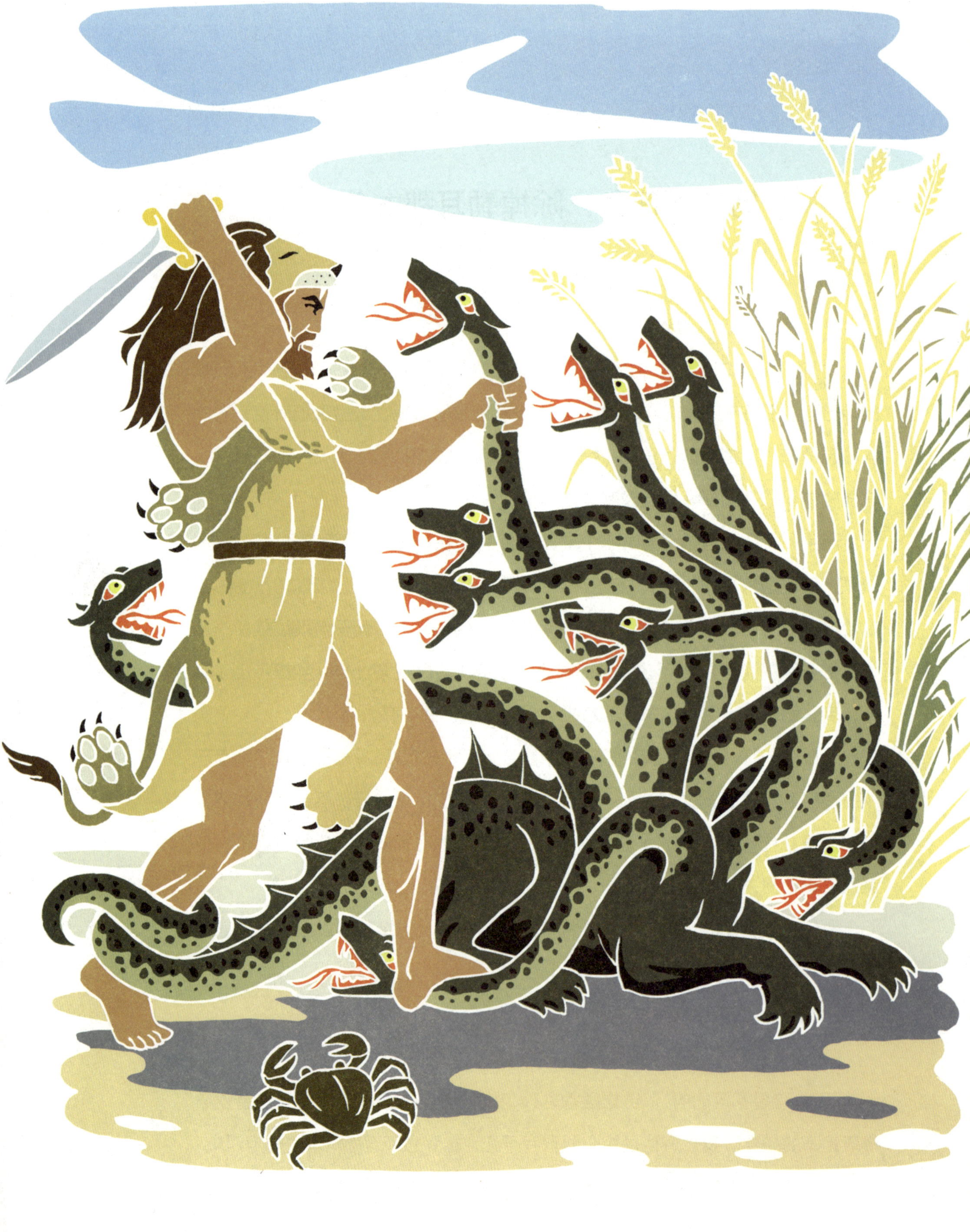

赫拉克勒斯开始寻找目标了。他需要十分小心，因为这只怪物随时可能突然浮出水面，赫拉克勒斯的每一步都要冒着沉入沼泽无处逃生的危险。

最后，他终于从远处认出了这只怪物的巢穴。九头蛇是一条水蛇，栖身于一个泉眼边，那是一个完全无法靠近的地方。然而，看到有东西在芦苇丛中抖动时，赫拉克勒斯确信怪物就在里面。而问题在于，如何将水蛇从它潜伏的地方引出来，让它到陆地上来。

不过对赫拉克勒斯来说，没有什么问题是不能解决的。他坐在原地思忖了一会儿，然后就去找了些干燥的树枝并将其点燃。而后，赫拉克勒斯又将箭头点燃，然后拉起弓将箭射入怪物巢穴附近的灯芯草丛中。干草立即熊熊燃烧起来，发怒的九头蛇海德拉从栖身的地方"嘶嘶"叫着滑了出来。

但不管它往哪里游去，赫拉克勒斯的燃箭都"唰唰"地落向它周围的芦苇丛中，引燃了火焰。现在海德拉只剩下一条路了，而在那条路上，它的敌人正坚定地站在那里。这只怪物毫不犹豫，它确信只要咬上一口，它的敌人就会倒在地上奄奄一息，要知道它的毒牙流出来的可是世上最致命的毒液。

海德拉怒不可遏，发出可怕的"嘶嘶"声，在水中飞速游到赫拉克勒斯站的地方，爬上岸朝他身上扑了过去。但英雄身上披着狮子的毛皮，已经做好了迎战准备。赫拉克勒斯拔出锐剑，将这只猛兽的头一个个砍下来。与此同时，九头蛇在愤怒地撕咬他，奇怪的是赫拉克勒斯却毫发无伤。不仅如此，九头蛇在撕咬中还咬断了自己的牙齿。头脑简单的海德拉始终没察觉到自己的牙齿攻击的不是赫拉克勒斯，而是它那位在涅墨亚死去的兄弟的毛皮。

尽管如此，事情对英雄来说仍不简单。令他吃惊的是，他发现尽管自己似乎已经砍下了怪兽大多数的头，这怪兽的头却比之前更多了。原来，每落下一颗头，就会在原位长出两个，并张开血盆大口露出可怕的牙齿。当然，这对赫拉克勒斯已经不再构成威胁，因为现在海德拉已经疲于在狮皮上折断牙齿了。

但与此同时，赫拉克勒斯越是费力斩断九头蛇的头颅，新蛇头长得越快，这让英雄无所适从。最糟糕的是，海德拉已经成功地用尾巴缠绕住赫拉克勒斯的腿，试图将他撂倒。当然，想撂倒宙斯之子，还不如试着将千年橄榄树连根拔起。但即便如此，还是使英雄的作战更加艰难了。赫拉克勒斯意识到只靠一把宝剑根本不足以打败这样一头怪兽。就在他想方设法解决这一问题时，他感觉脚上被什么用力地咬了一口，于是惊慌地往下看，不是害怕疼痛，而是担心水蛇的剧毒。

不过，当他看清楚是什么东西在咬自己时，顿时松了一口气，因为只不过是一只螃蟹。这只螃蟹确实很大，是赫拉见海德拉咬不到赫拉克勒斯，便派来帮助海德拉的。但赫拉克勒斯只用剑一刺就将这只螃蟹的壳剥了下来，一招致命。赫拉大失所望，便将螃蟹带走安置在天上，这便是传说中巨蟹座的由来。

赫拉当然是派这只螃蟹来伤害赫拉克勒斯的，但这一咬实际上帮了他。聪明的英雄意识到这也给了他请援兵的权利。于是他叫来伊俄拉俄斯，让伊俄拉俄斯重新点燃火把，然后在他每次砍掉蛇头的时候，用燃烧的火把在怪物血淋淋的脖颈上烙印封口。

少年马上按赫拉克勒斯吩咐的做了，果然，双头不再长出来了。于是赫拉克勒斯一个又一个砍下蛇头，直到只剩下最后一个永生的头。英雄拼尽全力，用宝剑予以最后一击，这恐怖的东西终于重重地倒下了。

赫拉克勒斯在伊俄拉俄斯的帮助下挖了一个深坑，将蛇头扔了进去。眼见蛇头还在露出尖牙利齿，发出凶狠的"嘶嘶"声，他们用石头把坑填了，还在上面搬了一块没有人能移动的巨石。毕竟，蛇头虽然已经从身体上被割离下来，但这颗永生的头还是极具危险性的。

就这样，这只战无不胜的怪物终于被打败了。赫拉克勒斯如释重负。自此，周边地区的人们可以安心地出行了。

第二个任务的完成也给赫拉克勒斯带来了好处。他剖开九头蛇的尸体，然后将所有的箭头依次浸染在九头蛇的毒液中。不论将来欧律修斯——这位赫拉宠信的人让他完成什么任务，他都有足够的装备应对了。又一次，欧律修斯非但没能伤害英雄，反而不经意间帮了他。现在，赫拉克勒斯拥有了人类能想到的最致命的武器：浸染过九头蛇海德拉毒液的箭。

最后，赫拉克勒斯和伊俄拉俄斯将散落一地的蛇头放在一起，塞进一个麻袋里，然后出发回迈锡尼。到了宫殿，欧律修斯非但拒绝看那些蛇头，还发出了响彻全城的咆哮声。

"他这是要毒死我，这个恶人！让他立刻将它们带走埋了。对，埋了，埋得远远的！这是命令！"

慢慢地，欧律修斯终于冷静下来，也不再害怕和生气，而是深深的伤感。因为每一个任务都清楚表明，赫拉克勒斯是难以击败的，也许是根本不可能被打败的。

第三项任务：消灭斯廷法利亚猛禽

然而，在斯廷法利亚湖畔还栖息着一群可怕的飞禽，致使周围乌烟瘴气。它们的翅膀是铜的，嘴巴和爪子是铁的，体型庞大，生性嗜血。没有人或野兽敢靠近湖边。因为只要被这些飞禽看见了，它们就会撒落铜羽毛，而它们的铜羽毛就像弓箭一样，又重又锋利。然后，它们会俯身冲向受伤的猎物，吞食它们。这就是骇人听闻的斯廷法利亚猛禽，而欧律修斯再次受赫拉指引，命赫拉克勒斯去消灭它们。

英雄还是和伊俄拉俄斯一起，出发前往湖畔。与之前一样，他身披狮皮，少年则举着一块大盾。他们到达斯廷法利亚湖时，万籁俱寂。他们看不到飞禽的踪迹，但地上有一些大片羽毛，有的还沉入土里。

赫拉克勒斯捡起一片，饶有兴趣地观察并将其放在手掌上掂量，然后说："这是实心铜，好厉害的箭！想象一下，这些羽毛如雨降落将会是怎样一场灾难！不过放心，你的盾足够坚硬，只需要小心一点。而我有了这张狮皮，没有东西能伤到我。"

但问题是，所有的飞禽都栖居在巢中，一只也没有出现。好不容易飞来了两只，胡乱地抖动了一些铜羽毛下来。但还没来得及瞄准目标，赫拉克勒斯的两支毒箭已经射中它们，它们从空中掉落，被湖水吞噬了。

射下一两只跑出来的飞禽根本解决不了问题。他们必须将这个地区的飞禽彻底消灭才行，但是据说飞禽已经多到了难以计数的程度。

赫拉克勒斯站在原地，意识到自己面临着多么艰巨的任务。就在这时，周

围突然传来重物击地的声音,紧接着又是一声。

"是拨浪鼓——有两个!"伊俄拉俄斯困惑地叫道,"是从天上掉下来的!"

赫拉克勒斯捡起一个仔细观察,是铜制的,很像村民们用来将鸟兽赶出田地的木制拨浪鼓,只是更大些。

"是雅典娜在这个危急时刻对我们施以援手!"赫拉克勒斯叫道,"这个东西可以让那些飞禽离巢!捡一个起来,伊俄拉俄斯,然后像我这样摇晃它!"

于是他们二人开始摇动拨浪鼓。

他们制造出的动静十分恐怖。在附近岩石栖居的斯廷法利亚飞禽，纷纷警惕地飞向空中，环绕着，尖叫着。很快，空中便布满了这群可怕的怪物。现在，空中除了拨浪鼓的声音，还有这群飞禽羽翼上的黄铜撞击声以及来自它们喉咙的刺耳叫声。各种声音一片嘈杂。

"不用再摇拨浪鼓了！"赫拉克勒斯叫道，同时抓起手中的弓。

英雄箭无虚发，许多次还一箭双雕，而中了浸润过海德拉九头蛇毒液的箭，则意味着哪怕是轻微的划伤都足以致命。这些飞禽从天上跌落下来时已经气绝，有的为绿色湖水所吞噬，有的一头扎向芦苇丛中，还有的伴随铜羽毛的撞击声，"砰"地撞向地上的岩石。

赫拉克勒斯的弓箭给斯廷法利亚飞禽带来了大灾难。这些飞禽试图向两位少年撒下片片金属，但都无济于事，赫拉克勒斯和伊俄拉俄斯两人都不为降落下来的铜羽毛所伤。

很快，飞禽的尸体遍布整个地区，幸存的则恐惧地"呱呱"叫着，扑腾着翅膀迅速逃向远方。这些恐怖的飞禽，从此永远从斯廷法利亚湖消失了。它们飞过陆地和海洋，最终到了黑海的一个荒岛上，不再回来。斯廷法利亚湖恢复了清澈与宁静，随着这些猛禽的离开，住在这个地区的人们也重拾了欢笑。

但有一个人并未因此笑逐颜开。欧律修斯听说赫拉克勒斯又得以生还后怒不可遏。但赫拉安慰他说："赫拉克勒斯要完成十二项任务，现在只完成了三项。你要相信，总有一个能要了他的命。现在就命令他活捉厄律曼托斯山里疯跑的那头野猪吧。那头野猪可是健步如飞，保准他永远也抓不到。"

接着，赫拉弯腰向欧律修斯耳语，告诉他赫拉克勒斯找到野猪前将遇到的其他危险，欧律修斯听后高兴得摩拳擦掌。

赫拉克勒斯接到新命令时困惑不已：为什么心胸狭隘的欧律修斯会派他完成这个任务呢？

第四项任务：活捉厄律曼托斯野猪

厄律曼托斯野猪确实是一头凶猛的野兽，每次下山都用猪鼻子拱地，肆意毁坏农民们辛勤劳动的成果，给田园带来许多灾难。而且如果有人敢在它出动的时候试图抓捕它，野猪就会示以刀片一样锋利的牙齿，然后杀了他。

虽然如此，但赫拉克勒斯知道如何保护自己。唯一的难题就是如何活捉野猪，但他相信总能找到方法的。

显然，欧律修斯不是因为同情当地居民而让英雄把野猪带回来的。既然不是，他又为什么派赫拉克勒斯去呢？

带着这个未解的疑惑，赫拉克勒斯出发前往厄律曼托斯山。几天后他抵达山脚下。正午时分，他停在一孔泉眼边上喝水并稍作休息时，听见附近有马蹄声。于是他决定起身看个究竟，只见有人策马向他跑来。但当这位"骑士"接近时，赫拉克勒斯吃惊地张大了嘴巴。这根本不是一个人骑在马上，而是肯陶洛斯人，也就是半人半马。这位人马的名字叫弗洛斯。

弗洛斯看见赫拉克勒斯后小跑着过来了。他向英雄致以友好的问候，并问他在这荒郊野外做什么。赫拉克勒斯便告诉他自己是谁、为什么到这里来。他表示很高兴认识赫拉克勒斯，因为他听过英雄的事迹。

"如果您愿意到我们的山洞一聚，这将是我的荣幸，"弗洛斯说，"您可以和我一起用餐，还可以歇歇脚。现在就去吧，趁着我的兄弟们还没来。我希望他们不知道你会经过这条路，因为他们就是一群粗野之徒，而且已经成为本地的恶棍了。只有喀戎的性格沉稳友善——另一方面，他比众神还要有智慧。不过没有人听他的，即使是躲过野猪的人也没能躲过我们。让我告诉你，这是个蛮荒之地，只要可以，没有人愿意踏足此地。无论如何，跟我来，吃点东西吧。我真希望可以让你多待一段时间，但又怕我的兄弟们做出什么事情来。要是他们来了兴致，甚至可能为了取乐而杀了你。"

他们到达山洞时，弗洛斯盛情款待，将赫拉克勒斯安顿好，然后呈上了美味的食物。但是，只有食物，没有酒。

角落里有一大瓶酒，可为什么没有拿出来呢？赫拉克勒斯吃了一口食物，然后实在忍不住了。

"食物很可口，"英雄说，"不过没有酒的话我怕难以下咽。"

弗洛斯听了赫拉克勒斯的话很羞愧，为自己没有给英雄准备喝的感到抱歉，不过这是有原因的。

他说："我们肯陶洛斯人拥有世界上最美味的酒，只是我们连众神都不曾供奉。不过对于您我将破例了——要是被我的兄弟们发现，可真得靠老天保佑了。"

说这些话的时候他斟满两个酒杯，拿了一杯给赫拉克勒斯。二人饮酒时，空气中弥漫着醉人的酒香。

酒虽香甜，却酿成了苦果。

浓郁的香味飘出了山洞。于是赫拉送了一阵微风，让其他肯陶洛斯人也闻到了这股香气。

"那是我们的酒香！"第一个喊道。

"有人在喝我们的酒！"第二个接着叫道。

"你是在说，有人偷了我们的酒！"第三个也跟着叫道。

于是他们都奔向山洞。

弗洛斯首先听见了马蹄声，于是赶紧冲出去查看情况。

"我们完了！"他惊恐地叫道，"他们知道了，正向这边赶来！"

赫拉克勒斯听后也跑出去一看究竟。

其他肯陶洛斯人看见有个人站在山洞外，更加愤怒了。他们立即拿起手边的东西武装起来，有的拿着巨石，其他人马则就地将整棵柏树连根拔起，然后向洞口发动进攻。很快，赫拉克勒斯发现自己已置身险境。

只有明智的喀戎尝试阻止他们，但不起作用。不一会儿，他们就开始拿起手上的大石头投掷。幸好距离尚远，都没有打中赫拉克勒斯。赫拉克勒斯也立即拉弓射箭，精准而且有力。他那浸过海德拉毒液的箭羽，让人马们阵脚大乱。一箭射倒一个，而被射中的人马就像被雷劈中似的痛苦不已。

喀戎喊叫着让他们停下，但没有人马听他的，他们一个接一个倒下死了。剩下的少数几个幸存者，看着这场战斗结束得如此不可思议，扬起蹄子四散逃走了。最后，有的逃到马莱，而涅索斯等人马，则定居在欧厄诺斯河一带了。

尽管这帮凶狠的人马要么被杀要么被赶出厄律曼托斯山，但这场战役对赫拉克勒斯来说没有喜悦，只有莫大的悲伤。

原来，英雄有一箭射穿了一个人马的胳膊，击中了明智的老喀戎的脚。尽管喀戎是所有人马中唯一具有不死之身的，但海德拉的毒液箭在他脚上开了一个可怕的创口，使他疼痛难忍。

赫拉克勒斯亲自为喀戎清洗伤口，但他知道这个伤口将永难愈合。毫无疑问，喀戎忍受了多年痛苦，最终他请求万能的宙斯让他死去，以免受这无休止的折磨。宙斯听了他的请求，没有让死神将他带到哈迪斯黑暗的深渊，而是将他带上天安置在那个从此被称作"人马星座"的位置上。

然而，老喀戎不是赫拉克勒斯那天要哀悼的唯一朋友。弗洛斯失去了所有的兄弟后悲痛不已，弯下腰从地上捡起一支箭，问英雄道："这么小的一支箭，怎么会这么快致死呢？"

"别碰箭！"赫拉克勒斯惊恐地叫出了声，因为声音洪大，吓得弗洛斯弄掉了手里的箭。而就在箭落地时，箭头恰好擦伤了他的脚。只一处擦伤，弗洛斯就倒地身亡——这就是勒耳那九头蛇毒液的威力。

赫拉克勒斯极度悲伤，将他的人马朋友埋葬后，便离开了这个不祥之地，心情沉重地继续向厄律曼托斯山前进以寻找野猪。

这回他知道欧律修斯为什么派他来这个地方了。他当然不能伤及英雄的身体，却向他的内心致以残酷一击。弗洛斯的死和喀戎所承受的长期痛苦将成为赫拉克勒斯在未来很多年里挥之不去的心结。但不管心情沉痛与否，他的使命都是追捕野猪，并将它活捉回去给欧律修斯。

赫拉克勒斯终于找到了这只野兽的踪迹。要杀它轻而易举，但问题是，他接到的命令是"活捉"。

英雄追了野猪几天几夜，但野猪跑得像闪电一样快，有时跑进灌木丛，有时钻进狭窄裂缝中让赫拉克勒斯无法通过。于是赫拉克勒斯一次次地跟丢野猪，然后又费尽力气再找到它，每一次都徒劳无功。但是不管用什么办法，他必须抓住野猪。赫拉克勒斯最终选择坐下来细细思索。体力和速度并不总是奏效，有时也需要计谋，而赫拉克勒斯恰恰不缺这项技能。

"我得将野猪赶到一个它逃不掉的地方。"他下定决心。

赫拉克勒斯爬到一块高大的岩石上，向四周望去。最后，他的视线停在被雪覆盖的山顶上。"是的，那就是我要引它去的地方。"英雄心中默念，然后开始继续追赶野猪，将它往高处赶。每当野猪试图转向时，他就扔石头挡住它的去路，强迫它走英雄规划好的那条路。就这样，他将野猪赶到了山峰中间，最后把它逼进了一个雪坑。被松软雪白的雪堆覆盖后，这头野兽坚硬的蹄子寸步难行，笨重的身体陷入雪堆，积雪一直没到野猪胸前，使它动弹不得，进退两难。

赫拉克勒斯终于抓住了野猪，将它四蹄捆起，扛到肩后，然后带它回了迈锡尼。

赫拉克勒斯迈着坚定的步伐，从宫殿门口几位惊讶的守卫身旁走过，恰好和欧律修斯撞了个正着。欧律修斯一看到肩上扛着野猪的英雄就发出恐怖的尖

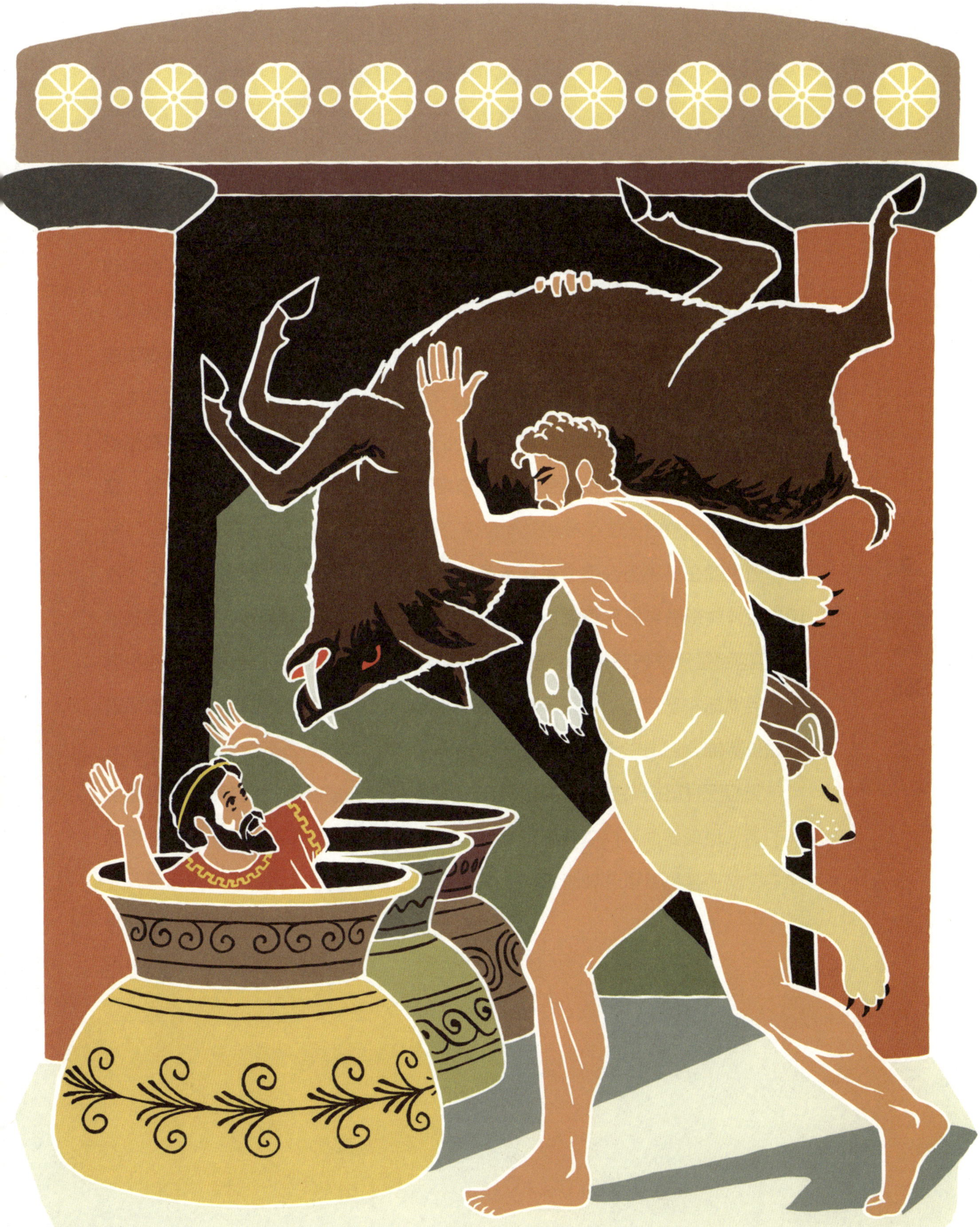

叫，两腿瘫软。

而之后发生的一幕，则成为古希腊瓶画工匠们最喜爱的主题之一。迈锡尼伟大的国王惊恐万状，吓得腾空跃起，直接跳进了一只敞口的大陶罐里。赫拉克勒斯装作什么也没有发生，信步走过去弯腰冲着罐口，使得野猪那露着尖利獠牙的猪嘴碰上了胆小又自夸的国王的脸。欧律修斯全身冒着冷汗，颤抖得就像一片秋天里的叶子，脸色也变得蜡黄。恐怕即使是哈迪斯的冥府从他脚下裂开，他也不至于如此惊慌吧。

欧律修斯看见野猪后饱受惊吓，用了整整九天才恢复过来。因此，赫拉克勒斯第一次不用立即出发去完成下一个任务，而是得以养精蓄锐恢复体力。事实是，这段休息时间的每一刻对他来说都弥足珍贵。

因为就在第十天，传令官科普柔斯向他宣布了主子的新命令：找到阿尔忒弥斯女神钟爱的克律尼亚鹿，并将这头难以捕获的野兽活捉回迈锡尼。

"这回这家伙该知道什么才是跑个不停了。"欧律修斯自言自语道，他想到赫拉克勒斯将徒劳无功地把一切搞砸就欣喜不已，因为他确信这一次能成功羞辱这位英雄。

"他要是抓住了它，那可就更糟了！"欧律修斯扬扬得意地想着，"因为那样的话，他就要面对阿尔忒弥斯女神了，女神钟爱这头鹿并且保护着它，除了死亡，女神再也不知道其他的惩罚方式了。"

第五项任务：找寻克律尼亚鹿

阿尔忒弥斯确实喜爱这头鹿胜于其他任何动物。那是塔盖特送的礼物，塔盖特是阿特拉斯之女，还是斯巴达首批国王之一拉斯第孟的母亲。

克律尼亚鹿是世界上跑得最快而且最可爱的动物。它跑起来永不疲倦，因为它的蹄子是铜做的。它的头顶上长着一对纯金做成的鹿角，闪着金光。

赫拉克勒斯追了它整整一年——翻过大山、穿过峡谷、跨过河流，追着它下山坡、过平原。他穿过科林斯地峡，又气喘吁吁地追着鹿登顶基泰戎山、帕尔纳索斯山和厄特山，之后又往下追到色萨利和伊利里亚。他时而头顶烈日奔跑，时而忍受刺骨严寒追逐。有时他的双脚被尖利的石头刺伤，有时他在柔软的雪地里挣扎打滚。克律尼亚鹿引着他不断前行，越过伊斯特罗斯源头，进入希佩尔波瑞人的土地，又返回希腊，再往下跑到伯罗奔尼撒半岛，又摆脱赫拉克勒斯先跑上了阿尔忒弥西亚山，再穿过阿耳卡底的广袤大地。这只神圣的动物毫无疲惫的迹象，赫拉克勒斯紧随其后，不让鹿离开视野之外，但始终没能靠近并抓住它。

他们一直跑到了拉冬河。这头鹿终于在这里停下了飞驰的脚步，四处寻找过河的地方。而赫拉克勒斯想不到其他办法，只好弯起弓瞄准鹿腿。瞄准的方向和时机的把握都充分展示了赫拉克勒斯的射术之精湛，他射出的箭，在鹿跳起来四条腿连成一线时，一次性射穿了它的四条腿，从肌腱和骨头中间穿过，一滴血也没有流出来。鹿伤得不重，但赫拉克勒斯跑过去抓它时它已动弹不得。

而赫拉克勒斯的手还没来得及碰到鹿，一个女子的声音便在这个荒凉的地方回荡起来。

"好大的胆子！"女子叫道。

赫拉克勒斯快速转过身，便看到了阿尔忒弥斯——伟大的狩猎女神。女神正用箭对准他，脸上显现出不可遏制的怒气。

英雄这才知道鹿是阿尔忒弥斯收到的一件礼物。他知道这是一位多么令人敬畏的女神，他更知道女神会如何惩罚哪怕只是伤它毫毛的人。他记得阿克泰翁无意间冒犯她后受到了多么严厉的处置；他记得她为了报复尼俄伯如何无情地杀死了她所有的孩子；他也记得当可怕的巨人阿洛阿得斯威胁说要将众神拉下宝座时，她是如何找到方法将他们尽数毁灭的。

赫拉克勒斯知道这一切，但他并不害怕。

"好大的胆子！"女神再一次怒吼，"你怎么敢射伤我的鹿？你追了它整整一年，我也就随你去了，因为我知道以你的速度赤手空拳是抓不住它的。但是你不仅追赶它，竟然还敢射伤它！你以为自己是谁？就算宙斯是你的父亲，我是你的姐姐，但你不是神，我也不必同情你。快说你为什么伤它，而且要快，我的箭可是从不失手的！"

"我是在执行迈锡尼那愚蠢的小国王欧律修斯的命令。我必须将这头鹿带回他的宫殿给他瞧上一眼，然后再将它放了。不是我要这么做的，是众神决定的。正如你所见，我只是尊重神灵们，执行他们的愿望。现在，如果你还是觉得我做错了，那就杀了我吧。"

阿尔忒弥斯听到赫拉克勒斯的回答很吃惊。"如果你还是觉得我做错了,那就杀了我吧。"很明显,他没有做错。但另一方面,他确实伤了她的鹿,这让女神觉得是奇耻大辱。

两股力量在女神内心挣扎:一是她贵为奥林匹斯山神的自尊心,另一个则是单纯按照逻辑来考虑。她站在原地犹豫了一会儿,最终放下她的弓,然后说:"把鹿带回去给欧律修斯,但一定要小心别再伤害它。这还是第一次有人能让我违背自己的意愿。应该祝贺你,赫拉克勒斯。"

于是,赫拉克勒斯带着鹿回到了迈锡尼。毕竟,力量、速度甚至是计谋并不总是足以完成伟大的业绩,有时还需要高贵的灵魂——而对于这一品质,阿尔克墨涅之子从未或缺。

至于心胸狭隘的欧律修斯,当他知道赫拉克勒斯将这项工作也顺利完成之后,便怒气冲冲,破口大骂。

"但我有办法让赫拉克勒斯从此远离我的宫殿大门,"他想,"还能彻底击败并且羞辱他。我要派他终生去铲粪!"

说着他立即传唤他的传令官:"科普柔斯!科普柔斯!给我派赫拉克勒斯去清理奥格亚斯牛棚!"

第六项任务：清理奥格亚斯牛棚

现在厄利斯国王奥格亚斯的牛棚里，恶臭的牛粪堆积如山，一次也没有被清理过。

这位奥格亚斯国王是太阳神赫利俄斯的儿子，拥有无数的动物，有大有小。其中有三百头品质优良的黑公牛，它们的腿都是白色的，这些都是赫利俄斯亲自送给他的礼物。另外，还有两百头牛红如落日，十二头白似天鹅。其中最出众的一头公牛，闪闪发亮如白昼之神。

奥格亚斯不仅拥有大量的牲畜，还拥有最肥沃的土地。而不可思议的是，正是厄利斯富饶的平原造成了如今的问题。土地已经很肥沃，无法再吸收更多的肥料，因此牛棚里堆积的粪便年复一年高高垒起，没有人能移得走了。即使厄利斯包括妇孺在内的所有人，日夜待在牛棚里劳作上几年，也不可能将这堆恶臭的东西清扫干净。奥格亚斯牛棚里的粪便不仅数量不计其数，还向整个地区传播瘟疫。

这些堆积如山的粪肥总得清理才行，而且赫拉克勒斯只能自己做这件事。

"就让他终生都在这堆粪肥里打滚吧——让他死在那儿，"欧律修斯不怀好意道，"那时候我们再来看看谁更有价值：是我这样伟大的国王，还是他那种听我指令的失败英雄。"

赫拉克勒斯一到厄利斯，就去牛棚查看情况了。他看到眼前的任务，再次确定了卑鄙的欧律修斯对他的嫉妒和憎恨。

"但这个问题必须有个解决办法。"他告诉自己，然后就坐下来想办法了。

很快，赫拉克勒斯的大脑中就出现了计划的雏形。他立即跳起来跑到一块高地顶端，从那儿可以俯瞰周围的乡村环境。他看出两条河流就像两条亮闪闪的大蛇，从左右两边流经平原，然后消失在地平线上。而牛棚位于厄利斯及整个伯罗奔尼撒半岛上最大的两条河流——阿尔菲斯河和佩内俄斯河之间。赫拉克勒斯仔细地观察了很久，然后走下小山丘，微笑着去找奥格亚斯国王。

"我叫赫拉克勒斯，是安菲忒吕翁的儿子，"找到国王时他说道，"我是来清理你的牛棚的。"

"这需要足够的工人，你找到了吗？"国王讥讽地问道，"我可没有人手给你。"

"我不需要工人，"赫拉克勒斯回答说，"我要自己清理。"

奥格亚斯大笑，问道："那你觉得你得活多少年？你能活几千年吗？"

"我可以一天之内把你的牛棚清理干净。"英雄自信地回答。

"听着，赫拉克勒斯，你若要跟我说话，就得严肃点儿！"

"我现在很严肃，非常严肃。你的牛棚一天之内就能被清理干净。"

"你要是做到了，我就把我的十分之一牲畜赏赐给你。"国王回答，并叫来他的儿子弗琉斯，让弗琉斯见证这个协定。

于是弗琉斯命赫拉克勒斯赌誓牛棚将在日落前清理干净。尽管英雄从未赌誓，这一次他这么做了。

"还有您也是，父亲，"弗琉斯接着说道，"请发誓。如果赫拉克勒斯兑现了承诺，您就把十分之一的牲畜给他。"

奥格亚斯也发了誓言。第二天黎明，赫拉克勒斯便开始工作了。

阳光高照时，奥格亚斯去牛棚查探工作进度。结果根本没有看到赫拉克勒斯的踪影，也没有发现什么改变的迹象。

"我为什么要自找麻烦跑到这个恶臭的地方来？"他耸耸肩自言自语道，"我

就知道他说的都是疯话，却还是坐在这里和他打赌，还发了誓并找了证人。"

"陛下，"一个牧人说，"我在佩内俄斯河下游看到了赫拉克勒斯。"

"他的工作在这里，人却跑到河边去了？那他在那儿做什么？"

"别提了！"牧人说，"太疯狂了。他在往水里丢土块、石块，还有巨大的岩石。真是力量惊人啊！他身上的肌肉比提坦的还要多，不过那又有什么用呢？如果他在这儿待上个几年，或许能做点儿什么。"

"我就说他疯了吧——可见我是说对了！"国王答道，"现在，趁着这股恶臭没把我熏晕，我们赶紧离开这里吧。"于是他们都用手捂着鼻子匆忙离开了。

牧人说得没错。赫拉克勒斯确实在河流下游作业。他在建造两个河坝。到中午时分工作就完成了，大量的水开始在坝后高涨。

"很快河水就会涨到我想要的高度，足以淹没那个地方。"赫拉克勒斯说。随后他跑向牛棚，在牛棚周围的墙上开了两个大口。完成这项工作后，他就爬到附近的高地等候，注视着即将发生的一幕。

他没有等太久。"佩内俄斯河的水涌过来了！"他兴高采烈地喊道，又过了一会儿，"现在是阿尔菲斯河的河水流过来了！"

确实，没过多久，两条河的河水便通过墙上的开口涌入牛棚，然后开始它们的清洗工作，并且完成得十分顺利，赫拉克勒斯在一旁得意地看着。他不仅清理了奥格亚斯的牛棚，还将其彻底冲刷干净了。没有比这完成得更出色的工作了。

紧接着赫拉克勒斯又去了河边，将两个河坝推倒，再回到牛棚将墙上的缺口修好。他已经完成了任务，日落西山的时候，英雄便回去见奥格亚斯了。

这会儿国王已经听说了发生的一切，但他并不高兴，反而震怒了，因为他根本不想交出承诺给赫拉克勒斯的牲畜。

"清理牛棚的不是你！"他大喊道，"是河流！"

"那你这么说是什么意思呢？"英雄惊讶地问。

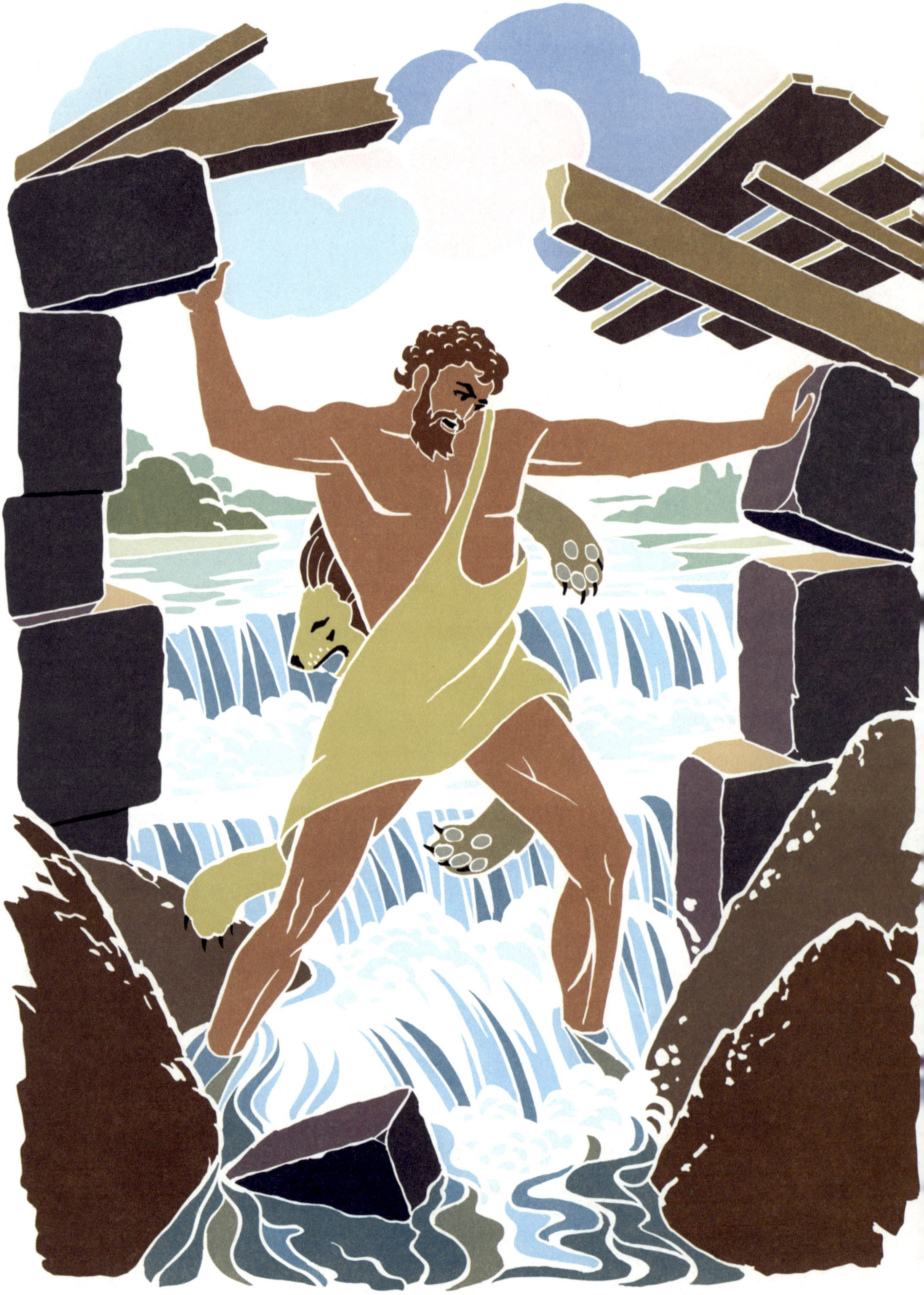

"我说这个工作是河神阿尔菲斯和佩内俄斯做的，他们才是我要感谢的！"

"那你什么都不需要给我吗？我们的协议呢？"

"我们之间没有什么协议！"国王反驳道。

"那你的誓言呢？"

"我也没说过什么誓言！"奥格亚斯怒不可遏地喊道，"现在给我滚出这里，你这个牲畜大盗！"

赫拉克勒斯简直无法相信所听到的话，这个人傲慢到了极点。失去奥格亚斯承诺要给他的牲畜并不是困扰赫拉克勒斯的问题，让他无法忍受的是奥格亚斯竟如此出尔反尔。英雄决定将其告上法庭，而不是不了了之。

法官叫来弗琉斯出堂作证，年轻人勇敢地说出了赫拉克勒斯和父亲之间发生的事情真相。赫拉克勒斯胜诉，但奥格亚斯恼羞成怒，不但拒绝接受法官的判决，还将法官、赫拉克勒斯连同自己的儿子统统流放，并禁止赫拉克勒斯再踏足厄利斯的土地。

"我会回来的，"英雄反驳道，"到时候你将为你那肮脏的伎俩付出沉重的代价。我要让你当场偿还，不过不是现在。众神还有任务等着我去做，但我不会忘记的，这毋庸置疑！"

他确实没有忘记。十二项任务完成后，赫拉克勒斯带了一支军队回到厄利斯。他和奥格亚斯大战一场并取了他的性命，然后让弗琉斯取而代之成为国王。

赫拉克勒斯不愿意拿走应得的牲畜，于是弗琉斯给了他一块佩内俄斯河边上的土地作为补偿。在那块土地上，赫拉克勒斯建了一座神庙献给宙斯，还建了一个大型体育场，据说那是他按照自己一个大步的长短建造的。他将那里命名为"奥林匹亚"，并在那里举办了第一次奥林匹克运动会。

赫拉克勒斯回到迈锡尼时，欧律修斯惊慌失措，因为他根本没有想过还能再见到英雄。他害怕得发抖，叫来科普柔斯，让他去查清楚赫拉克勒斯为什么这么快就回来了，他派给他的任务明明是一个耗时千年甚至更久才能完成的任务。

"我已经知道了,伟大的陛下,"科普柔斯回答道,"他只用了一天时间就清理完奥格亚斯的牛棚了!"接着他解释了赫拉克勒斯是如何完成这个看似不可能完成的工作的。

随从的话让欧律修斯陷入更大的恐慌,因为他很清楚赫拉克勒斯不仅强壮又勇敢,而且极其聪明。这粗鄙又迟钝的迈锡尼国王感觉相比之下自己一无是处,这让他更迫切地想将英雄击垮。这说起来容易做起来难:赫拉克勒斯总能设法取得胜利。

他勒死涅墨亚雄狮、斩杀勒耳那九头蛇海德拉,还赶走了斯廷法利亚湖的猛禽。他将厄律曼托斯山的野猪带回迈锡尼、活捉克律尼亚鹿,现在又清扫了奥格亚斯的牛棚。他已经完成了一半的任务,而且每一个似乎都非常人力所能及。还有什么能阻挡他完成剩下的任务呢?

欧律修斯一想到这里便深感折磨,直到赫拉又一次前来帮助他。赫拉建议说接下来的任务可以设置得更加艰难,只要将赫拉克勒斯送去遥远的地方面对新的挑战即可。前面六项任务都在伯罗奔尼撒半岛上,接下来的六项将需要走更远的路程,路上将遇到更多危险。

事实上,第七项任务异常危险。欧律修斯命令赫拉克勒斯去抓住践踏克里特土地的可怕公牛——而且不仅要抓住它,还要跨越海洋将其活着带回迈锡尼。

第七项任务：活捉克里特公牛

那么，克里特公牛究竟是个怎样的动物呢？

克里特国王米诺斯曾许诺海神波塞冬，愿意将活着漂上他海岸的一切动物都献给海神。于是波塞冬找了个时间将一头极好的公牛用浪花送上了克里特海岸，那是一头长着金色牛角和铜蹄的公牛。

但当国王看到这么好的动物时，没有遵守对海神的承诺，而是将公牛留在自己的牛棚里，给波塞冬送了一头普通的牛。

波塞冬怒不可遏。

"米诺斯就这么小觑众神吗？"他狂怒地吼着，"他以为违背我的意愿留着公牛能得到什么好处吗？哼！他很快就能知道自己将从中得到什么——只有不幸和悲痛！"

这头优质公牛本来一直都像小羊羔一样温和，突然间就成了一头狂怒的怪物。受一股强烈的破坏欲驱使，它攻击人兽，所到之处尽是杀戮。所有试图驯服野兽或消灭它的人都在力量悬殊的搏斗中被杀，因为这头公牛的狂怒代表的是海神的怒火。

而如今赫拉克勒斯的任务不仅是抓住公牛，还要跨越浩瀚的爱琴海将它活着带回迈锡尼。

英雄起航前往克里特，找到米诺斯国王并请他批准自己执行任务。

"我倒是很愿意，"国王回答说，"不过公牛是否愿意我就不知道了！而且你说你还要跨过海洋把它带回去？你肯定是疯了！好吧，祝你成功，但就算你失败了，我也不会为你流一滴眼泪的。毕竟，少了一名英雄对整个世界来说也不算什么损失。"

"他们都那么恨我啊，这些国王，"赫拉克勒斯自言自语道，"欧律修斯、奥格亚斯，现在是米诺斯。好吧，顺其自然吧，我的工作是活捉公牛并将其带回迈锡尼。"

英雄没多久就找到了公牛并立即开始了搏斗，公牛一看到英雄就低下牛角来攻击他。那逼近的沉重蹄声足以让任何人心惊胆战，但赫拉克勒斯岿然不动，只是在公牛进攻的最后一刻闪身避开。没有击中目标，公牛的牛角扑了个空，膝盖一弯，便因为自身冲力径直跌在地上了。

但公牛马上站了起来，发出了一声吓人的怒吼，又发起了第二次进攻。这只疯狂的野兽已经在第一次进攻中耗费了不少体力，这一次尽管拼尽了全力，

但在野兽扑向自己时赫拉克勒斯坚定地站在原地不动。就在公牛的脑袋快要击中目标时，赫拉克勒斯用钢铁般的拳头一把扣住牛角，阻止了它的进攻。野兽的身体一阵颤抖，像是撞上了一堵石墙。

赫拉克勒斯用尽全身猛力，将公牛的头往下压，直到它的鼻孔擦到地面为止。野兽疯狂地挣扎着，但徒劳无功，无论它如何尝试，始终无法再移动它的头。它用后蹄在地上奋力挣扎，试图站稳，但没有什么能撼动宙斯的儿子或让他失去平衡。公牛无力之下气急败坏、口吐白沫，却还是无能为力。很快，它就用尽了自己最后的一点儿力气，不再反抗了。

然后，赫拉克勒斯拿了一条绳子绑在公牛的牛角上。野兽恢复气力后，并没有尝试逃脱或攻击英雄。这头可怕的克里特公牛终于被驯服了。

就这样，赫拉克勒斯将公牛带下了海。这个曾经看似不可能完成的任务突然间变得轻而易举：不用背着一头疯狂的公牛游到伯罗奔尼撒；相反，赫拉克勒斯惬意地骑在公牛宽厚的肩膀上，让公牛把自己驮了过去。

到达海岸后，赫拉克勒斯将公牛驱赶到迈锡尼，把它拴在欧律修斯的牛棚里。当国王听说克里特的恶魔就拴在自己的农场时，他沮丧地叫出了声，命令手下将公牛赶到山里，离迈锡尼和他的宫殿越远越好。赫拉克勒斯制服公牛并将其带回迈锡尼安全地拴起来，欧律修斯却只是因为自己的怯懦胆小又将公牛放了。他可一点儿没考虑这头暴怒的野兽会对他的子民施以怎样的报复！

重获自由后，公牛变成了伯罗奔尼撒的噩梦。最终，它跨过科林斯地峡一路跑到了马拉松，在那里肆意破坏，后来被称为"马拉松公牛"。最终，它将死于雅典伟大的英雄忒修斯之手。

第八项任务：带回狄俄墨得斯的马

继克里特远行之后，欧律修斯再次采纳赫拉的建议，让赫拉克勒斯去了色雷斯，要他将狄俄墨得斯国王的马群带回来。

国王将这些危险的猛兽拴在马厩里，用沉重的锁链拴着。据说这些马的蹄子是铜的，而且它们只吃人肉。

但比马更可怕的其实是狄俄墨得斯本人，他是野蛮的比斯托尼亚人的统治者。作为战神阿瑞斯之子，他身上流淌着好战的血液。只要他带着自己好战的部落出去征战，那对周边地区来说便意味着毁灭；而对他来说，则是野蛮的快感。

而国王身上比破坏欲更强烈的感情是他对自己圈养的食人马的骄傲。无论何人落在他手上，都将被活活喂马。不仅仅是战争中的俘虏，那些路过色雷斯的不知情的陌生人也同样难逃厄运，他们还以为宙斯亲自定下的好客之道在这里也被执行得很好呢。结果，所有落在狄俄墨得斯手上的陌生人无一幸免，都被他那食人马生吞了。

赫拉克勒斯出发前往凶残的比斯托尼亚人和他们嗜血成性的国王的国土时，带了若干愿意在必要时刻为他而战的朋友，其中有一位叫阿布德罗斯，那是一个来自洛克里斯的勇敢青年。

英雄和同伴们航海抵达了色雷斯。赫拉克勒斯很快就找到了马厩所在地。他的伙伴们打倒卫兵并把他们都绑了起来，他则快速将马匹从马厩中解开，然后拉着它们身上的缰绳，将它们牵上了船。

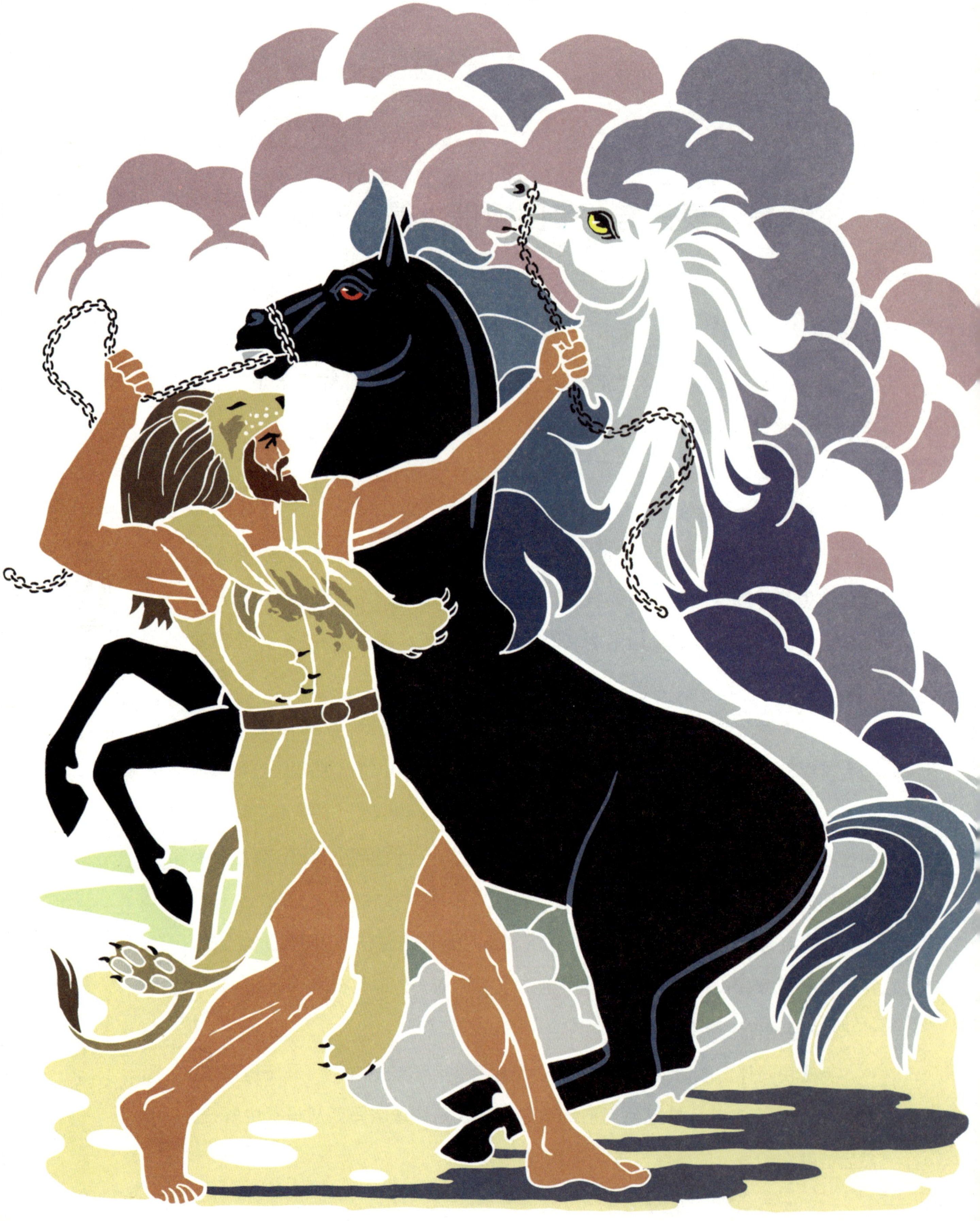

"我运马匹上船，你们待在这里，如果看见狄俄墨得斯过来了，就大声叫我！"赫拉克勒斯对同伴们说。尽管如此，阿布德罗斯还是跟随着英雄，以防他需要帮忙。他们还没走到船边，就听见喊声了。

"狄俄墨得斯！狄俄墨得斯带着比斯托尼亚人来了！"

赫拉克勒斯迟疑了片刻，阿布德罗斯知道他迟疑的原因。

"不用担心，"阿布德罗斯说，"你可以把马匹交给我。"

赫拉克勒斯一点也不为这个想法感到开心，但他别无选择。把牲畜交给阿布德罗斯后，他便跑回去面对危险。他看见狄俄墨得斯骑着一匹黑色战马，领着黑压压一片比斯托尼亚人，虽然还离得很远，却已步步逼近。他们行进时喊声凶猛，挥舞着手中的长矛。

赫拉克勒斯和同伴陷入危急险境，他们区区数人如何能应对这么多敌军？但英雄想出了办法。

他注意到他们所站的平原低于海平面，是海浪卷起的小沙丘在旁边围成了一堵墙。

"快来！帮我挖开缺口，这样我们就能淹没平原了！"他对着同伴大喊道，自己已经动手使劲挖起来了。

他们很快便在沙丘上挖开了一个缺口，刚开始很窄，但很快就被冲进来的海水拓宽了。不久，大量的海水涌过平原，形成了一条大河。时至今日，那条河依然存在，被称为"比斯托尼斯河"。还在进攻的比斯托尼亚人很多都被汹涌的洪水冲走了，其余的则落荒而逃。狄俄墨得斯和随从们打前阵，虽然逃过了波涛汹涌，却已无路可退，如今只能直面赫拉克勒斯及其同伴。

他们走投无路，只能面对英雄们的攻击，但很快就被擒获了。狄俄墨得斯被赫拉克勒斯一棒打下了马。他没有死在棒下，而是立刻被抓住并被绑了起来，原因是：残忍的国王应当自食恶果，于是他被活活喂给了自己的食人马。

敌军溃败，但赫拉克勒斯和他的朋友们陷入了悲痛。野蛮的食人马将阿布德罗斯撕成了碎片，他们对于年轻人之死的悲痛无以言表。

赫拉克勒斯更是极为伤心。

"是我的错，是我留他一个人看守马群的。"他不停地说。但每个人都知道，英雄当时别无选择。

赫拉克勒斯请求同伴给阿布德罗斯风光大葬。于是他们祭献可以找到的最好的牲口，然后用一场体育竞技哀悼死去的朋友。为了让后人铭记他的名字，他们还在当地建造了一座城市，取名"阿布德拉"。

英雄们终于完成了对死去年轻人的缅怀，他们踏上船，带着马群扬帆回迈锡尼。

然而，当他们抵达阿尔戈斯港时，欧律修斯禁止赫拉克勒斯将这些牲口带回迈锡尼。相反，他还要将它们放生。

"让他把这些马随便带到什么地方去！"欧律修斯颤抖地说，"但是要离我和我的宫殿远远的！"

为了避免马群再对人类造成伤害，赫拉克勒斯将它们带到了奥林匹斯山一个偏远的斜坡上，最后它们被那里的野兽吃掉了。

英雄再回到迈锡尼时，迎接他的是一个新的指令。这一次他要将亚马宗人女王希波吕忒的腰带带回来，这一次又是赫拉的主意。

第九项任务：索要希波吕忒的腰带

每看到赫拉克勒斯成功完成一项任务，赫拉就比欧律修斯还要恼怒。必须找到更艰难的任务——这就是她想到亚马宗人的原因，希波吕忒的腰带就这样浮现在她脑海里。紧接着她想到欧律修斯的女儿阿得墨忒就在她的神庙里当女祭司，她可以轻易让女孩的脑海中产生一个愿望，那就是将亚马宗人女王的腰带据为己有。于是，公主下一次去赫拉神庙祭拜时，赫拉出现在她眼前说："欧律修斯之女阿得墨忒，亚马宗人的女王希波吕忒身上有一条神奇的腰带，那是战神阿瑞斯赠送的礼物，是权威和力量的象征。只要你去请求你的父亲让赫拉克勒斯去取，你就可以佩戴这条腰带了。"

阿得墨忒想到可以拥有一条这样的腰带而高兴不已，当她去请求父亲帮这个忙时，欧律修斯比女儿还要高兴。他没有耽搁片刻，马上叫来科普柔斯，说道："让赫拉克勒斯去把希波吕忒的腰带带回来！"但随后他就自言自语说了截然不同的话："真希望这家伙永远别回来，我的女儿永远也拿不到腰带！"

赫拉克勒斯收到执行这个任务的命令后，很快就意识到了这有多艰难。他再次决定带上一群勇敢的同伴扬帆出海。希腊最有名的英雄们还纷纷表示愿意为了赫拉克勒斯不惜冒生命危险。他们之中有雅典伟大的英雄忒修斯、赫拉克勒斯的侄子伊俄拉俄斯，还有来自萨拉米斯的勇敢青年忒拉蒙以及后来成为阿喀琉斯之父的珀琉斯。

航船顺风而行，首先在帕罗斯岛登陆，在那里他们遇到了此次任务中的第一次危险。

在这个位于基克拉德斯群岛的岛屿，当时的国王名叫阿尔开俄斯。赫拉克勒斯的船驶进岛屿那天，国王恰巧在接待米诺斯国王的三个儿子，他们三人虽然身在异国为异客，却态度傲慢，为人严厉且冷漠。由于船上没水了，赫拉克勒斯派了两个同伴登岸将水罐装满。而米诺斯的三个儿子却无视当地保护缺水断粮的陌生人的神圣法令，将他们二人以偷窃罪逮捕并处死了。

赫拉克勒斯在甲板上目睹了这一幕，他怒火中烧，随即跳上岸，后面跟着同伴。米诺斯的儿子为这一罪行付出了生命的代价，但很快小型的打斗就演变成为和岛上居民的战争。不过，赫拉克勒斯击退了岛民，并逼得他们退回城墙里面逃难去了。

帕罗斯人意识到他们是在和强大的赫拉克勒斯开战时，很快就承认了错误。两名传令官登上壁垒，吹响喇叭，表示他们有话要说。其中一个叫道："安菲忒吕翁之子赫拉克勒斯，我们的国王阿尔开俄斯并无意打这场仗。听闻我们之间已经开战，而米诺斯的儿子还杀死了你们中的两个人，他感到万分悲痛。他提议让你任选两名最勇敢的帕罗斯人，带着他们继续远征。"

赫拉克勒斯的回答震惊在场所有人。

"我要阿尔开俄斯国王和他的兄弟塞奈洛斯。我认为，这两个就是你们当中最勇敢的人。"

听到他的话后全场一片死寂，没有人知道将会发生什么。但很快，城堡的大门敞开，阿尔开俄斯和塞奈洛斯迈着坚定沉稳的步伐走了出来，站在赫拉克勒斯面前。

"听候差遣！"他们齐声喊道。

赫拉克勒斯非但没有发号施令，反而张开双臂拥抱亲吻二人。两名活力四射的年轻勇士代替了已经逝去的两个同伴，很快就起航前往亚马宗人的领地。

赫拉克勒斯和同伴们向北前行，穿过赫勒斯庞特海峡和博斯普鲁斯海峡，然后驶进黑海。他们沿着小亚细亚海岸来到了密西亚，在那里受到国王吕科斯的热烈欢迎，在宫殿大厅享用豪华盛宴。

盛宴上，一边坐着吕科斯国王和密西亚群臣，另一边则是赫拉克勒斯和跟随他的英雄们。但正当他们尽情饮食互相敬酒之际，一名士兵跑进了大厅。士兵像是跑了很远的路来的，因为他满身汗水，风尘仆仆。

"国王陛下！"他向吕科斯叫道，"贝伯里肯人入侵了！他们已经攻破我们的抵抗军队，现在正朝着首都进军，所到之处，烧杀抢掠无所不为。"

在场所有人都站起来了，吕科斯惊恐地看着他身边面色惨白的贵族们。

"就算是死，也让我们死于战争！"国王喊道。

"天啊！我们完了！"这是贵族们唯一能回答出的话，"我们的妻儿怎么办？"

赫拉克勒斯打断了他们绝望的哭喊。

"勇敢一点！"他响亮地喊道，"你们不是孤军作战。勇往直前，朋友们！冲啊！"

说完这些话，赫拉克勒斯便和同伴冲出宫殿面对敌军了。很快他们便直击战争腹地。他们的突然出现扭转了战局。英雄们进攻的气势让贝伯里肯的军队陷入了恐慌和困惑，也给吕科斯的部队以新的勇气。敌军溃败，他们的国王被杀，很大一部分领土都割让给了密西亚。

为表感激，吕科斯以赫拉克勒斯的名字为那块土地命名。当他们寻求补给时，吕科斯给这群勇敢的冒险家的船只装满了供应品；当他们离开时，成群结队的人到港口向他们道别，阵仗堪比送神仪式。

赫拉克勒斯的船向前行驶，航行了很长一段路程后到了铁尔莫东河河口。船驶入河道，英雄们很快就看到了亚马宗人的首都塞弥斯库拉。

赫拉克勒斯斜倚舵柄，随着船缓慢靠近，他不住打量着这个城市。

他听说过很多关于亚马宗人的故事。

据说第一代亚马宗人是战神阿瑞斯的孩子。她们从父亲那里学习战术，并传授给她们的孩子，更确切地说是传给她们的女儿们。因为她们只让男人负责家务活，女人们则学习用剑、矛、弓作战以及驾驭快马。她们因骁勇善战闻名于世，世上没有任何一个军队能与亚马宗人抗衡。她们在小亚细亚四处远征并进入了高加索地区。她们南至叙利亚，西至色雷斯及爱琴海诸岛，甚至有传闻她们最远到了利比亚。许多城邦的居民，包括以弗所、士麦那、昔兰尼、慕里那以及锡诺普，都声称他们的城镇是亚马宗人建立的，并引以为豪。

现在，这些好战的女子就住在铁尔莫东河附近地区。她们分为三个部落，分居三个城邦。塞弥斯库拉是首都，由希波吕忒女王统治；其他两个城邦分别由墨拉尼佩女王和安提俄珀女王统治。

赫拉克勒斯的船即将抵岸，岸边已经聚集了一群亚马宗人，许多都在马背上。她们可能纯粹出于好奇跑到岸边，也可能是出于对即将发生之事的预感。

赫拉克勒斯从一开始就不想进行这次远征，他不想和亚马宗人开战，还是为了抢夺原本属于她们的东西——或者说属于她们女王的。

"我要说服希波吕忒自愿把腰带给我，"他对自己说，"就像说服阿尔忒弥斯让我把她的鹿带给欧律修斯一样。"

过了片刻，他们的船便下锚靠岸了。赫拉克勒斯先上了岸。希波吕忒也在人群之中，英雄马上就认出了她。女王也知道眼前这位从船上奋勇跳下来的粗壮陌生人是谁，赫拉克勒斯的英勇事迹已经让他闻名世界。为了表达对英雄的尊重，希波吕忒下马向英雄致意。

赫拉克勒斯看到女王走近时吃了一惊，因为希波吕忒被太阳晒得皮肤黝黑，而且胳膊和大腿肌肉结实，就连男人也很少有这样健壮魁梧的身材；其他的亚马宗人也都一样。赫拉克勒斯的同伴们也都目瞪口呆。

英雄一时语塞，只能抬起手来问候。

希波吕忒也抬手问候，说道："赫拉克勒斯，阿尔克墨涅的儿子，现在告诉我你来此是为了和平还是为了战争。如果是和平，我们欢迎你；但如果是战争，我们已经准备好迎战了。"

"我来此毫无作战的想法，"英雄回答道，"我甚至不是自愿来这里的。这是众神的意愿，要我完成十二项任务——而且不是我自己选择的任务，都是迈锡尼国王欧律修斯下令让我完成的任务，那是个胆小懦弱、心胸狭隘的人，恨我就像恨瘟疫一样。他让我来这里，取你佩戴的腰带。"

希波吕忒对赫拉克勒斯此行的目的感到十分惊讶。亚马宗人的队列开始窃窃私语，然后陷入一片死寂。他们都等着希波吕忒的答案。

但女王没有给出答案，而是问了一个问题。

"那么欧律修斯派你来这里取我的腰带是因为他相信你永远无法活着将它带回去，是这样吗？"

"这话是你说的，不是我，"赫拉克勒斯回答道，"但是你猜对了，是这样的。"

"那么，赫拉克勒斯，我要把我的腰带给你，这样你就可以把它带回去给欧律修斯了。"说着，女王便将手放在腰上解腰带。

但就在这时，赫拉设法阻止希波吕忒赠送她的腰带。她变身成为一个亚马宗人，就在女王将腰带递给赫拉克勒斯之际大喊道："不行！我们不能把腰带给他。这家伙是来带走我们的女王的，他非死不可！"

愤怒的战争呼号声在亚马宗人中一触即发，希波吕忒缩回了手。她们拉开弓，一支箭横空飞过，赫拉变身的亚马宗人瞄准了赫拉克勒斯。涅墨亚雄狮的兽皮又一次救了英雄。箭羽触及刀枪不入的兽皮后弹开了。

战争正式开始了！宙斯的儿子神情恐怖，冲向鲁莽的亚马宗人。赫拉看到他眼中的战火，生平第一次比敌人更早逃离了战场。尽管她快步如飞，赫拉克勒斯的箭还是将她扮作的亚马宗人射杀在尘土中。而同时，嗜血的普罗托厄扑向赫拉克勒斯的三个同伴，马上就杀死了他们。但她还没来得及庆贺自己的战功，就已被宙斯的儿子砍下头颅。

紧接着又有七个亚马宗人用蘸毒的长矛攻向英雄，决心将他刺个千疮百孔。而一旁的忒修斯、忒拉蒙、阿尔开俄斯和塞奈洛斯也在对亚马宗人大开杀戒。面对团结作战的英雄们，好战的亚马宗人终于尝到了战败的滋味，开始溃逃。不过赫拉克勒斯还是抓住了墨拉尼佩，安提俄珀也被忒修斯擒获，亚马宗人落败求和。

希波吕忒上前和赫拉克勒斯谈判，但她情绪激动，说不出话来。

赫拉克勒斯先说出了他的条件。

"把你的腰带给我，墨拉尼佩就能重得自由。我只能承诺你这个，因为她是我的阶下囚。至于安提俄珀，忒修斯抓住了她，我没有权力放她自由，她将被带回雅典。"

希波吕忒答应了。赫拉克勒斯拿到了腰带，墨拉尼佩也重获自由了，而安提俄珀则被雅典英雄带走了。

忒修斯好奇为什么赫拉克勒斯没有留下墨拉尼佩，毕竟那可是个像仙女一

样可爱的女孩。他正要开口问时,英雄已经知道他的想法,便先行回答了这个问题。

"不,忒修斯。我手上沾了可怕罪行的鲜血。单纯地完成众神命令的工作不足以洗净罪孽,我必须时刻记住自己为什么做这些事,只有这样我惨死的孩子才有可能原谅我。"

然后,众英雄登上船开始了回程的远航。

路上他们在特洛伊停靠,当时的特洛伊由国王拉俄墨冬统治。在绕进港口时,他们看到了令人难以置信的一幕——一个美丽的少女被绑在一块岩石上,汹涌的浪花不断拍打在她的脚下。很快,他们就知道了原因。

不久以前,宙斯曾命阿波罗和波塞冬去修建特洛伊的城墙,以表示他对拉俄墨冬的高度赞许——可怕的是,这是个错误的赞许。

两位神灵怀着沉重的心情执行了这一任务,因为他们听说过拉俄墨冬是个狠心而且不懂知恩图报的人。为了验证他们的疑虑,他们没有以神的身份出现,而是化身为寻常凡人，告诉拉俄墨冬他们愿意给特洛伊建造一座无法被攻破的城墙，但他们要一百头牛作为交换。

拉俄墨冬接受了条件，但建造完城墙二神向他索要报酬时，他拒绝了，还是以最卑劣的方式。

"立刻从我眼前消失，"他叫嚣道，"否则我就把你们的手脚绑起来卖作奴隶！"

"这就是拉俄墨冬！"二神说道，"正如我们所想的一样！"他们决定狠狠地惩罚他。

阿波罗给整个城邦散播了瘟疫，而波塞冬派了一只海怪到海岸上，将所有靠近海岸的人都吃掉。

眼见灾难没有尽头，绝望的特洛伊人便去请求神谕，想知道如何能解除降临在他们身上的灾难。

他们得到的答案是：只有将拉俄墨冬的女儿，也就是美丽的赫西俄涅送给海怪吃掉，他们的苦难才会结束。

赫西俄涅已经是拉俄墨冬在这个世上唯一爱的人了，他拒绝放弃她，于是下令从平民中选出三个女孩代替赫西俄涅被海怪吃掉，以此来解除对城邦的诅咒。

城邦中没有人愿意接受这样不公的命令，他们纷纷藏起自己的女儿不让国王找到。

拉俄墨冬只找到了一个名叫弗诺达马斯的穷人的三个女儿，他想通过武力强行带走她们。

但弗诺达马斯勇敢地保护自己的女儿们，国王根本无法从他手中夺走她们，却又找不到任何人愿意帮助他。

最后，所有人决定通过抽签的方式，从特洛伊城的少女中选出献给海怪的女孩。然而，命运再一次选中了拉俄墨冬，抽签的结果正是赫西俄涅。国王无

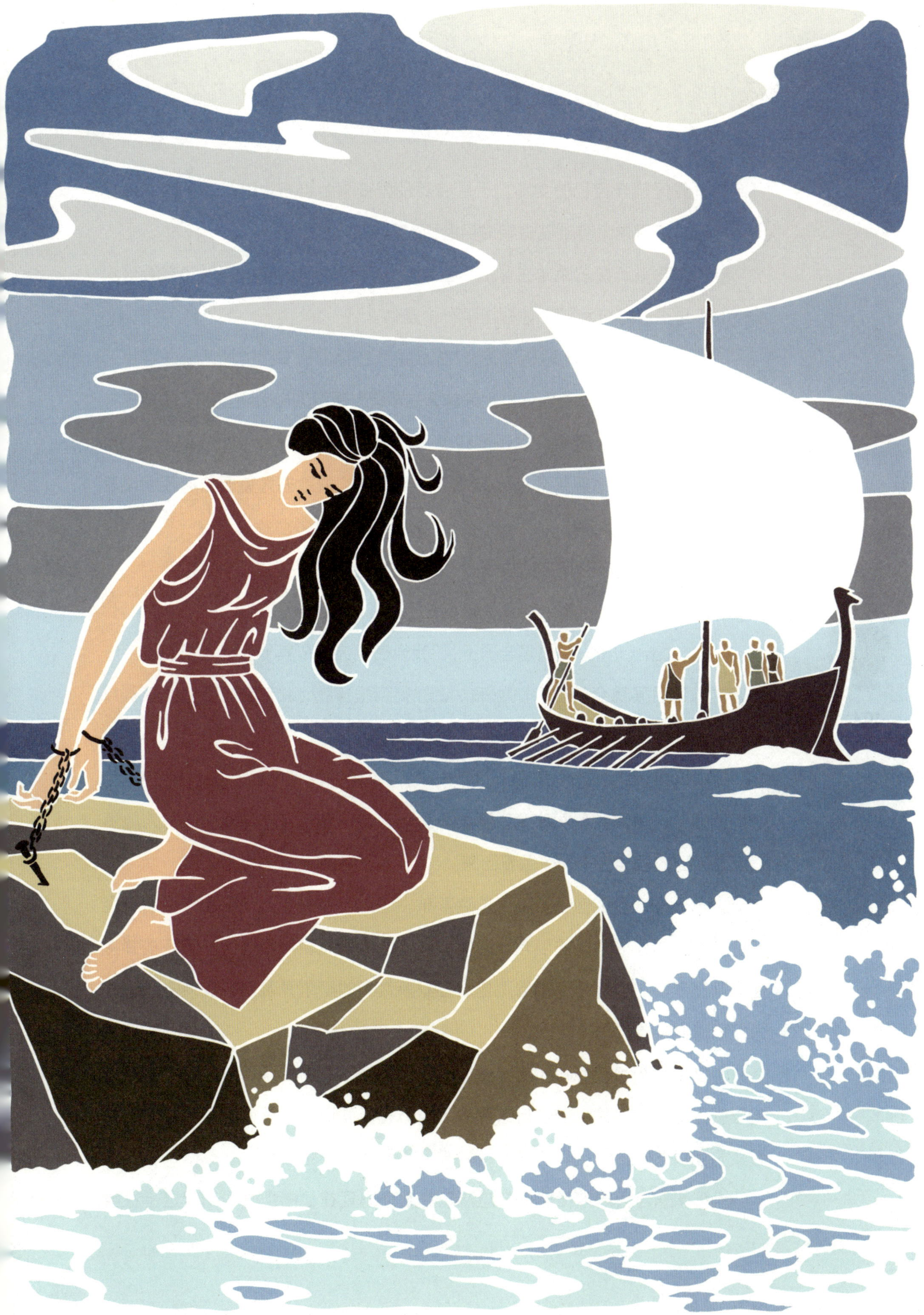

可奈何，只好放弃自己的女儿。于是赫西俄涅被绑到岩石上，等着可怕的海怪将她撕碎。这就是众英雄驶进特洛伊港口时看到的景象。

赫拉克勒斯听说了来龙去脉后，主动提出亲自杀死海怪，但为了看看这次拉俄墨冬是否会遵守承诺，他提出了一个条件。

"要是我成功了，"他告诉国王，"你就将套在你的战车上的两匹马送给我。"

赫拉克勒斯要的这两匹马是上等的雪白战马，是宙斯送给拉俄墨冬的礼物。

国王沮丧地摇了摇头，但还是答应了。没有人相信有人能杀死这样一只海怪。不过，赫拉克勒斯还是杀死了海怪，英雄忒拉蒙跑去为美丽的赫西俄涅解绑，温柔地将她抱上岸。

然而，狡诈又忘恩负义的拉俄墨冬这一次还是拒绝兑现自己的诺言。

赫拉克勒斯虽然盛怒，但还是控制住了自己。

"你会付出代价的，"他警告国王，"我现在要去完成其他任务，但我不会忘记你的。到时候我会带着军队回来，让你得到报应！"说完这些话他便带着自己的同伴登船了。

每个人都为发生的一切感到气愤——除了忒拉蒙，他已经爱上了赫西俄涅。他们离开时，他回头和女孩对望了一眼。听到赫拉克勒斯发誓要回来时，他满心欢喜，到时候他会第一个跟着回来。

这一行人下一个停靠的港口是萨索斯。他们在那里看到一个色雷斯的野蛮部落在岛上胡作非为，霸凌当地居民。于是，赫拉克勒斯和这个部落开战并将他们赶出了岛。他将小岛交给了他从帕罗斯带来的阿尔开俄斯和塞奈洛斯，作为他们随他英勇抗敌的回报。

赫拉克勒斯和其他同伴随即便起航回迈锡尼了。到达港口时，跟随的其他英雄都互相道别，然后同各自家乡去了。赫拉克勒斯则手里拿着腰带，向欧律修斯的宫殿出发。

尽管懦弱自大的欧律修斯禁止赫拉克勒斯出现在他的视野中，但这一次英雄不等任何人允许就进了宫殿。没有人敢伸手阻拦他，他径直走向大厅，用力推开双扇门，拿着希波吕忒的腰带向前走去。

第一个看见他的是阿得墨忒，当她看见赫拉克勒斯手中的东西时，惊喜得大叫出来。国王欧律修斯看到女儿如此欢喜，转身想探个究竟时，差点儿一个趔趄当场毙命。赫拉克勒斯接到命令离开后已经过了太长时间，久到欧律修斯真的以为他终于不用再见到这个人了。他又气又怕，浑身发抖，开始尖叫："给我出去！出去！"

最后却是欧律修斯先离开了，从一扇通向宫殿地窖的小门走的。国王平复心情后，又开始苦思下一个该派赫拉克勒斯去完成的任务。

在赫拉的帮助下，他想到了。

他要派赫拉克勒斯到世界尽头去，到大洋彼岸的厄律塞亚岛去。巨人革律翁的牛群在那里吃草，而赫拉克勒斯要把它们带回迈锡尼。

这是赫拉克勒斯做过的最危险和最艰难的工作。欧律修斯知道赫拉克勒斯将面临多么可怕的阻碍，他深信这次总算不用再见到赫拉克勒斯了。

第十项任务：抢夺革律翁的牛群

革律翁是可怕的美杜莎的后代，腰部以上长了三个躯干。他有三头六臂，像三个全副武装的战士一样，戴了三顶头盔，还拿了三面盾牌来保护自己，即使是世界上最锋利的长矛也伤不到他。

革律翁养了一群牛，这群牛长着一副世上罕见的模样，有着深褐色的身体、硕大的头颅、宽阔的前额和修长优雅的脚。

它们的牧人是巨人欧律提翁，还有一只野蛮的狗护卫它们。这只狗叫俄尔托斯，是看守哈迪斯大门的恶犬刻耳柏罗斯的兄弟。俄尔托斯长着两个满嘴尖牙的头，还有一条末梢是龙头的尾巴。

革律翁的声音中更是蕴藏着不可置信的威力，据说有着阿瑞斯在特洛伊战争中负伤时发出怒吼的力量——那是上万战士齐声吼叫才有的咆哮声。

每当狂风暴雨来临时，革律翁就喜欢用尽全身力量大吼，声音之大足以盖过宙斯投掷的霹雳，他因此而感到自豪。

而风平浪静时，他会爬到海面的礁石上，然后声嘶力竭地吼叫道："任何人若想得到世上最好的牛，就来跟我摔跤吧——只要赢了我，牛群就是他的！"

巨人的可怕声音跨越海洋传到彼岸，如果有勇敢的战士想要战胜革律翁并得到他上好的牛群，就会去和巨人角力。但往往也只是给革律翁送去轻而易举杀死自己的乐趣罢了。

这就是赫拉克勒斯这次不得不面对的劲敌。当然，正如我们将会看到的那样，他还会有其他劲敌。

就这样，英雄独自开始了漫长而危险的旅程。穿过意大利后，他沿法国南海岸前行，又直穿西班牙，最终到了今天的直布罗陀所在地。他每迈出一步都有危险等着他，强盗、怪物和野兽层出不穷，但都被他一一杀死。虽然这是一次艰难的旅程，但令人欣慰的是，他所经过的这些地方对游人来说都将是安全地区。

当时，直布罗陀到西边的大洋还没有海路，于是，赫拉克勒斯决定为船只开辟出一条宽阔的海峡，为此他付出了极大的艰辛。时至今日，任何人通过海峡都能看到两块巨大的岩石，两边各一块。据说那是赫拉克勒斯在相对的两个海岸垒起的石块，用来当作水手们的地标。这些巨石被称作"赫拉克勒斯之柱"。

由于一整日都烈日炎炎，英雄完成这一任务时已是汗如雨下。他因此很生太阳神赫利俄斯的气，于是他在太阳神完成天空之旅正要爬上他的金船时弯弓吓唬他。

"放下你的弓，赫拉克勒斯，"赫利俄斯说，他非但不生气，反而十分欣赏英雄的勇气，他用温和的口吻接着说，"告诉我你要去哪儿，如果需要我的帮助，我可以帮你。"

"我要去厄律塞亚岛，"英雄回答说，"要去赢得革律翁的牛群并把它们带回去给欧律修斯，这是众神的指令。"

"那你要如何跨越大洋呢？"赫利俄斯问道。

"把你的船给我，问题很快就解决了。"英雄答道。

听到赫拉克勒斯有备而来的回答，赫利俄斯笑了，他很愿意把船给他。

"不过不能借太长时间，"太阳神要求说，"我夜里还要航行，得准时出现在东边。"

"我会以最快的速度还回来的。"赫拉克勒斯说着跳上了船。

赫利俄斯的金船将赫拉克勒斯迅速送到厄律塞亚岛，他将船绑在岩石上，然后踏上岸，但还没走几步就被一阵疯狂的狗吠声吓了一跳。

那是俄尔托斯，守卫革律翁牛群的恐怖双头狗。它咧出可怕的尖牙扑向英雄，一副要把英雄撕碎的模样。赫拉克勒斯转了个身，还没看清楚状况，俄尔托斯就已经扑在他身上了。要不是有狮皮护身，那可怕的牙齿就会深深扎进他的皮肉。但赫拉克勒斯没有失去理智，他举起手中的大棒，在猛兽再次跳起时狠敲一棒，都不需要敲第二次。

第一个威胁解除了，但很快欧律提翁登场了。这个革律翁的牧人是个巨人，有两个赫拉克勒斯那么大，而且其力量与身材相当。他一看到俄尔托斯倒地身亡，就举起一块巨石要扔向赫拉克勒斯。只要稍有迟疑，英雄的命就没了。但一支箭快速而又精准地射中了欧律提翁的胸膛，他举起的巨石滑落把他自己砸了个粉碎。

赫拉克勒斯急忙将牛群聚拢然后赶上船。革律翁还未出现，英雄也没有打算去找他。然而，哈迪斯的一个牧人看到了这一幕，跑去提醒巨人，于是巨人飞奔到岸上要找回牛群，并打算惩罚这个竟然敢不先和他摔跤就带走牛群的人。

赫拉克勒斯看到革律翁迎面而来便站定在原地。眼前这一幕足以让最勇敢的人胆怯。巨人一手拿剑，第二只手和第三只手都拿着长矛，其他的手上则握着他的三块大盾。他跑的时候手里的武器撞出的声响足以让人以为是整个军队在参战，而且走近时开始发出的咆哮声震耳欲聋，似乎要将天空震裂。除了赫拉克勒斯，任何人看一眼这幅景象都会落荒而逃，更不用说还有惊天动地的响声了。

那一刹就连英雄的勇气都有所动摇了，但他坚定地拉起弓，仔细瞄准后开始射箭。这一射意味着可怕巨人的末日来临了。他的一颗头和撑起头的宽大胸膛，奄奄一息地倒向一边，两条胳膊无力地垂了下来，随即那两只手上的长矛和盾牌"哐当"一声落在了地上。于是，革律翁试图用另一支长矛刺向赫拉克勒斯，但两条被射断的胳膊很碍事，导致他那无力的投掷并没能投多远。

英雄的机会来了，他举起大棒，在巨人的一颗头上施以重击，紧接着又击

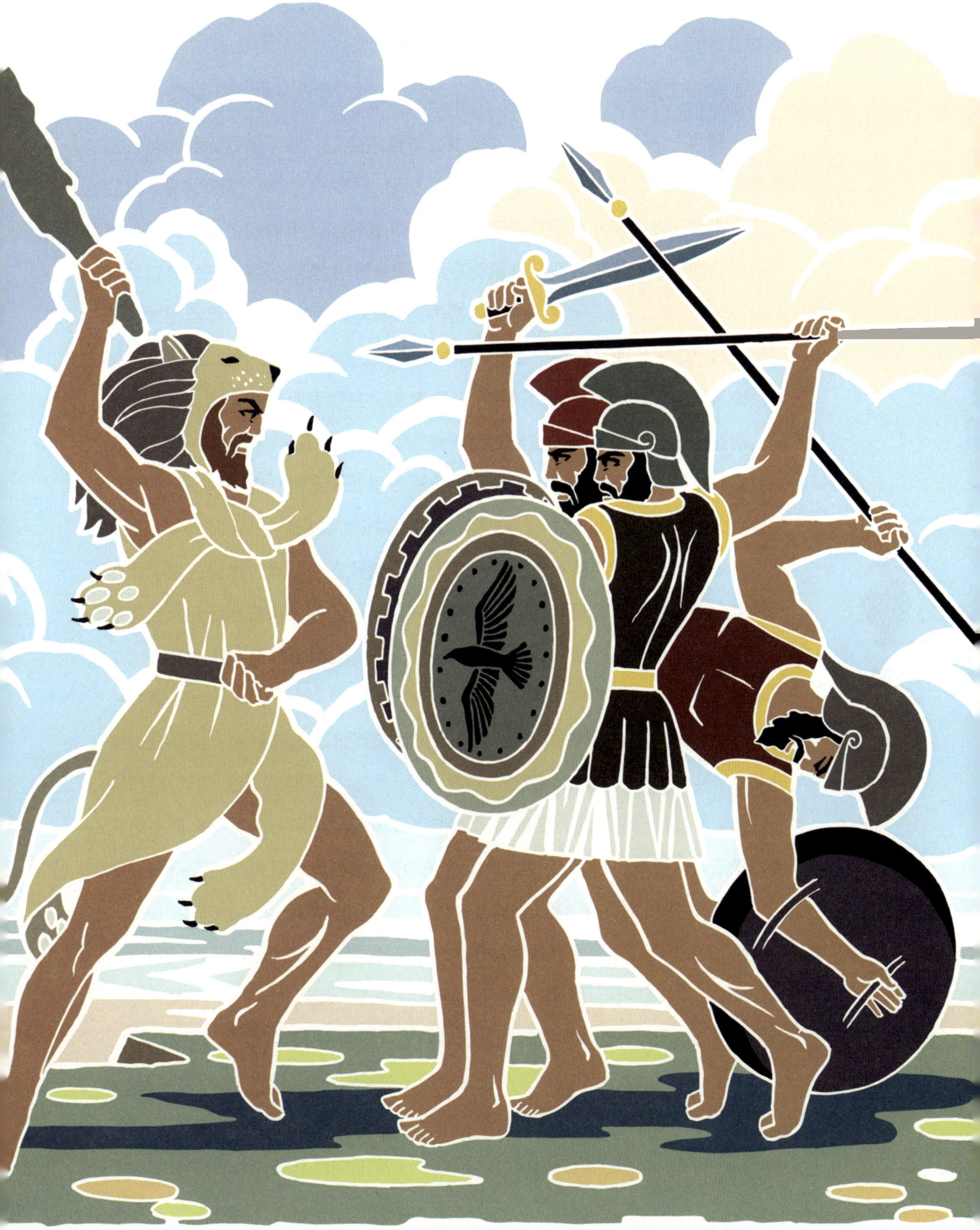

向另一颗头——一切都结束了。革律翁轰然倒地身亡，落下的盔甲和武器发出震天巨响。

取得这么大的胜利是赫拉克勒斯自己都不敢想的。英雄先向坚定站在他这一边的雅典娜女神致以感谢，然后驱赶着革律翁的牛群登上了金船，跨越大洋向东行驶。到岸之后，他满怀感激地将船还给了赫利俄斯，然后继续出发，踏上回迈锡尼的漫长而又艰难的旅程。

他再次经过西班牙，然后踏进了法国南部，在那里两个强盗偷走了他的牛群。赫拉克勒斯穷追不舍，追捕之后将两人杀死并夺回了牛群。但又走了一段路程之后，两名强盗的兄弟出现了，那是里古里亚国王里古斯，他带了一整个军队来抓他。国王既想要牛群，还想为死去的两个兄弟报仇。

这是英雄遇到过的最不公平的战斗了。他孤身奋战，箭筒很快就空了，最糟糕的是周围的地上都是软土，连一颗用来扔敌军的石头都找不到。赫拉克勒斯陷入了前所未有的绝境。他身上受了好几处伤，性命垂危。现在只剩下一点点希望了。

"我的父亲宙斯！"英雄大声喊道，"我从未寻求过您的帮助，但现在我真的无比需要您的帮助，请帮我打败敌军！"

宙斯深爱自己的儿子，随即从天上撒了很多石头下来，赫拉克勒斯捡起石头扔向敌人，拯救了自己和牛群。现实中，在马赛和罗讷河河口之间有一块地叫"石原"，可能就是神话所指之地。

赫拉克勒斯离开了西班牙和法国，继续将牛群向东驱赶，来到了意大利。就在他经过后来的罗马所在地时，巨人卡库斯偷走了八头最好的公牛和小母牛，而且为了不让英雄追踪蹄印找到他，卡库斯拖着牛尾将它们藏进了一个洞穴里。

不久，一头牛发出了叫声，赫拉克勒斯便顺着叫声找到了它们的藏身之处。但卡库斯用一堆巨石堵住了洞口，看起来难以移动。赫拉克勒斯设法移动了洞顶的一块圆石，打开了洞口。但就在这时，卡库斯突然从黑暗处直立而起，那是一个嘴里喷着火焰的可怕的畸形巨人。

尽管感到恐怖，赫拉克勒斯还是立即发起了攻击，卡库斯则试图用舌尖的火焰烧伤他。赫拉克勒斯以致命一剑快速地刺向巨人的喉咙，火焰立刻熄灭了，卡库斯倒在自己的血泊中。赫拉克勒斯将被偷的牛赶回了牛群，然后继续前行，但他的麻烦还没有结束：又走了一段路，一头牛脱离牛群，跳进了海里，一直游到了西西里。

幸好当时赫菲斯托斯出现并表示愿意帮他看守剩下的牛群等他回来，赫拉克勒斯才能去追赶离群的那头牛。

赫拉克勒斯跨海来到西西里，在国王厄律克斯的牛群里找到了这头走丢的牛。但当他向国王请求要回牛时，国王却说，只有英雄赢得摔跤比赛他才愿意归还那头牛。从没有人赢过厄律克斯，所以他觉得自己一定能留下这头牲口。

赫拉克勒斯同意了，漂亮地赢得了与国王的摔跤比赛。但厄律克斯不肯承认自己输了，拒绝还牛。于是赫拉克勒斯再比了一次，但国王还是不愿意接受自己输了。直到第三次角力，赫拉克勒斯杀死了厄律克斯，这才让牛归队了。

英雄又经历了许多困难和危险，终于把牛群带回了希腊，这里已经离迈锡尼不远了。可就在赫拉克勒斯的麻烦看似结束之际，赫拉在牛群中放了一只牛虻。牛虻恶毒地叮咬着牛群，弄得牛群四处乱窜。

英雄不知疲倦地追赶它们，翻过了色雷斯的山岭，到了赫勒斯庞特海峡彼岸。这场追逐漫长而艰辛，但最终赫拉克勒斯还是成功地将牛群聚拢起来，然后起程回迈锡尼。然而，当他抵达斯特律蒙河时，他发现自己又遇到了另一个困难：河流又深又宽，牛群无法过河。赫拉克勒斯一气之下，扔了很多大石头到河里，从此，斯特律蒙河再也不适于航行了。

斯特律蒙河是英雄此行最后一道阻碍了，虽然让牛群安全跨河后离迈锡尼还有很长一段路程，但距离上的困难与英雄一路上所遭遇的艰险相比，是微不足道的。于是，他踏上了归途的最后一段路，给这段可怕的行程画上了圆满的句号。

第十一项任务：摘取金苹果

欧律修斯现在拥有最出色雄壮的牛群了，可这让他感到痛苦，因此他将所有的牛都献给了赫拉女神。他已经将赫拉克勒斯送到世界之崖，让他经历了最可怕的危险，同最凶猛的怪兽搏斗，可即便如此赫拉克勒斯还能凯旋——想到这里欧律修斯就忍无可忍。现在还能把他送到哪里去呢？还有更艰难的任务吗？

"有！"赫拉回答道，"我们要派他去取得三颗金苹果，他必须从大地女神送给我作为结婚礼物的那棵树上拿到。任凭他怎么找，都永远找不到那棵树。他将如丧家之犬游走于世，遇到让他无处可逃的敌人。而且就算让他找到了我隐藏苹果树的地方，那里戒备森严，他如果试图拿走苹果，也只会丧命。我派了拉冬神龙看守那棵树——那是世界上唯一永远不败的巨兽，因为它是永生的。那就出发吧，赫拉克勒斯！这是一个荣耀加顶的任务——但也是你永远无法获得的荣耀，因为这根本就是一个不可能完成的任务！"

"是啊，那就去吧，赫拉克勒斯！"欧律修斯用自信和命令的语气附和道，"瞧瞧我们俩谁更强！"他之所以敢这样说，是因为赫拉克勒斯并不在场。

英雄只好在该去哪里都不知道的情况下，出发执行下一个任务了。不管他问谁，都得不到一丝有用的信息。他漫无目的地游荡，到了色萨利，碰上了阿瑞斯嗜血的儿子西克努斯，之后还碰上了战神本人。赫拉克勒斯在战斗中打败了他们，杀死了西克努斯，还打伤了阿瑞斯，阿瑞斯痛苦地呻吟着逃走了。

之后赫拉克勒斯继续前行，穿过伊利里亚和意大利北部一直到波河。他在河岸上遇见了一群自然仙女，像之前一样，他问这些仙女是否知道赫拉的苹果树所在。预料之中地，她们无从告诉他这棵树的所在，因为赫拉女神藏匿树的时候避开了众神和人类。但她们告诉了他一些别的信息："唯一知道这棵树在哪儿的就是伟大的先知，老海神涅柔斯。"

"但他会告诉我树在哪里吗？"英雄问自然仙女。

"他永远不会告诉你的。"她们回答。

"那这个消息对我有什么用处呢？"

"我们已经知无不言，没有其他办法了。"

现在，赫拉克勒斯的难题就是如何从涅柔斯口中套出这个秘密。

"那至少，你们能告诉我到哪里可以找到涅柔斯吗？"他问自然仙女。

"当然，沿这条河往下游走，一直到海洋，在那儿你可以找到一个洞穴，那就是伟大的先知住的地方。不过你打算怎么做呢？"

"我要和涅柔斯摔跤，"英雄说，"然后迫使他告诉我我想知道的。"

"尽管和他摔跤吧，"自然仙女笑道，"但你永远都无法打败他。"

"我打败过世上最可怕的怪物，"赫拉克勒斯反驳道，"你们觉得我会打不赢老涅柔斯？"

"要是这么轻易就能让他说出这个秘密，赫拉也不会唯独信任他了。你的手一碰到他，他就会变成一条蛇滑出你的手心。要是你抓住蛇了，它又会变成一只鸟跳脱出来。要是你还抓住了鸟，它又会溶解成水渗入干涸的大地中，又或是变成空气消失。别浪费时间和涅柔斯摔跤了，因为你将一无所获。面对现实吧，赫拉克勒斯——你永远都找不到藏着金苹果的那棵树。"

沮丧的英雄告别了自然仙女，出发去寻找涅柔斯。他没有指望得到什么，只是似乎也没有其他办法了。他在洞穴找到了老海神，当时老海神正在熟睡。

"这正是我想要的。"赫拉克勒斯轻声说，然后他拿起身旁的一条绳子，将老先知绑了起来，一开始为了不吵醒他，赫拉克勒斯动作很轻，然后慢慢更用力了，最后紧紧地将他捆住，老海神一下子就从睡梦中惊醒了。

涅柔斯试图站起来，但他动弹不得。他往下看了看自己的身体，才知道自己从头到脚被一圈圈绳子紧紧捆住了。

"怎么回事？"他喊道，"你是谁？"

"我叫赫拉克勒斯，我想让你告诉我藏了金苹果的树在哪儿，那是赫拉女神嫁给万能的宙斯时大地之母的赠礼。"

"我永远都不会告诉你的！"

"那我就永远不给你松绑！"

确实，涅柔斯被绑得如此之紧，连小拇指都动不了，更不用说有什么力气把自己变成其他东西了。他试了，但徒劳无功，自己解开绳索也同样不可能了。他气得话都说不出来了，然后他便开始考虑自己的窘境。

"你刚才说你想要什么？"他最终还是问了英雄。

"告诉我去哪里可以找到藏了金苹果的那棵树。"赫拉克勒斯回答道。

"问我其他任何你想知道的问题，我都告诉你。"老涅柔斯承诺，"但是别再问我这个问题了！"

"那你就在这儿捆着吧！"英雄反驳道，"我要搬石头堵住洞口，把你关在里面！"他边说边滚了一块巨石到洞口。

涅柔斯还能怎么办？他别无选择，只好开口。

"你可以找到你要的那棵苹果树，"他告诉赫拉克勒斯，"就在赫斯珀里得斯的花园里。这座花园位于世界的彼岸，就在普罗米修斯的兄弟阿特拉斯扛着天穹的地方。"

"终于！"赫拉克勒斯喊道，"我终于知道自己要去哪里了。"

"去做什么？"涅柔斯问。

"去摘三颗金苹果，完成神的指令。"

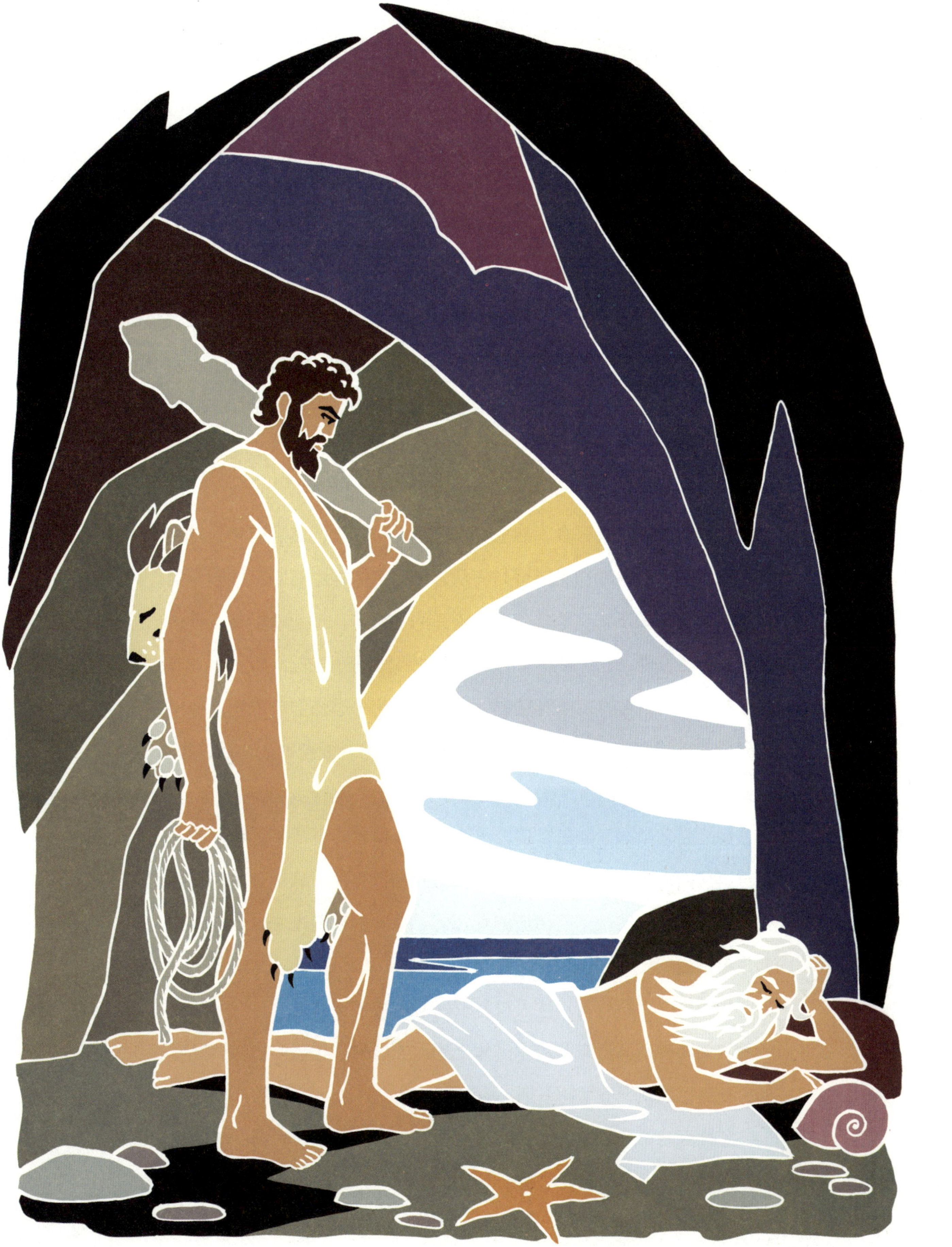

"但那不可能实现。"

"不可能?"

"对,不可能,"涅柔斯告诉英雄,"因为苹果树由拉冬看守,而拉冬是一头可怕的百头龙。你不会有机会像对我一样在它睡着的时候抓到它的,我要提醒你,它从不会同时垂下它的一百颗头,而是每次只垂下一半。所以它总有五十颗头是直挺挺的,睁大眼睛监视周围,以防有陌生人踏足赫斯珀里得斯的花园。所以你不可能神不知鬼不觉地潜入,要是这么做了,你很难生还,因为拉冬无比强大,所向披靡。即使众神将你如今的力量加倍,也于事无补,因为拉冬还是永生的。"

涅柔斯就说了这么多。赫拉克勒斯给他松了绑,然后沮丧地离开了。他已经知道了树的所在,却不知道如何从这么可怕的怪物看守下拿到苹果。他不知如何是好。他前所未有地不想去他该去的地方了。他心情阴郁,任由自己信步乱走,最后发现自己身在荒芜的高加索,那里岩石遍布。

赫拉克勒斯在群山中游荡时,听到远处传来恐怖的呻吟声。他停下脚步仔细倾听,很明显是有人在忍受痛苦的折磨,并且需要帮助。之后,更奇怪的是,英雄还听见有女人的声音在叫他的名字!

赫拉克勒斯循声跑去,爬上一块岩石以便看得更清楚。他从有利位置上看到一群妇女向他伸长了胳膊在求助。这回赫拉克勒斯认出了她们,是俄刻阿尼得斯,满头银发的俄刻阿诺斯的女儿们。他向她们跑过去,但还没走几步就目睹了最可怕的一幕。

人类最忠实的朋友,巨人普罗米修斯正被锁链悬挂,钉在一块巨石上,承受着人类和神明闻所未闻的永无休止的可怕酷刑。正当英雄惊恐地看着这一幕时,一只巨鹰从天空猛扑下来,冲向悬在半空的巨人,张大了骇人的鹰嘴。

赫拉克勒斯冲过去杀死了老鹰,为坚忍的巨人解开束缚,这就是前面我们讲过的故事了,是赫拉克勒斯一生中最光辉、最崇高的事迹。

不过，这时还发生了前文故事中没有提及的事情，关系到当下故事的发展。

赫拉克勒斯解救普罗米修斯后，就要与之道别，巨人问英雄原本打算去哪里。

"该怎么说呢？"英雄阴郁地答道，"我这一生就是一连串的伟大任务和大苦大难的结合。我从未失去希望——但这一次我的意志力撑不下去了。"之后他坐下来，告诉了巨人自己所有的苦恼，并无奈地耸耸肩，说道："尽管如此，我还是觉得我必须去和拉冬搏斗，不论结果如何。"

"认真听我说，赫拉克勒斯，"普罗米修斯应道，"我是个先知，所以我知道。正如涅柔斯告诉你的，在赫斯珀里得斯花园看守苹果的龙难以战胜，因为它是永生的。不要去试，否则你会没命的。但是现在告诉我：你觉得你的肩膀能扛起苍穹的重量吗？我知道这个要求很难，迄今为止，只有阿特拉斯能做到。"

"如果需要的话，我可以！"英雄坚决地回答说。

"那就去为阿特拉斯扛住天穹，然后让他去为你取回金苹果。他和那条龙是熟人了，龙不会伤害他。不过要谨慎！阿特拉斯可是个狡猾的家伙——我当然知道，因为他是我的兄弟。要保证他不会让你一辈子留在那儿扛着天穹！"

普罗米修斯的建议让赫拉克勒斯恍然大悟，他的内心一下子就明亮起来了。从世界东岸到西岸，还有很长的路程，但英雄立刻就出发了，这一次他不仅目标明确，还清楚地知道自己到达目的地以后要做什么。

一如往常，危险就在前方等着他。

在埃及的一个地方，当他正筋疲力尽地躺在一棵树下睡觉时，他被士兵吓醒了，这群士兵将他绑起来带到了他们的国王布西里斯面前。

布西里斯上下打量一番英雄之后，下令让人将他绑得更紧了，然后他说："明天我们将把你献给宙斯·阿蒙[①]的圣坛。"

[①] 阿蒙是古埃及神话的至高神，被人们加冕为"众神之王"。他常与太阳神拉合称为"阿蒙拉"。在古代民族融合的过程中，对阿蒙的崇拜传到了利比亚的希腊殖民地，逐渐被同化为古希腊主神，即宙斯·阿蒙。——编者注

"这是为何？"赫拉克勒斯惊讶地问道。

"把他带下去！"这是埃及国王唯一的回应。

英雄当天晚上从守卫士兵那里知道了答案。

九年前，一场巨大的不幸降临埃及。土地无法种植农作物，眼看着难挨的饥饿就要击垮所有人了。就在那时，从塞浦路斯来了一位名叫夫拉西俄斯的先知。布西里斯召见他并询问如何能解除这片土地上的诅咒。

"每年你都要向宙斯·阿蒙献祭一名外邦人。"夫拉西俄斯答道。

布西里斯一听到这个塞浦路斯人的话就抓住了眼前的机会，他朝士兵大声说："快抓住这个先知！他将是我们献给宙斯·阿蒙的第一个外邦人！"

可怜的夫拉西俄斯！他能预见其他人的未来，但轮到他自己的时候，哪怕有一点点的常识，都会比他全部的魔法对他更有利。他们完全辜负了他的信任，他就这样迎来了自己的末日。现在，他们每年都会献祭一个外邦人——这一次便选中了赫拉克勒斯。

第二天，英雄还是被紧紧绑着带到了宙斯神坛，神坛上正在举行大型仪式。人潮拥挤，有平民、士兵、祭师、王子、公主，还有居于宝座上的布西里斯本人。铜钹敲响，圣歌唱起，乐器和鸣，一场精彩绝伦的聚会拉开帷幕。

这一仪式却令人尴尬地戛然而止。就在高级祭师举起手中的刀挥向赫拉克勒斯时，英雄收紧他那有力的臂膀，像拉断针线一样崩断身上的绳索。他愤怒地握紧拳头，先是冲向祭师，然后是布西里斯，最后是国王的儿子，三人都倒地身亡了。士兵和子民们则惊恐万状，他们一看到陌生人的神力，就仓皇而逃了，没有一个人敢直面英雄。于是，神圣的辖区奇迹般地空无一人，只剩赫拉克勒斯自己。他再次恢复了自由，重新平静地踏上了去往赫斯珀里得斯花园的旅途。

英雄途经利比亚向西前行，到了一个每日都有灿烂晚霞的地方，他遇到了一个名叫安塔欧斯的巨人。那是大地母亲的某个儿子，尽管这个巨人邪恶狠毒，但大地母亲爱她的每一个孩子，对他也是如此。

安塔欧斯孔武有力，总是逼迫所有遇到的陌生人和他搏斗，直到杀死对方。这是因为大地母亲唯恐儿子受伤，在儿子与人搏斗时暗中帮助。安塔欧斯的身体越是接触到大地，他的能量就恢复得越快，因此不管搏斗多长时间，他永远不会感到疲惫。结果就是他战无不胜。

巨人一看到赫拉克勒斯，就挑衅英雄和自己搏斗，至死方休。赫拉克勒斯不知道安塔欧斯从大地母亲身上获取能量，便和他奋力搏斗起来，但徒劳无益。英雄一次又一次地把巨人向后摔倒在尘土之中，但每一次都使局势变得更糟，因为巨人会突然精力充沛地跳起来然后将英雄扔向空中。

赫拉克勒斯疑惑不解，这个巨人明明上一秒钟还被他打败扔到地上，是从哪里瞬间获得巨大能量的呢？英雄终于想起自己的对手是大地母亲之子，越是躺在大地母亲的怀抱中就能从中得到越多的能量。于是，他双手抓起巨人，然后将他高举在半空中，不让他再接触地面。就这样，安塔欧斯在无望的挣扎中耗尽了所有的力气，凶残的巨人迎来了他的末日。

自那以后过了几千年，人们还在流传着安塔欧斯的故事。因为巨人提醒着人们，所有双脚沉稳扎地的人，所有立足事实、从同伴的爱中获得能量的人，都是战无不胜的；而那些不以这些为基础的人，则注定会失败或毁灭。

赫拉克勒斯战胜安塔欧斯后，便继续西行，直到世界尽头。巨人阿特拉斯无数年来在那里以双肩支撑天空。他唯一的同伴就是赫斯珀里得斯——赫斯珀洛斯与黑夜女神的女儿。而附近，就在他们的花园里，生长着赫拉的那棵金苹果树。

阿特拉斯看见赫拉克勒斯来到这个偏远之处，感到十分疑惑，因为没有人到过这里。他欢迎英雄的到来，并询问英雄此行的目的。

"我是来摘赫斯珀里得斯花园的三颗金苹果的，"英雄答道，"因为我必须将它们带回去给欧律修斯。"

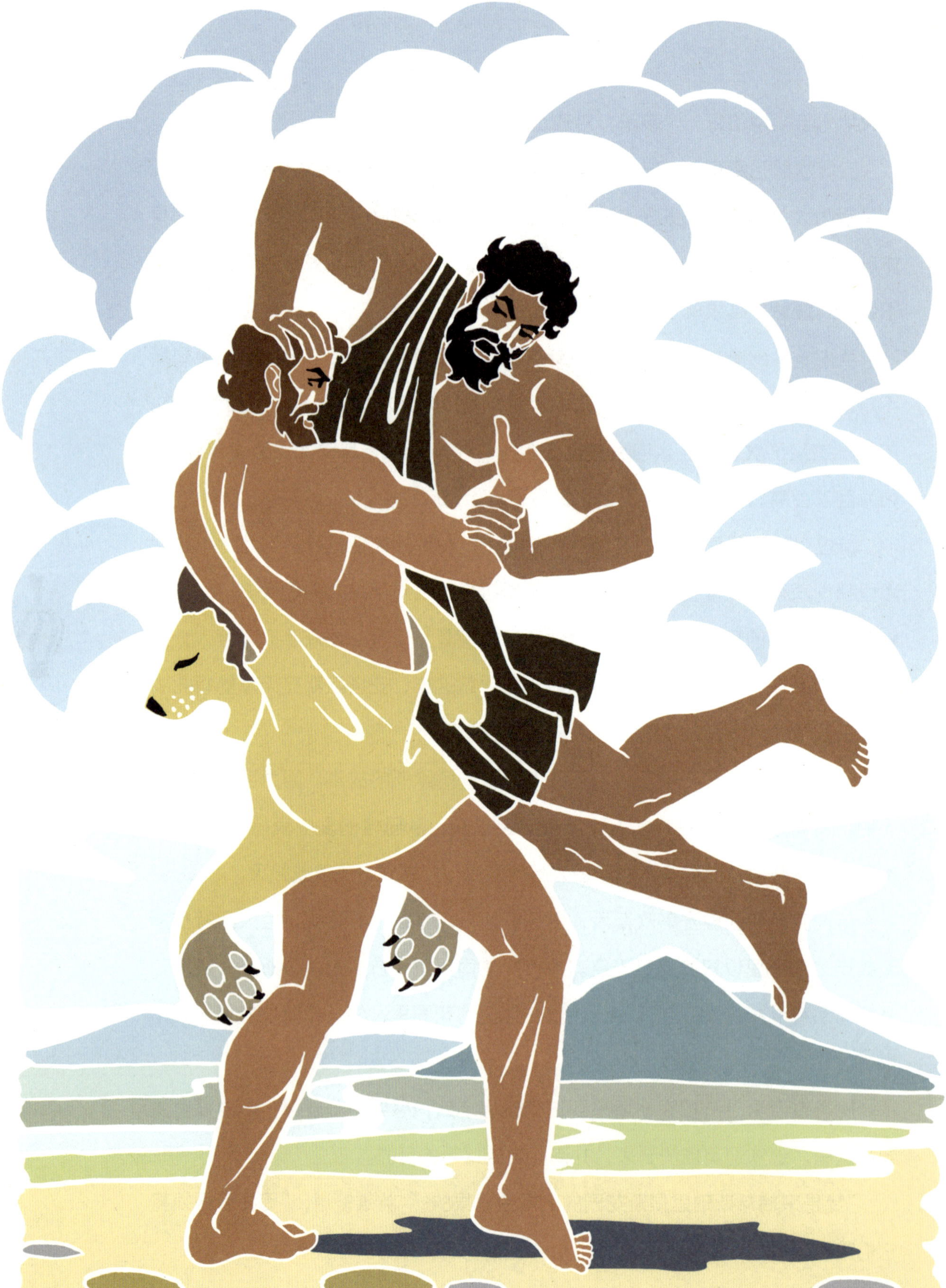

"那你要如何得到它们呢?"阿特拉斯问,"你可知道谁在看守那棵金苹果树?"

"我知道——这也是我来找你的原因。"

"我能做什么呢?"阿特拉斯耸肩道,"没错,我很乐意去为你取那三颗金苹果。即使是片刻的休息也能让我如释重负。但是没有任何一位神或人能承受我如今肩膀上的重压。"

"我可以。"

"你要是可以,我会永远感激你的。但我不能冒这个险——一旦天塌下来,世界就会毁灭。"

"我告诉你,我可以。"

"你听起来信心十足,我开始相信你了。很好,那么,我们试试吧!"

转瞬间,赫拉克勒斯已经弯腰站在巨人身侧,用胳膊和肩膀紧抵着天穹。阿特拉斯稍微放低了他的肩膀,赫拉克勒斯则用尽全力绷紧腰板、胳膊和双腿,身上的肌肉都浮起来,就像一块块坚硬的石头。英雄的双腿摇晃了一会儿,但很快就平衡了。阿特拉斯感觉到重量离开了自己,把身子弯得再低些,他解脱了。使他感到惊讶的是,赫拉克勒斯正坚稳地举着天穹呢!

在无尽的年岁中,这是阿特拉斯第一次可以无所克制地呼吸。他觉得自己比鸟还要轻盈,于是他跑着到赫斯珀里得斯花园,健步如飞。很快他就带着在阳光下闪闪发光的三颗金苹果回来了,但他并不急着将天穹扛回自己的肩膀。阿特拉斯心中萌生了另一个计划。

"听着,赫拉克勒斯。"他说,"何不让我拿着苹果回去给欧律修斯呢?不会花很长时间的,而且我一回来就会卸下你肩膀上的重负。"还不等英雄回答,他就转身准备离开了。

赫拉克勒斯立刻想起了普罗米修斯的警告。他意识到,如果不能找个办法把这个任务还给阿特拉斯并拿回苹果的话,他就会被永远留在这里举着天穹。

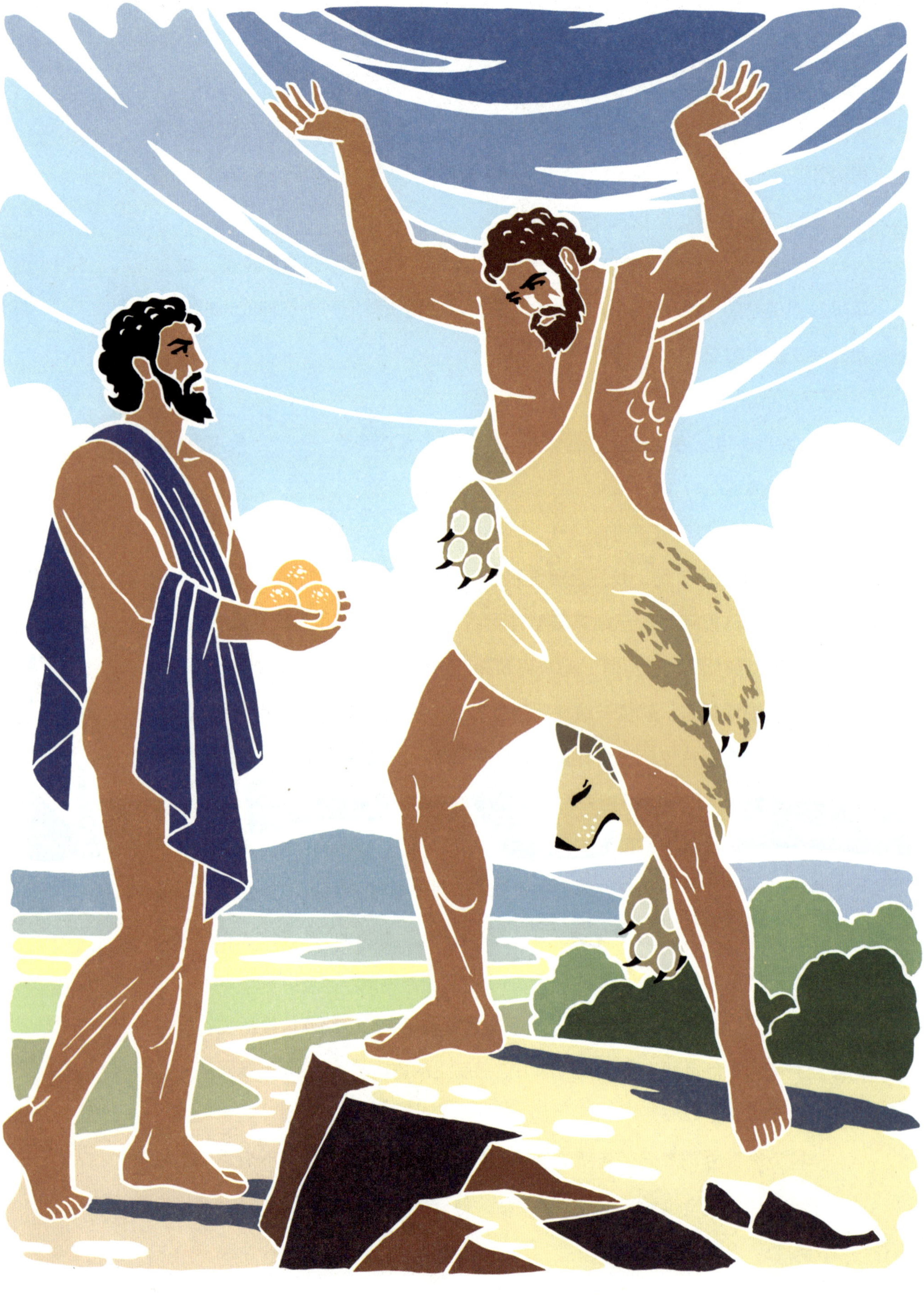

魔高一尺道高一丈，他对阿特拉斯说："尽管去吧，我喜欢举着这个重量——只是我不想伤了肩膀，所以你能否帮我举一会儿天穹，让我在下面塞个垫子呢？"

阿特拉斯未起疑心，就将金苹果放下，然后又一次举起了苍穹——这正是赫拉克勒斯所期望的。他捡起金苹果，然后径直离开，让阿特拉斯永远承受那份可怕的重负。

英雄很高兴赫斯珀里得斯的金苹果终于安然到手了，于是他动身返回希腊。归途尽管无比遥远，却好像很快就过去了。赫拉克勒斯翻越一座座山川平原，穿过一片片沙漠森林，跨过一条条河流海洋，终于看到了迈锡尼就在前方。就连英雄自己都不敢相信自己完成了这个壮举。

"我要亲自把金苹果交给欧律修斯，"英雄下定决心，"不管他叫得多大声。"于是他不等传唤就走进了宫殿，带着赫斯珀里得斯的金苹果出现在国王面前。

欧律修斯见到他时惊讶得张大了嘴。

"我不要它们！我不要它们！"国王尖叫道，"马上带着你的苹果滚出去！"

"我知道你不想要它们，"赫拉克勒斯答道，"你想要的是别的东西，每次都一样。我现在想知道你给我找的下一个任务是什么。"

欧律修斯的脸变得像纸一样苍白，他试图说话，但他害怕得一个字也说不出来。一直等到英雄离开，仆人关上了门，国王才说出话来。他跑过去把门拴得更紧了，然后吼道："我要派你去地狱，那可是个没人能回来的地方，那就是你将要去的地方！"

欧律修斯喊出了脑海里闪过的第一个能威胁英雄的念头，双眼闪烁着邪恶的恨意。

"是了，就是它了！"他轻声笑道，"我要派他去另一个世界！我要让他把刻耳柏罗斯带回来，那条看守冥府的恶犬。"

第十二项任务：带回冥府恶犬

这是唯一由欧律修斯自己想出来的任务，却也是最邪恶的一个。赫拉克勒斯已经完成了这么多难以置信的工作，总算躲过了亡灵国度的召唤。如今，他却直接被派到那里去。欧律修斯高兴得摩拳擦掌，自言自语道："他必须去，不管他想不想去。"

趁着国王在制订计划，赫拉克勒斯将金苹果拿去交给雅典娜，由雅典娜将它们送回赫斯珀里得斯花园，因为那才是金苹果该放的地方，将它们放在其他任何地方都不妥当。

英雄刚从雅典娜那里回来，科普柔斯就传唤他，宣布主子的下一个任务，也是最后一个任务：赫拉克勒斯将下到冥府，将刻耳柏罗斯带回来。

赫拉克勒斯听到懦弱卑鄙的国王这一次要派他去的地方，丝毫不感到惊讶，因为这是欧律修斯为了毁灭英雄能想到的最可靠的办法。

刻耳柏罗斯是提丰和厄喀德那的另一个儿子，也是涅墨亚雄狮、勒耳那九头蛇海德拉、奥特斯罗斯、百头龙拉冬以及其他很多恶魔的兄弟。它是一条三头狗，满脑袋都是嘶嘶作响的蛇，尾巴尖部则长了一颗龙头。

刻耳柏罗斯是永生的，时刻警觉地看守着冥府大门，以防有亡魂逃走再次回到地面。任何亡魂只要接近大门，刻耳柏罗斯就会瞬间将他们撕成碎片并一口吞掉。

赫拉克勒斯裹上狮皮，带上弓箭和大棒，出发执行这个艰难的任务。

活着下冥府已经够不可思议了，还要把刻耳柏罗斯从冥府押解回来，真是超越了所有的狂野想象。宙斯听说儿子被指派的最后一个任务时深感烦恼，但除了让赫尔墨斯和雅典娜在路上引导，他也别无他法。

他们从泰戈托斯山坡上的一个山洞进入，在杳无人迹的地下之路跋涉几个小时后，终于到了神圣的冥河岸边。

他们在那里遇到了用船摆渡亡灵过河的卡戎。虽然卡戎不愿意带活着的赫拉克勒斯上岸，但迫于赫尔墨斯和雅典娜的命令，他不得不照做。

他们抵达彼岸时，刻耳柏罗斯马上就嗅到了活人躯体的味道，跑到了大门。通常，这头冥犬根本不会留意进来的是谁，但当它看到像巨人一样魁梧并且全副武装的赫拉克勒斯时，它开始咆哮并露出尖牙。但是它并没有试图伤害赫拉克勒斯，赫拉克勒斯也没有对刻耳柏罗斯采取任何行动。雅典娜提前建议英雄先征得冥界之王哈迪斯的同意，否则，他将遇到无法克服的阻碍。

于是他们三人走进了冥界之门。

雅典娜和赫尔墨斯是永生的，而且他们对哈迪斯的王国了如指掌，因此对眼前所见不为所动，非神界的赫拉克勒斯却做不到如此。尽管他很勇敢，但还是感觉到恐惧的情绪在内心滋生。冥界在他眼前不断延伸，黑暗无边无际。冥界之顶不是天空，而是高大的石拱和阴暗的岩石桥，四面八方不断回荡着呜咽声和呻吟声，最后整个广阔的空间都能听到亡者痛苦的哀号。

赫拉克勒斯只走了几步，亡灵就看到他并逃开了。除了可怕的美杜莎——生有羽翼的蛇发女妖。她不仅站在原地不动，还挥动双翼以示恐吓，她头发上的蛇则跟随她的目光所向对赫拉克勒斯咬牙切齿。赫拉克勒斯知道只要和它们对视片刻就会变成石头，于是举起大棒准备将美杜莎击倒。

"放下大棒，赫拉克勒斯，"赫尔墨斯解释，"美杜莎已经死了，这是她生前的镜像而已，不会伤害你的。"

下一个看到赫拉克勒斯没有跑开的亡灵是英雄墨勒阿革洛斯。他身穿闪亮的铠甲，一看到赫拉克勒斯就手中持剑跑向他。

看到墨勒阿革洛斯如此武装，英雄以为他是赫拉派来杀自己的，于是拉弓以待。

墨勒阿革洛斯看到对方的姿势，意识到有误会，便将手中的剑收起来，因为他完全没有想过要伤害赫拉克勒斯。

"我是不会也不想伤害你的，"他告诉英雄，"死者无法伤害生者，而你也无法伤及我，因为没有人会死两次。不过还是有与之相当的不幸，赫拉克勒斯，我就遭受了一个人可能遇到的最大的不幸。"

说完这段话他便坐下开始讲述他悲剧的故事：给予他无限母爱的母亲最后是如何想方设法毁灭他的，以及这又是如何让他和箭无虚发的永生弓箭手阿波罗对战的。哪怕只为了这一次邂逅，就值得让赫拉克勒斯下冥府一趟，因为在他认识的所有朋友和敌人当中，从来没有一个像墨勒阿革洛斯这样的战士。

这是赫拉克勒斯听过的最悲伤的故事，他感动得热泪盈眶。

但墨勒阿革洛斯的故事还没讲完。

"但我还有一件事放心不下：我将妹妹代阿涅拉安置在我父亲的房子里，她还没嫁人，也没有人保护她。她就像天使一样可爱，但我怕她落入恶人手中。赫拉克勒斯，请保护她——或者，娶了她便更好了。"

"请放心，墨勒阿革洛斯，"英雄宽慰他说，"我会为她找到最好的归宿，你不用再为这件事烦扰。"

赫拉克勒斯经历了几次意想不到的相遇后，终于来到了冥王哈迪斯面前。

哈迪斯见到他十分吃惊，并严厉地问他为何活着出现在他面前，还全副武装。冥王的妻子珀尔塞福涅就站在冥王身侧，却用同情的目光看着英雄，因为她也是宙斯的孩子，因此赫拉克勒斯是她的兄弟之一。

"冥界伟大的统治者，"英雄解释道，"我来到这里并非自愿，是欧律修斯派我来的，众神给了他随意支使我的权力，而我只能听从。我听命于这个懦弱的统治者，只为洗去一桩罪孽带来的耻辱，而他派我执行最艰难的任务也只有一个目的，那就是毁灭我——因为我的存在让他满是恐惧。但迄今为止，他所有的计策都没有得逞，于是现在把我派到你这黑暗的王国来，因为他说他想看刻耳柏罗斯，尽管他一看到这头畜生一定会吓得无处可躲。不管怎样，我别无选择——我必须带刻耳柏罗斯回迈锡尼。"

哈迪斯看起来犹疑未决。他怎么能让看守冥府的三头犬跑到人间去呢？这闻所未闻。但珀尔塞福涅用乞求的眼神看着丈夫，哈迪斯思虑良久之后说："那好，你可以带走这畜生——但你能不用武器驯服他。"

赤手空拳驯服刻耳柏罗斯！一旦赫拉克勒斯冒险尝试了，他可能永远都离不开这个幽灵的国度了吧。但至少他得到应允了，不管条件多么苛刻，英雄都欣然接受了条件。"我可以做到。"他坚定地点点头，然后转身离开。

哈迪斯摇了摇头表示惋惜，而珀尔塞福涅的脸颊上则悄悄滑下两滴泪水，她赶忙拭去了——因为哭泣是不符合冥府女王的身份的。

赫拉克勒斯径直向大门走去。他看到刻耳柏罗斯时，放下了手中的大棒和弓箭，但是将身上的护体狮皮裹得更紧了。涅墨亚雄狮的兽皮将再次救英雄一命，而赫拉也将再次后悔派给英雄第一个任务。

刻耳柏罗斯一看到赫拉克勒斯靠近冥府大门就跃身攻击。它让英雄进来了，但不意味着它能再放他出去。但锋利如刻耳柏罗斯的犬牙也无法戳穿坚韧的狮皮，赫拉克勒斯则在冥犬伸出三颗头时扼住了它的咽喉。他用尽全力掐住冥犬的喉咙，即使它奋力挣扎也无济于事。冥犬用尾梢上的龙齿咬住英雄的腿。而赫拉克勒斯则强忍痛苦始终不肯放手。最后，刻耳柏罗斯无法忍受窒息的压力选择弃战，向对手发出了认输的信号。

于是赫拉克勒斯在冥犬的脖子上套了一条坚固的锁链，而这时的刻耳柏罗斯已经完全顺从了，发出哀求般的号叫声，并低下了它的三颗头。

返回途中，赫拉克勒斯选了一条不同的路线，这条路经过厄鲁西亚，那是

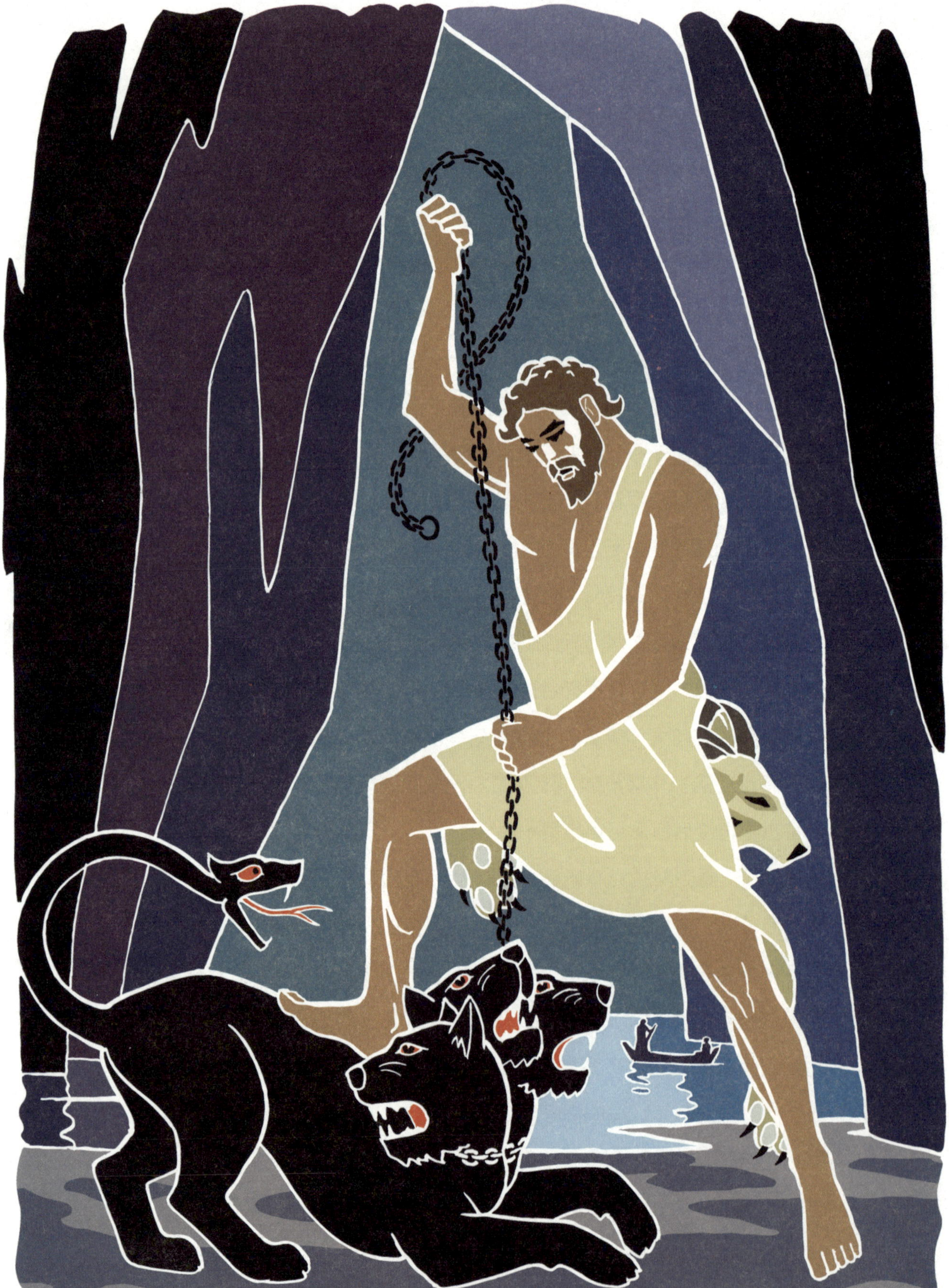

个和冥府的黑暗景象截然不同的地方，是那些凭借高尚品行赢得众神恩宠的人死后的归属。之后，他又沿着冥河阿刻戎河穿过蜿蜒无尽的洞穴，才从特洛伊地区出来回到了地面上的世界。

但他们刚出来，刻耳柏罗斯就又变回野蛮凶狠的模样了。它脖子上的蛇凶狠地嘶嘶叫着，嘴巴里流出剧毒的沫子，一直滴到地上，它的眼睛里则闪烁着刺眼的光芒，如同磨刀时飞溅的火花。它拼尽全力想拉断锁链，狂吠不止，试图逃回地狱的深渊，远离这无法忍受的日光。

但赫拉克勒斯很快就制服了它，再次伸出双手掐住它的喉咙。刻耳柏罗斯知道自己无计可施，只能低下头温顺地跟着英雄走了。

迈锡尼就在不远处，赫拉克勒斯迈着大步加快了行程。最后一个任务即将完成了，他如今就在宫殿的院子里！守卫看到赫拉克勒斯身后跟着这样一只怪物时，都惊惧万状地往后退并和他保持安全距离。没有人敢阻止他进入宫殿。

"不管他想不想，我都得让他亲眼见见刻耳柏罗斯。"英雄自言自语道，结果一进入大院里就和欧律修斯迎面碰上了。

胆小的国王发出一声恐惧的哀号，这是他看到伟大的英雄完成最后的、最可怕的一个任务回来时唯一能表示的"欢迎"了。欧律修斯被吓得腾空跳起，然后钻进了一只大瓦罐里——就是他看见厄律曼托斯山的野猪时躲进去的那只瓦罐。不过这一次，他还把罐盖盖在头上，足足在里面躲了三天才出来，他太害怕了，甚至不敢打开盖子看看外界发生了什么。

赫拉克勒斯看到欧律修斯像一只受惊的野兔一样跳进罐子里，嘲讽地大笑起来，笑声大得传到了宫墙之外。然后，他又在光天化日之下将刻耳柏罗斯送回了原来的山洞里，并将它脖子上的锁链解开了。于是，这条恶犬如闪电般快速消失在视野中，又融入了地下的无穷黑暗。

赫拉克勒斯终于可以无忧无虑地上路了，这次不是去迈锡尼，而是前往梯林斯。自从为欧律修斯服役以来，已经过了十年。这是艰难重重的十年，却也是成就辉煌的十年。

现在,他终于不用再受欧律修斯的束缚了。他完成了众神的愿望,也得到了他应得的原谅,凭借坚定的意志洗去了在疯狂中杀死亲生骨肉这样可怕的罪孽。

十二项任务已经完成,但赫拉克勒斯建功立业的步伐还未终止。实际上,不久之后他便要再次赌上性命展现他的力量和勇猛。这件事就发生在他寻求短暂休息和放松的时候。

第十章

赫拉克勒斯的迟暮之年

赫拉克勒斯在执行带回狄俄墨得斯的马这项工作时，曾在斐莱停留，当时国王阿德墨托斯对他盛情款待，并请他多留些日子。但赫拉克勒斯当时有其他要事在身，他要去色雷斯执行欧律修斯的命令，而不能在斐莱流连享乐。

不过他承诺完成所有任务后会回去找他，那时他们可以聚餐共饮，尽情尽兴。

如今，赫拉克勒斯想起对阿德墨托斯的承诺，便决定前往斐莱，也是想要在历经这么多惊险之后享受片刻与友为伴的愉快放松。

生活总是善待阿德墨托斯，特别是自从数年前他在阿波罗的帮助下完成了一项壮举之后。他往战车上套了一头狮子和一头野猪，然后驱车将它们赶到了邻国依俄尔可斯，赢得了那里美丽的公主阿尔克斯提斯作为奖励。

自那以后，阿德墨托斯便和阿尔克斯提斯过着幸福美满的日子。现在，他们已经有了两个孩子。看到他们这么幸福，很多人都说他们是这个世上最幸福的家庭。

然而，一个可怕的打击降临，要摧毁这对令人羡慕的夫妇平静幸福的生活。这件事就发生在不知情的赫拉克勒斯决定前往斐莱之时。

阿德墨托斯重病卧床了，无情的命运女神判定他的生命之线应该短暂，如今他的死期已经到了。

阿尔克斯提斯伤心绝望，以泪洗面。她救不了心爱之人，看到孩子们啼哭，她的心更痛了。尽管自己伤心欲绝，却还是尽力安慰他们。

"向众神祷告，祈求你们的父亲得到解救吧，我亲爱的孩子们，"她哭着说，"神明喜爱所有的孩子，他们不会让你们亲爱的父亲离开我们的。"

阿尔克斯提斯也和他们一同祷告，阿德墨托斯的父母也在祷告，整个斐莱城都在举行仪式祈祷国王早日康复。

终于，众神被感动了。悲伤的阿波罗尤其偏爱阿德墨托斯，于是不顾一

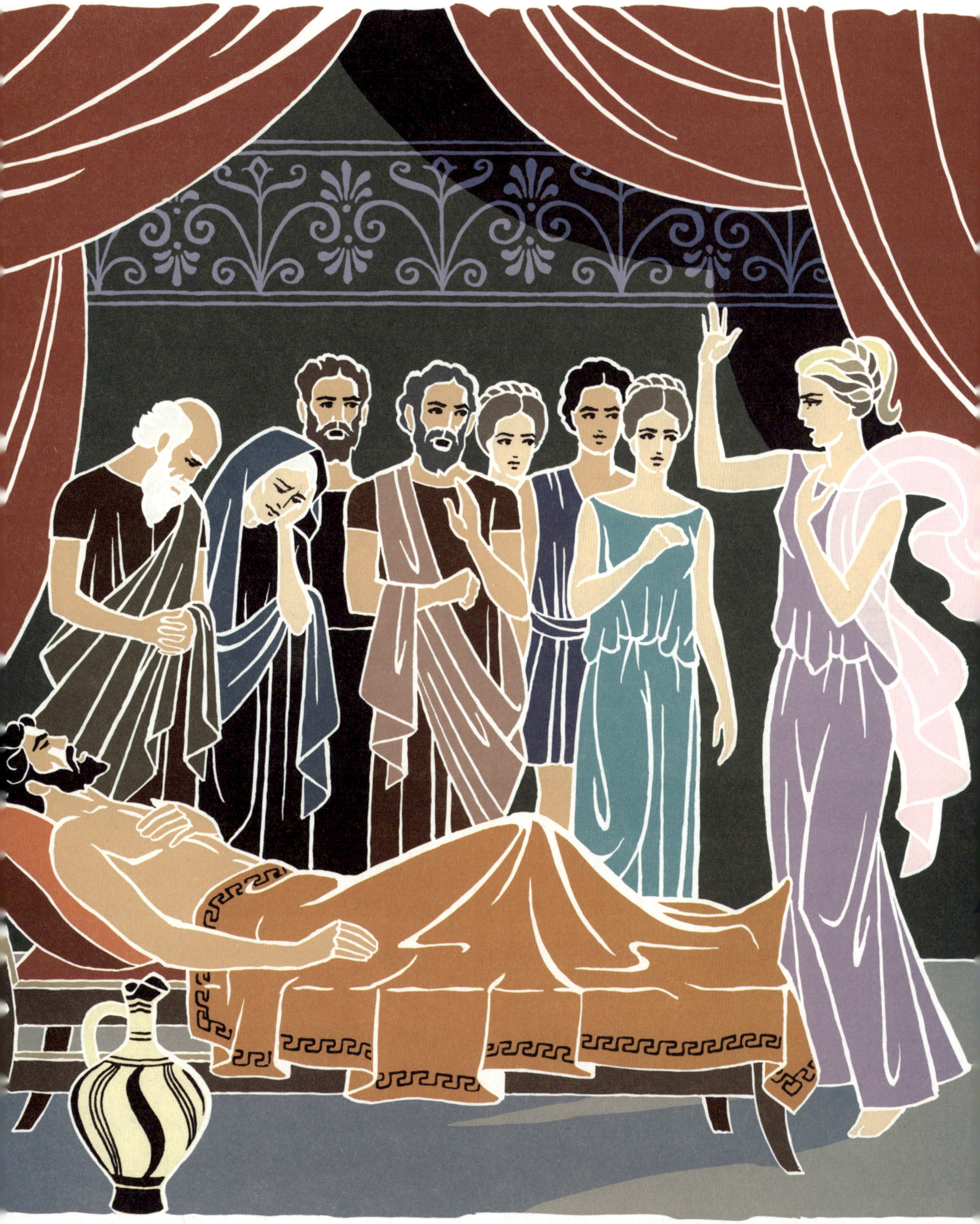

切地找寻救他的办法。但这很困难，因为国王死期将至，这是命运女神写下的命运，而无情的命运女神从不会被恳求感动，也不会被威胁改变初衷。迄今为止，她们还没有改变过一个凡人的命运，现在又怎么可能让她们为阿德墨托斯破例呢？

但阿波罗找到了方法。他将命运女神灌醉，想借机说服她们重写阿德墨托斯的命运。但即使是喝醉了，命运女神也依然苛刻无情。除非有交换，否则她们不会放过阿德墨托斯的性命。而她们为国王谱写的新命运就是："只要斐莱国王的一位近亲自愿为他放弃生命，他就能保住自己的命。"

得知这一消息之后，整个宫殿都在不安地窃窃私语。尽管条件很苛刻，但阿德墨托斯必须获救，因为斐莱找不到第二个这么可亲可敬的国王了。但他的哪位近亲愿意用自己的命换他的命呢？这不是一个容易做出的牺牲。渐渐地，讨论的声音越来越小，变成一片死寂。

每个人心里都萌生了同一个想法，所有人的目光都转向了阿德墨托斯的父亲和母亲。每个人都知道他们有多爱自己的儿子，而且他们已经这么老了，没剩多少日子了，剩下的日子也都是苦痛忧虑，死亡对他们来说算是解脱了。所有人都屏住呼吸，等着看他们二位是谁愿意做出这个伟大崇高的牺牲。

然而，在这关键时刻，阿德墨托斯的父亲和母亲却都没有这样的勇气，为人父母的爱也无法战胜他们对死亡的恐惧。他们的脑海中充满了对亡灵国度里污秽不堪情景的恐怖想象，他们吓得非但不敢抬头，反而将头低垂；他们没有说"我们愿意为阿德墨托斯而死"，他们保持沉默；他们没有选择光荣地死去，而是尽管一只脚已经踏进了坟墓，也仍然宁愿让那些看着他们的人嗤之以鼻。

这时，风烛残年之人做不到的事，前途无量的年轻人却可以，并且做到了。

"我愿意替阿德墨托斯去死！"可爱的阿尔克斯提斯哭着说。全场都惊呆了，她接着说，"万能的命运之神！掌握人类命运的你们！感谢你们将我心爱之人的命运改变，现在把我的命拿去，放过他吧。既然注定我们要分开，送我去见那无情的死亡之神吧,而不是我的丈夫。至于你,我亲爱的阿德墨托斯,你要明白,对我来说,让我在那个黑暗的世界得知你活着,要远远好过我在热闹的人间活着,而你却在冥府深处呻吟。"

听到阿尔克斯提斯的话,阿德墨托斯发出一声痛苦的哭喊声。

"不!不!"他叫道,"快收回你说的话。说你做了错误的决定,说孩子们不能没有母亲。而我也是,宁可在冥府深处忍受黑暗,也绝不能苟活于没有你的世界。"

但阿尔克斯提斯决定做出这个勇敢无私的牺牲时,根本没有想过要收回决定,而且就算阿德墨托斯恳求妻子,也无法让她改变决定。相反,她还命女仆铺好床,并拿来死者穿的衣服。她平静地做准备,躺下前去了神圣不灭的家族之火安置之地——赫斯提亚祭坛。

"赫斯提亚!"她喊道,"守护我们的家族和幸福时光的女神,看看我们正遭受什么厄运吧!你一直以来都站在我们这边,而现在我们比任何时候都需要你!请爱护我留在世间的所有人,尤其是,请守护我们尚且不能自卫的弱小的孩子们,保佑他们身体健康,引导并启发他们的心灵,直到他们长大成人。女神,等他们到了结婚的年龄,请让他们体会懂得真爱的快乐,但如果那份爱注定给他们带来如我所受的痛苦,那么永远不要让他们知道这种快乐。"

阿尔克斯提斯费了很大劲才说完最后这番话,她已经站不起来了。她躺在床上,状况急转直下——同样急速的是,阿德墨托斯恢复了健康。

阿尔克斯提斯感到自己大限将至,奄奄一息地说:"永别了,阿德墨托斯!我亲爱的孩子们,再见了!"

"阿尔克斯提斯!阿尔克斯提斯,我的爱人!"阿德墨托斯喊道。他已经康复了,跳起身来跑到妻子身边,还坚信自己能救活妻子。但还是来晚了一步,他亲爱的阿尔克斯提斯已经离世了。

阿德墨托斯跪在妻子身侧,哭得撕心裂肺。整个宫殿都沉浸在悲痛中,这种情绪很快传遍了整个斐莱。

在一片前所未见的全民哀悼中，这位世上最美丽的妻子和最慈爱的母亲入土为安了。

葬礼过后，阿德墨托斯身心俱疲地回到了宫殿。他把自己锁在寝宫里泪流不止，但不久就有两个仆人开门告诉他，安菲忒吕翁之子赫拉克勒斯来访。

"赫拉克勒斯！"阿德墨托斯小声自言自语道，"赫拉克勒斯遵守曾经的约定来了，可是他挑了个如此悲伤的时刻！他是来寻找欢乐和愉快陪伴的，而我只能让他看到我的痛苦和悲伤。不可以！"他喊道，"我们不能让大英雄难过！不要告诉他我们遭遇的不幸，将所有女眷的屋子关闭，不要让他听到哀悼的哭声。以宫廷之礼热情款待他，摆上美酒佳肴，好好陪伴他。我这个样子是不能露面了，不过我之后会去见他的。"

一切都按阿德墨托斯的吩咐准备妥当，赫拉克勒斯大吃大喝，讲着有趣的故事并高声大笑，但他最终意识到只有他一个人在尽情享乐，周围所有的人都面色阴郁。他开始寻思发生了什么事情，但毫无头绪。

过了不久，阿德墨托斯就出现了。他见到英雄时面无喜色。赫拉克勒斯热情拥抱他时，阿德墨托斯则把头转向一边，然后塌着肩膀走了，没有说一句问候的话，这一切让赫拉克勒斯既困惑又担心。

随后一个女人拿着酒进来，脸上蒙着面纱。

"你们到底都怎么了？"英雄问，"你们为什么都不让我看到你们的脸，也不说话？"说完这些话，他便伸手将女人脸上的面纱摘了下来。

他看到女人眼中噙泪，眼眶泛红，脸颊上也都是泪水。

"快告诉我！到底发生什么事了？"赫拉克勒斯叫道，面露凶色，神情恐怖。

女人被吓得赶紧开口说话了。

"陌生的客人，就在不到一个小时以前，我们埋葬了世上最好的女人，让我们如何装出笑容来？"

"阿尔克斯提斯？"赫拉克勒斯惊恐地问道。

"是阿尔克斯提斯。"女人说完就歇斯底里地抽泣起来。

然后，他们将事情的原委说了出来，而赫拉克勒斯每听一句话，就多一分惊讶和愤怒。

"她的坟墓在哪里？"他迫切地问。

"就在那儿。"女人透过窗户指向那个地方。

英雄冲出房间，朝坟墓的方向跑去，然后俯身要掀开盖墓的板条。他的脑海中萌生出一个闻所未闻的想法。

"你在这儿想干什么？"他身后传来沙哑而粗野的声音。

英雄转身，看到了卡戎。

"找的就是你！"赫拉克勒斯咆哮道，然后整个人扑向了这个冥界使徒。从来没有一个凡人胆敢这样阻拦卡戎的去路。卡戎必须给他一个教训，让所有人类都记住并为之震颤的教训！他要把这个人的灵魂打出窍，然后带到黑暗的冥府永世受折磨。但等他们真的打起来时，英雄的神力可比他的鲁莽还让卡戎震惊。

战况激烈，地动山摇。赫拉克勒斯的力气似乎占了上风，但卡戎试图将死亡的气息吹到英雄脸上。英雄察觉到危险，便将卡戎的头按到地上。卡戎再三挣扎，赫拉克勒斯掐住他的脖子，将他紧紧压住，他那致命的气息彻底断了。

若不是卡戎具备永生能力，英雄简直会要了他的命。就算这样，卡戎还是受不了被这样牢固地扼住呼吸。他痛苦地扭动身子，耳膜因喘不过气来而嗡嗡震动，他只好认输，用快要窒息的微弱声音喘着气说道："告诉我你想从我这儿得到什么，我照办。"

于是赫拉克勒斯松了松手，俯身直到他们的脸就快碰上了，凶猛地吼道："我要阿尔克斯提斯活过来！"

卡戎从来没听过这么离谱的要求，但畏于英雄的压迫，他不敢拒绝。于是

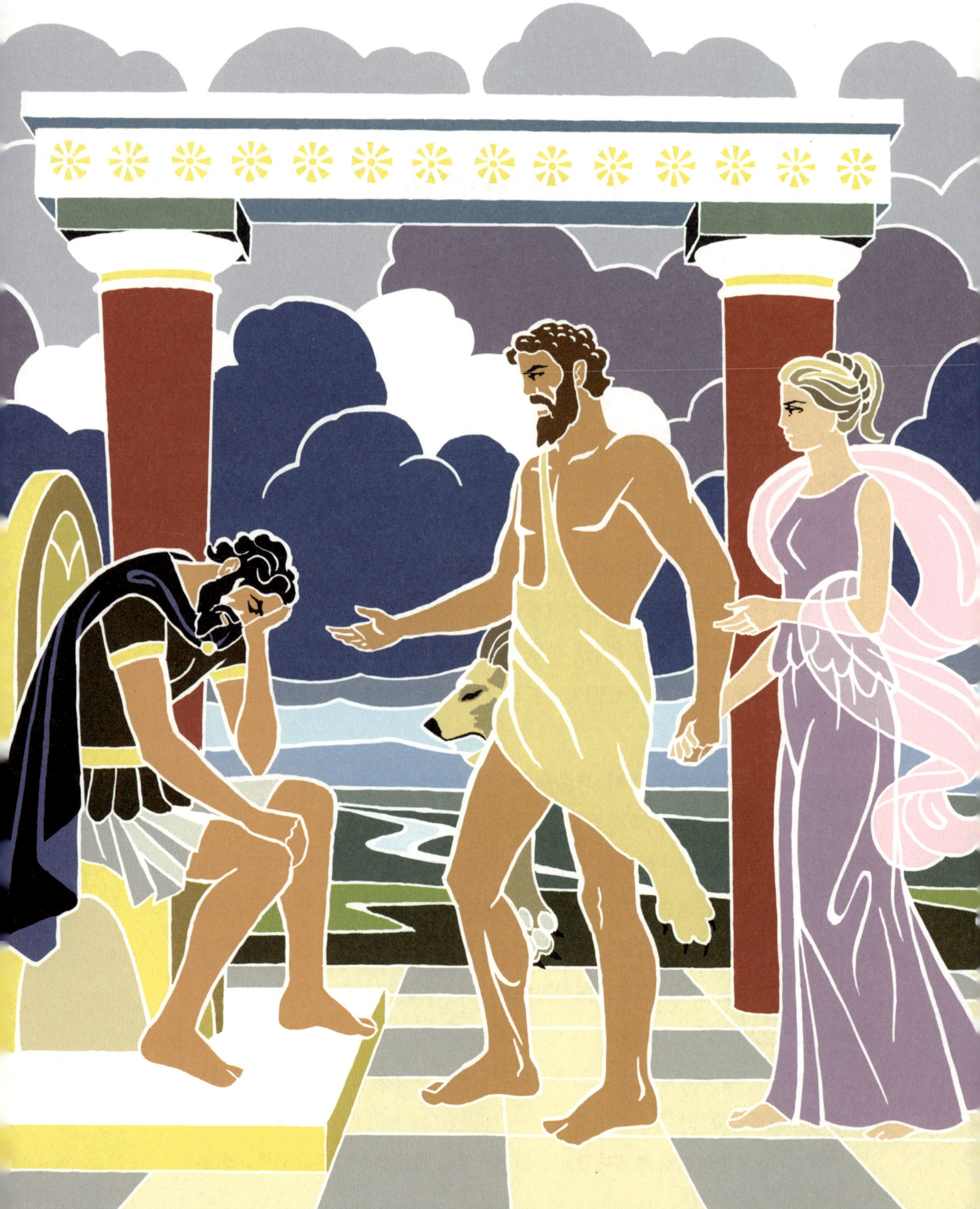

他掀起盖着坟墓的石板，用手去拉阿尔克斯提斯，而她竟然奇迹般地马上站了起来。

"带她走吧，"卡戎满脸羞愧地说，"她又活过来了，但前提是三日内不要说话。"说完便消失了。

接着赫拉克勒斯用面纱将阿尔克斯提斯的脸盖上，牵着她的手将她带回了宫殿。

阿德墨托斯就在宫殿，正用手蒙住头坐在那儿。

"是时候放下悲伤了，阿德墨托斯，"英雄说，"看看我给你带回来的这个女人。"说着他便将阿尔克斯提斯脸上的面纱摘了下来。

但阿德墨托斯甚至没有抬头看看这个女人究竟是谁。

"赫拉克勒斯，你要是觉得我还会娶别的女人，"他回答道，"那你一定是疯了。我已经失去了世界上最好的女人，你觉得我怎么可能将我和阿尔克斯提斯的孩子交到其他女人手里？"

"快看，阿德墨托斯！"赫拉克勒斯用命令的口吻叫道，"快看我给你带了谁来！"

阿德墨托斯不情愿地抬起了头。

"哦，天啊！"他叫出声来，"我看到了什么幻象？不要消失！"

"这不是幻象，阿德墨托斯，这是活生生的阿尔克斯提斯，"赫拉克勒斯回答说，"我和卡戎决斗并战胜了他。我也难以相信，但我确实从他手里把阿尔克斯提斯抢回来了，她就在这里！她又可以成为妻子和母亲了。只是要耐心忍耐三日，她才能说话，到那时你们就可以庆祝她归来了。至于我，请让我现在就离开吧。我来此本是为了饮酒作乐，但现在我不需要了，因为我已经找到了无以复加的快乐。再见了，祝你们一直幸福下去。"英雄说完话便转身走了。

阿德墨托斯满心都是这突如其来的喜事，找不出一个表达感谢的字眼，最后低声说道："再见了，伟大的赫拉克勒斯。"但英雄早已走远。

赫拉克勒斯第一个念头就是取道回梯林斯，但在路上他的脑海中闪现出各种各样的期待和计划。不论他面对过多少艰难的考验，也不论他历经怎样的磨难，想到自己最终还是克服了重重阻碍，他就心满意足了。不过，他还需要一些别的东西。他疲惫的心灵亟待些许爱的关怀和温柔以抚平他生命中的坎坷伤痕。

英雄抵达卡尔基斯后，听说俄卡利亚的国王欧律托斯有个女儿，美貌堪比爱与美之神阿佛洛狄忒，智慧可与智慧女神雅典娜媲美。于是他决定前往这个位于欧波亚岛的王国，求娶国王的女儿。阿德墨托斯和阿尔克斯提斯的爱情在他心中掀起了波澜。

但有赫拉这样的死敌，赫拉克勒斯很难按照自己的意愿行事。

英雄刚结束为欧律修斯服役的日子，女神就开始想方设法要让他再次屈从于某个明明不配支使他的领导者。由于赫拉所有试图毁灭赫拉克勒斯的努力最终都反而给英雄带来了无上的荣耀，她这次想到了一个更好的计划。

"如果能让赫拉克勒斯杀死一个无辜的人，"赫拉思量着，"众神一定会大发雷霆，然后重罚他。到那个时候，我就能找到机会彻底羞辱他，他所赢得的荣耀将被抛诸脑后。他现在正前往俄卡利亚，也许我的机会来了。欧律托斯是个狡猾的家伙，我要好好利用他来达成我的目的。"

欧律托斯作为俄卡利亚的国王，膝下有四个儿子和一个独生女儿，也就是美丽的伊奥勒。但自从他的妻子离世后，他就不希望伊奥勒嫁人，想将女儿留在身边照顾自己的晚年生活。

不过，他对外从不承认自己有这个想法，因此赫拉克勒斯出现时他说："我可以把伊奥勒嫁给你，但条件是你要赢得射箭比赛。赢了我，或者我四个儿子中的任何一个。"

这是欧律托斯对所有求娶他女儿的人定下的条件。他当然是胸有成竹的：他确信这个世界上没有比他和他的儿子们更好的弓箭手。果然，尽管希腊最好的弓箭手都为伊奥勒而来与他们比赛，却纷纷落败。要战胜欧律托斯几乎是不可能的，因为欧律托斯可是箭无虚发的阿波罗亲手调教出来的。

赫拉克勒斯接受了挑战，欧律托斯则心中暗喜，因为他想对人吹嘘说连这位伟大的英雄都是自己的手下败将。然而，看看他受了多么屈辱的打击啊！因为赫拉克勒斯战胜了他，也战胜了他的四个儿子。

俄卡利亚国王难以接受比赛结果，因为他根本就没想过让女儿嫁人。他恼羞成怒，开始对英雄恶语相向。

"给我立刻滚出去！"他喊道，"你，还有你那些百发百中的魔箭！你以为我会把女儿嫁给欧律修斯的奴隶吗？"

"你会为这些羞辱人的话付出代价的！"赫拉克勒斯反驳说，"还有为你对我不守诺言。我不会忘记你的，欧律托斯——我以万能的宙斯之名起誓！"说完他便愤怒地转身离开了。

欧律托斯的可耻行径得到了儿子们的赞同，只有伊菲托斯表示反对。

"这是不对的！"伊菲托斯大声说道，"我们许诺却又言而无信！我们输了比赛却拒不承认。最可恶的是，我们做错了，却反过来侮辱他。然后我们还把自己称为人！啊，反正已经这么不知羞耻了，我们怎么不干脆说自己是英雄？你们无耻，但我不！我们必须把伊奥勒嫁给赫拉克勒斯，因为他通过公平竞争赢了我们，世上没有比他更值得托付的人了。还有一个原因：我们没有权利让伊奥勒孤独终老。"

"当心你的言语，伊菲托斯！"父亲喊道，"伊奥勒永远都不会嫁人的，你们都给我记住了，你和他！你很清楚这里谁说了算，所以给我闭嘴，否则你会后悔莫及。"

没过多久，赫尔墨斯的一个儿子奥托吕科斯——一个狡猾的小伙子，偷了欧律托斯的一群牛，并施法改变了牛的颜色，然后带到梯林斯卖给了赫拉克勒斯，还谎称牛是自己的。欧律托斯没有思考到底谁是真正的小偷，就大声嚷嚷说赫拉克勒斯偷了他的牛。

"这很明显,"欧律托斯喊道,"他是为了报复!他离开的时候威胁我们来着。当然,他肯定不会光天化日之下回来舞刀弄剑抢走牛,而是夜里偷偷潜回来做这种肮脏的勾当!"

"赫拉克勒斯成了小偷?不可能!"伊菲托斯大声反驳说,"与其胡乱指控,我们为什么不去找出偷牛的人,把牛带回来,并对小偷施以应有的惩罚?"

"我才不听你的!"欧律托斯生气地说,"我们知道谁是小偷,我也不要牛了。这已经足以让我认识到你想找的妹婿是个什么样的人了:一个肮脏堕落的贼!"

"我会证明赫拉克勒斯是清白的!"儿子坚持道,"我自己去把牛找回来,并且找出真正的小偷。"

于是他片刻不等,立即开始搜寻,跟着牛群在地里留下的现有蹄印走。这些蹄印将他带到了伯罗奔尼撒半岛,一直到梯林斯外的一个牛棚。他询问牛棚的主人,很快就得到了令他沮丧的答案,那牛棚竟然是赫拉克勒斯的!

"但这不可能!"伊菲托斯大声说,"赫拉克勒斯不可能做出这种事,我要当面问问他,而且我相信他可以帮我找到偷牛贼!"

于是他付诸实践了。他去找英雄,告诉他发生的一切:他为什么会追踪这些牛的蹄印,这些蹄印又是如何将他带到梯林斯的。

赫拉克勒斯听了不太高兴。

"这些牛是我从奥托吕科斯手里买的,"他说,"昨天才买的。你如果要进一步证实的话……"

"我没有怀疑你,神可以为我作证!"伊菲托斯打断了英雄的话,"我只是想让你帮我找到小偷。"

"要找到小偷,首先要找到牛群,"赫拉克勒斯回答说,"我们上城堡去吧,在那里可以看到整个平原,你也可以看看你的牛有没有在那里吃草。"

他们登上了城堡,站在壁垒上,伊菲托斯仔细地查看下面的牧场。事实上,牛群就在他眼皮子底下，但他一头也认不出来，因为奥托吕科斯改变了它们的颜色。

"我一头也看不到，"他承认说，"我一定是被那些蹄印弄糊涂了。"

这正是赫拉在等待的时机，她立刻让狂怒情绪笼罩了英雄的心智。热血上头，赫拉克勒斯疯狂地瞪直了眼睛。他失去控制了，狂乱地吼叫着："蹄印没有骗你！你就是有备而来的，因为你觉得我就是那个小偷。现在就接受对你的惩罚吧！"

他猛地一推，将伊菲托斯从壁垒上甩了下去。

这一举动让众神都为之震惊。只凭一时猜测，也不调查事实真相，赫拉克勒斯就这样杀害了一个真正的朋友。不仅如此，他还像个懦夫一样把伊菲托斯给杀了，连一个辩护的机会都没有给他。对众神来说，英雄犯下的恶劣罪行已经超乎想象，因为没有人知道这一切都是赫拉干的。

为了以示惩戒，宙斯亲自施法让赫拉克勒斯染上痛苦的疾病。这个疾病折磨了英雄很长时间，并且没有任何好转的迹象。于是，赫拉克勒斯决定到德尔斐神庙询问他要怎么做才能得到解脱。

神使回话说，滥杀无辜的人不配得到答案，尤其是他用这么懦弱的手段杀害了别人。

传达神谕的女祭司普西亚的话侮辱了赫拉克勒斯。因为受病痛折磨并想早日治愈，他一听到普西亚说出神谕，就气得抓起了她坐的青铜三脚祭坛。

就在这时，德尔斐神庙的统治者阿波罗出现了。

"你在做什么，赫拉克勒斯？"他厉声喊道。

"我要拿青铜三脚祭坛去其他地方建一座神庙，反正你这座给不了我答案！"

阿波罗马上就抓住青铜三脚祭坛的另一头并大声说："快放下祭坛，赫拉克勒斯，别等我用武力抢回它！"

"有本事就来抢啊！"英雄怒吼一声，并猛力拉了一下祭坛，一场激烈的战

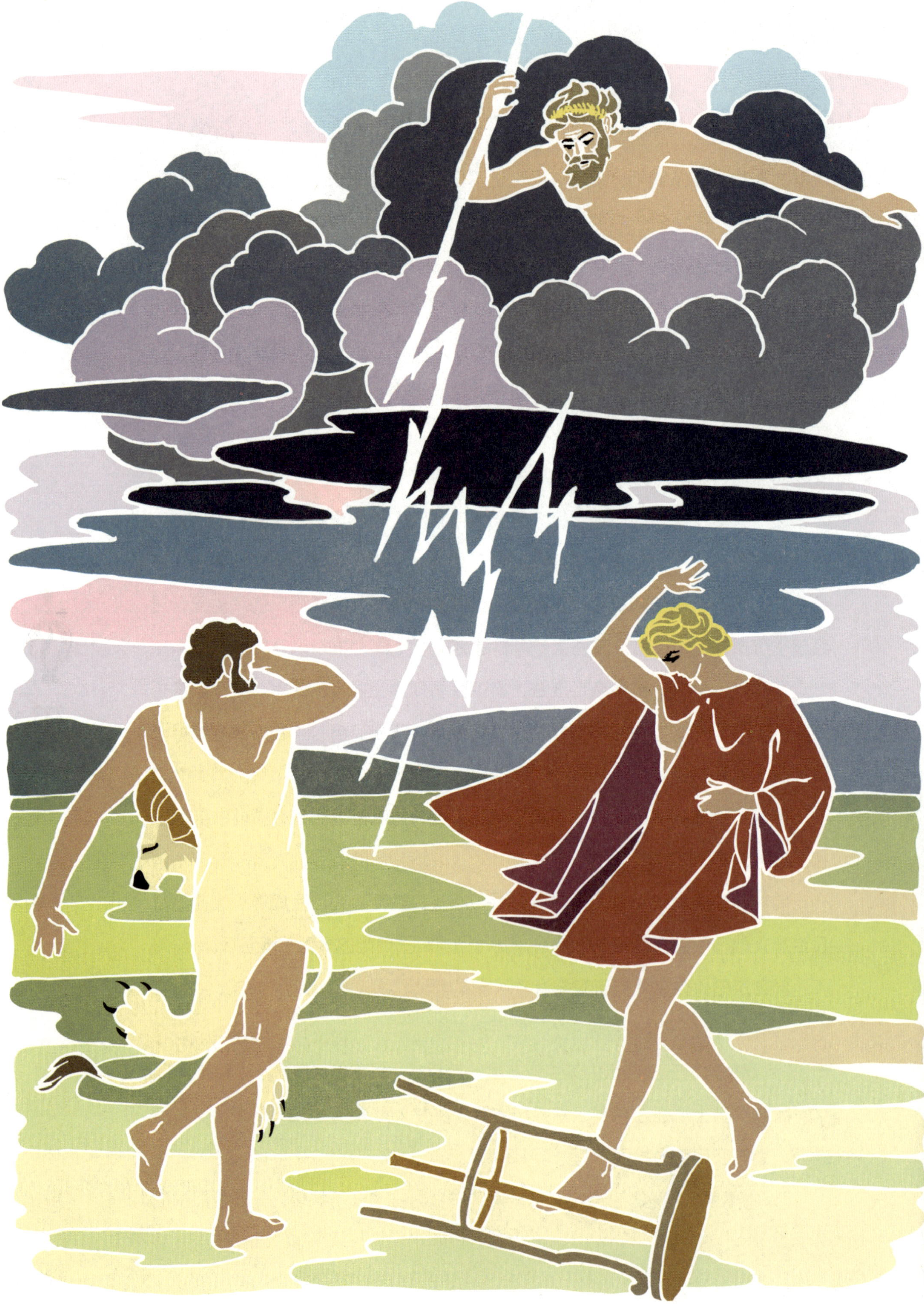

斗就这样开始了。

尽管赫拉克勒斯生着病,而且是在和神格斗,但他来势汹汹,阿波罗竟无法战胜他。当然,他也打不赢阿波罗,这场战斗打了几个小时都没能分出胜负。宙斯看到了发生的一切,在他们中间掷下一道闪电将他们分开。赫拉克勒斯被撞倒,阿波罗则被甩到一边,而青铜三脚祭坛也被甩到另一边去了。

然后宙斯让阿波罗拿走祭坛,但前提是他必须让普西亚告诉赫拉克勒斯他要的答案。

于是普西亚这样回复英雄:"听着,阿尔克墨涅之子。你所患的病是对你的惩罚。那是万能的宙斯施加给你的,因为你不分青红皂白杀害了伊菲托斯。要想治好你的病并且让众神原谅你的罪行,你要卖身为奴两年,而卖身的钱要归欧律托斯所有,作为你杀害他儿子的补偿。"

就这样,赫拉克勒斯又一次被迫放弃了自由。商业之神赫尔墨斯执行了贩卖他的任务。但还没来得及找买主,赫拉女神就急匆匆跑来告诉赫尔墨斯,说她已经找到了愿意买下赫拉克勒斯的买主,是吕底亚女王翁法莱。赫拉克勒斯就这样被送过去了,赫赫有名的英雄成了一个虚荣而卑鄙的女人的奴隶。

能让阿尔克墨涅之子当她的奴隶,翁法莱气焰高涨。并非因为她想让英雄完成什么伟大的工作,只是单纯因为她要留着英雄羞辱他,以此自我感觉比赫拉克勒斯还要厉害。翁法莱就是这样一个蠢货啊!赫拉沾沾自喜,确信赫拉克勒斯一定会受尽侮辱和嘲笑,从此没有人会带着敬意提起他,而只会蔑视他。

翁法莱决意要贬低赫拉克勒斯,把他当成最下等的奴隶。她让英雄擦地、洗衣做饭、纺羊毛等,让他做她能想到的最卑微、最贬低身份的工作。

但奇怪的是,做着这么低贱的活儿,这位伟大的英雄似乎一点儿也没有不高兴。

"我杀了无辜的人,"他说,"理应付出代价。如果我能尽量耐心地完成这些卑微的工作,也许伊菲托斯的亡灵就能原谅我。"

因此，不管他被指派了多么粗鄙的工作，也不管他对这些工作多么不习惯，赫拉克勒斯都尽力做好——当然，不是为了翁法莱，而是为了伊菲托斯。

赫拉克勒斯即使做最卑微的工作也心甘情愿并且满腔热忱，这令翁法莱十分困惑。她绞尽脑汁想出新的法子让英雄看起来渺小卑微，但英雄接受命令时从来没有表现出她想要的情绪，这让她更加苦恼。

也许她并不知道勤恳的工作从来不会贬低一个人；也许她也不知道成为一名卓越的人和真正的英雄仅有伟大事迹和辉煌成就是不够的，也需要做好更卑微的工作；也许她不知道不论这些工作看起来多么微不足道，都应该得到重视并被正确完成，因为这些工作反映出每个人以及每个英雄的灵魂。但连女神赫拉都不懂这些道理，认为这样可以贬低英雄，又怎么能指望翁法莱知道这些呢？

不过，赫拉克勒斯为翁法莱服役的两年里，做的工作也并非都是家庭琐事，同样有伟大的工作，而且不仅一次让英雄陷入险境、面临困难。有一次，巨人利提俄塞斯以路人之血止渴，庞大的身体总是搅得门德雷斯河波涛汹涌，而赫拉克勒斯杀死了这个可怕的巨人；还有一次，经过激烈的搏斗，他杀死了萨格里斯河里撕碎人畜的巨蛇；另外一次，他对战许琉斯并杀死了他——许琉斯是吕底亚恶霸，总是强迫路人照看他的葡萄园，之后杀死他们。

然而有一天，一个不同寻常的际遇发生在他身上。

那是个炎热的夏日，赫拉克勒斯一大早就出发前往邻邦以弗所办事。但道路漫长而无趣，到了晌午时分，他躺在树荫下休息，很快便闭上双眼入睡了。而他躺在树荫下的时候，两个小矮人看见了他。这是两个以偷窃手段和逗笑伎俩闻名遐迩的刻耳科佩斯人。他们辗转于城镇之间，所到之处名声大噪。他们能取得成功，是因为每次偷窃欺诈之后，他们总能利用搞笑滑稽的举动逃之夭夭。

两位刻耳科佩斯人见赫拉克勒斯睡着了，决定偷走他的武器。他们先拿走了盾牌，一人一边扛到灌木丛后面藏了起来。然后他们又偷了弓和箭，接着还想偷木棒，但他们很快就发现搬不动木棒，于是放弃了。偷剑就更是件难事了，因为剑佩在英雄的腰上，但两个小矮人还是决定试一试。

他们把剑拔出来的时候英雄醒了。小矮人惊恐万分，但他们不仅将恐惧隐而不露，还马上做起了滑稽的跳跃和空翻，不知道的还以为他们在马戏团里表演呢。不过赫拉克勒斯知道他们的本意是要偷剑，而眼前逗笑的滑稽动作不过是用来转移注意力的奸诈伎俩。

英雄低头看到自己的盾牌和弓箭都消失了，顿时气得面红耳赤。尽管他很快就在灌木丛后面看到了丢失的武器，还是决定要惩戒这两个小矮人。他首先想到的就是打他们一顿，但还是控制住了自己。毕竟，他们的个头都那么小，只要给每个人一击就足以让他们毙命了。这时候，两个小矮人仍在不断翻着跟斗说说笑笑，还一边想着逃跑。这点狡猾伎俩没有逃过赫拉克勒斯的眼睛，他快速迈了几步就抓住了他们。

"这就是你们的惯用伎俩吧，嗯？"他喊道，"现在就让你们见识见识！"说着就抓起两个小人，把他们的脚绑在一根长杆的两端，将长杆挑在肩膀上，然后带着这两个倒挂的小矮人去以弗所接受审判。

但这两个刻耳科佩斯人实在太擅长逗人发笑了，即使被倒挂着，他们还是能表演出滑稽的动作，还做着搞笑的鬼脸，让赫拉克勒斯在去以弗所的路上十分欢乐，他甚至都有些同情他们了，于是便把他们放了。获释以后，他们又翻了几个跟斗，然后趁英雄还没改变主意一溜烟跑了。

就这样，多亏了他们的制胜法宝，这两个狡猾的小偷再次得以逃脱，可惜这次好景不长。也许赫拉克勒斯原谅他们了，但他的父亲宙斯对小偷试图对儿子做的事可是非常恼怒，于是将他们变成了石头作为惩罚。而事实上，在离以弗所不远的地方，真的有一块石头上面像是站了两个小矮人。据说，这就是那两个刻耳科佩斯人，他们再也不会偷东西或使用狡猾伎俩，也不会搞笑了！

终于，赫拉克勒斯在翁法莱手下的服役期满了。他通过努力工作、靠谱办事和耐心干活，洗清了杀害伊菲托斯在他灵魂上留下的污点。他又恢复了自由，

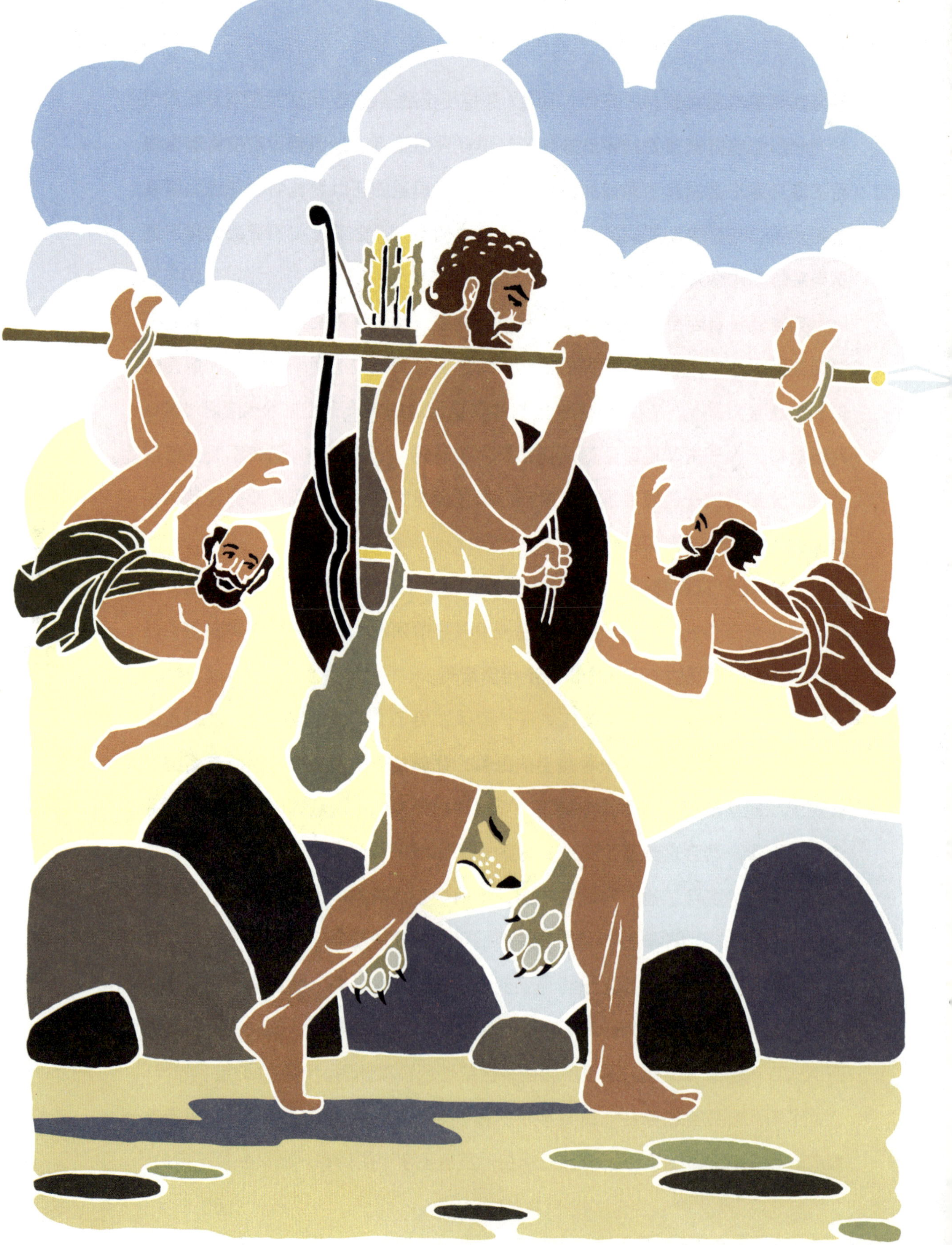

于是返回希腊。

在回家乡的路上他想起了墨勒阿革洛斯，在他下冥府捉拿刻耳柏罗斯时，墨勒阿革洛斯曾请求英雄救助他的妹妹。

"也许，"他想，"我之所以遭受这一切苦难就是因为我忘记了自己对墨勒阿革洛斯的承诺，不顾代阿涅拉，却偏偏为了欧律托斯的女儿伊奥勒与人比赛。"

于是，他决定前往位于埃托利亚的卡吕冬，那个受国王俄纽斯统治的地方，求娶他的女儿代阿涅拉。

赫拉克勒斯到卡吕冬时遇到一大群来自希腊各处的优秀青年——他们都为了同一个目的而来。赫拉克勒斯问了一圈才知道，原来代阿涅拉的父亲俄纽斯决定举办一场摔跤比赛，并将女儿许配给胜出者。

然而，候选新郎中有一个难以战胜的可怕对手，那就是河神阿克鲁斯。这个对手在摔跤的时候能把自己变成蛇，然后变成公牛，最后变成人。但更多时候他都是以三种生物的合体形式出现：长着巨大的蛇形身体，拥有人的胳膊和脑袋，脑袋上还有两只牛角。而且因为他是河神，浓厚的胡子里还流淌着奔腾的水流。代阿涅拉看都不看他一眼，就是死也不愿意成为他的妻子。

其他所有的追求者都害怕地看着他，而且一个接一个弃赛了。他们怎么敢和这样一个怪物摔跤呢！

但赫拉克勒斯决定参赛。

阿克鲁斯轻蔑地笑了。

"我比你强壮，而且比你厉害得多，"他吹嘘道，"还没有人打败过我，就连神都怕我三分，何况人类。嗨，在多多那他们还给我献祭呢。我是希腊每一条河流之父，可不是个四处流浪的奴隶！"

"厉害得多？哪方面？"赫拉克勒斯回驳道，"只是在侮辱人和用相貌吓退对手这方面吗——如果你管这个叫'胜利'的话！但我要凭双手打败你。"说完他就扑向了河神。

阿克鲁斯吃了一惊。他以前从未遇到过这样勇敢而且强大的对手。他像头狮子一样战斗，但很快就意识到自己不是英雄的对手。于是他使出了其他手段。他把自己变成蛇形，然后从英雄的胳膊里滑了出来，可又马上发觉自己被钢铁般的手捏住了脖子。为了避免自己窒息而死，阿克鲁斯又把自己变成一只公牛，但很快又被英雄抓住了牛角，举在半空中往后摔向地上。英雄摔得很用力，一只牛角还留在自己手上，而阿克鲁斯已经撞向地面，发出一声痛苦的恐怖叫声。

"你现在还有什么可说的？"赫拉克勒斯厉声喝道。

"把牛角还给我，代阿涅拉就给你了。"阿克鲁斯羞愧地回答道。

于是宙斯之子便迎娶了俄纽斯的女儿，不久之后，他便携妻子在克伊克斯国王统治下的特拉基斯安家落户。克伊克斯是赫拉克勒斯的朋友，而且他的妻子阿尔库俄纽斯还可以在英雄外出时陪伴代阿涅拉。但他们去的路上要跨过欧厄诺斯河。他们在那里遇到了人马涅索斯，只要给人马一小笔钱，就可以驮着行人过河。于是，赫拉克勒斯便把代阿涅拉扶上涅索斯的马背，自己则游过河去。

然而，涅索斯游到河岸时，非但没有把代阿涅拉放下，反而飞奔起来，他决定偷走英雄美丽的新婚妻子。

于是赫拉克勒斯拉起弓，射出一支浸染过九头蛇海德拉毒液的箭。尽管涅索斯疾步如飞，英雄的箭还是射中了目标，深深扎进了人马的身体。然而，涅索斯死前还想报复赫拉克勒斯，他对代阿涅拉说："我对你犯下了大错，现在想要弥补，希望对你有用。拿个管子，然后收集从我伤口里流出来的血液。如果有一天你害怕丈夫离开你去找别的女人，只需要找个月夜，将血液涂抹在他的衣服上，然后给赫拉克勒斯穿。这么做你的丈夫很快就会回到你的身边，因为我的血有这个特异功能。"

代阿涅拉按照涅索斯说的做了，然后深信不疑地把血液藏了起来，根本不知道血液里掺着致命的海德拉毒液。

赫拉克勒斯和代阿涅拉一起幸福地生活了几年，生了四个孩子，最大的名叫许洛斯。

但性情使然，英雄不可能永远在家里待着，因为他不做些轰轰烈烈的英勇事迹就活不下去。

婚后不久，他便决定征战特洛伊，惩罚拉俄墨冬，那个曾经对阿波罗和波塞冬食言、也对救他女儿于危难之时的赫拉克勒斯食言的国王。

赫拉克勒斯从特拉基斯和希腊其他地方征集了一群勇敢的年轻人，一行人乘着十八艘船出发前往特洛伊。毫不意外，志愿者队伍中有忒拉蒙，因为这位来自萨拉米斯的英雄片刻也没有忘记赫西俄涅。

赫拉克勒斯等人包围了特洛伊，很快就准备好了进攻。进攻的命令一下，忒拉蒙就冲了出去，什么也拦不住他。城墙打开缺口以后，他也是第一个冲进城的人。但他看到赫拉克勒斯尾随其后，怕英雄因为没有先进城而觉得受辱。于是，他弯下腰，开始堆石头。

"你在那儿干什么，忒拉蒙？"赫拉克勒斯问。

"为胜利者赫拉克勒斯建造圣坛。"忒拉蒙快速回答说。

也许是因为英雄相信了他的话，也许是因为英雄对忒拉蒙的机智表示赞赏，总之赫拉克勒斯对这个回答很满意。赫拉克勒斯只回答说"要抓紧时间了"，就让年轻人跟在身后，后面则追着其他勇士，一同向拉俄墨冬的宫殿压进。战争一触即发，赫拉克勒斯和同伴们浴血奋战，很快就取得了胜利。他们杀死了拉俄墨冬，还抓了很多俘虏，其中就有赫西俄涅和他的兄弟波达尔克斯。

赫拉克勒斯将美丽的赫西俄涅交给了忒拉蒙，忒拉蒙喜不自胜。

赫西俄涅却心事重重地站在一边。

"我在为城市所遭遇的灾难和我父亲的死伤心，"她说，"我知道他是罪有应得，所以我愿意向曾经救过我的人低头。但只有你们放了我的兄弟，我的忧伤才能得到减轻。"

"如果说有人应该成为奴隶，那就是他！"赫拉克勒斯吼道，"他能保住性命就已经是万幸了！"

但忒拉蒙用恳求的目光看了大英雄一眼，请求他答应赫西俄涅。

赫拉克勒斯意会到了，于是改了口，却仍故意保持着严肃的语气。

"所以我们不能放了他,除非,"他补充道,"你把他赎回去。"但现在赫西俄涅根本没有东西可以赎回他的兄弟。她感到焦急,突然想到了一个办法,于是她害羞地说:"我可以把我的面纱给你。"

"很好!"赫拉克勒斯大声说道,他不仅释放了波达尔克斯,还让他做了特洛伊国王,给他重新取名为"普里阿摩斯",意思是"被赎回的人"。

最后,他们一起登船起航回希腊。

但在航海途中,赫拉又发现了一个伤害英雄的机会。他派睡神到宙斯身边让他熟睡,然后在北风的助力下在海上掀起惊涛骇浪,赫拉克勒斯和同伴面临着生命危险。最后,船只飘到了科斯岛。他们在那里发现了一个港湾,于是驶入港湾躲避汹涌的海浪。但即使在避难所,依然有危险等着他们。

岛上的居民把他们当成了海盗,于是从岸上对着他们扔石块,赫拉克勒斯自己也被一块飞石击中。英雄们迫不得已只好上岸反击。他们很快就打败了岛民,而当岛民得知战胜他们的是谁以后,他们为自己原先的待客之道感到十分惭愧,于是献上了很多礼物来平息英雄们的怒火。

与此同时,宙斯也醒了过来。他睁开眼时看到赫拉克勒斯正鲜血直流地在战斗,又生气又担心,于是幻化成人亲自下凡,将儿子从战场上带到船上,在那里为他包扎好伤口并止住了血。

这位伟大的人神统治者虽然易怒,但从来没有像现在这么愤怒过。他意识到这一切都是赫拉干的,于是一怒之下抓住赫拉,用厚重的金锁链绑住她的胳膊,把她挂在云端,悬在天地之间。宙斯还想让赫拉更加痛苦,于是在她脚下绑了两块大铁砧,将她的脚往下拉,让她痛苦难当。

伟大的女神深受痛苦折磨,可怜巴巴地求助。但万能的宙斯警告众神,谁敢救她就将他们从奥林匹斯山扔下人间,永远不得回去。就算众神是永生的,又有谁敢冒险放了她呢?然而,不论赫拉有多痛苦,比起宙斯对儿子的担忧和焦虑都微不足道。因为宙斯对赫拉克勒斯的喜爱要多于对所有神的喜爱。

尽管英雄历经艰险，但也没有阻止他马上开始另一个更加危险的冒险。

大地母亲的孩子们是一群战无不胜的巨人，他们不断向众神发动野蛮的战争。而现在，总是明里暗里帮助赫拉克勒斯的雅典娜女神，反过来向英雄求助了。她因害怕而面色苍白，因为巨人们就是一群可怕的怪物。他们的脸可怕得不堪入目，头发和胡子乱蓬蓬长成了一团。

最可怕的是，他们的腿是粗大的、不停扭动的蛇。他们的身形和力气都足以让最勇敢的人退缩。他们能从地上拔起群山并扔向敌人。他们不仅比神强壮，在数量上也是神的十倍。这还不够，大地母亲还曾给他们服下一种神奇的药剂，使他们能够不受众神和兵器的伤害。这些巨人对他们的可怕力量信心十足，因此决定要将众神赶下奥林匹斯山，成为世界的新任统治者。一旦这些可怕的怪物达成目的，世界将暗无天日，失去往日的美丽，而人类也将饱受痛苦和折磨。

眼下爆发的战争非常骇人。自从提坦之战以来世界上再没有过这么严峻的战争，众神前所未有地发现他们正危在旦夕。巨人们一度将众神逼到奥林匹斯

山，将山一样的巨石一块块垒起来，还差点儿攻占了这些不死之神的宫殿。幸亏宙斯放出一阵电闪雷鸣，像世界末日一样轰炸他们，才把他们逼退。现在战争正在这些巨人们的老家卡尔基迪斯半岛愈演愈烈。

巨人们虽然无法被众神的武器伤害，对凡人的武器却没有抵抗力。所以只需要找一个敢于面对他们的英雄来对付他们即可，尽管找到这样的人也不是易事。而赫拉克勒斯就是众神唯一的希望，这也是雅典娜过来找他的原因。也许他的神力和果敢，还有那蘸了海德拉毒液的箭能拯救奥林匹斯众神的命运。

赫拉克勒斯赶去加入了他们的战斗。

在北方高处，卡尔基迪斯半岛的海角上，一场可怕的战争正在进行。众神和巨人们打得十分激烈，整个大地都在震动。宙斯的霹雳无休止地轰炸下来，天空一片明亮，雷声回响，隆隆不断。众神像狮子一样战斗，但也只是困兽之斗。似乎没有任何东西能伤及巨人皮毛，而他们马上就要将众神赶进塔尔塔罗斯了。就在这危急时刻，宙斯勇猛的儿子进入了战场，立刻引起一片惊慌失措。

赫拉克勒斯的第一支箭、第二支箭、第三支箭先后射出，箭羽划过空中，三个巨大的身躯随即倒地身亡。他们是这场战争中第一批死亡的巨人。第四支箭射中了巨人阿尔库俄纽斯的胸膛，却不起作用。雅典娜跑过来警示英雄，只要这个巨人把脚扎根在他出生的地方，帕勒涅就能永生。于是赫拉克勒斯猛然一跃，抓住巨人的粗壮臂腕，将他抬到另一个地方，这个可怕的怪物立即倒地而亡了。

另一个巨人波耳夫里翁正在追赶赫拉。女神一直以来对赫拉克勒斯有着不灭的仇恨，但英雄还是毫不迟疑地去救她，他又射了一支毒箭将这个巨人也射死了。惊讶之中，赫拉羞愧地看了一眼宙斯的儿子，这样高尚的精神是她所不能理解的。她扪心自问，一旦她毁灭阿尔克墨涅之子的任何一项计划成功了，那么她的命运——事实上是众神的命运——又将何去何从？但眼下她没有时间想这些了，因为战争还在激烈地进行着。

当时有七名巨人正在追杀阿佛洛狄忒。赫拉克勒斯算准时机将他们一一杀死。众神有了新的作战勇气，因为巨人的力量正逐步削弱。从赫拉克勒斯射死他们的一瞬间开始，他们对众神的兵器也失去了抵抗能力。巨人帕拉斯死于雅典娜的长矛之下；赫菲斯托斯用烧红的铁狠狠烫了刻律丢斯；狄俄尼索斯也用他的武器杀死了巨人欧律托斯；另外四个巨人则被赫尔墨斯、阿尔忒弥斯和命运女神杀死了。但阿瑞斯与厄菲阿尔忒斯才刚交手就匆忙打了退堂鼓，不过，阿波罗成功打伤了这个可怕的巨人，然后赫拉克勒斯赶过去杀死了他。

巨人们眼睁睁看着战局转胜为败。他们意识到这一切都是因为赫拉克勒斯的出现，于是有十个巨人突然冲向了他。但英雄不慌不忙，用箭一个接一个射死了他们。哪怕只有一支箭射偏了他们都会有时间杀死英雄，但英雄的箭每发必中，十个巨人全部倒地身亡。战争接近尾声了，赫拉克勒斯的箭和宙斯的雷电对剩下的敌人步步紧逼。最后只剩下两个巨人了，他们落荒而逃，而众神紧随其后。波塞冬在科斯岛附近抓住了波吕布特斯，从岛上搬起一座山砸向巨人的脑袋，于是就有了附近的岛屿尼苏罗斯岛。而所有巨人当中最可怕的恩克拉多斯，被雅典娜追得被迫跋山涉水，最后雅典娜将整个西西里岛砸向他才将他压制住。可即便如此，恩克拉多斯还没死。他被深埋在岛屿下，至今还在扭动颤抖，经常给全世界带来灾难性的地震。

这就是传说中的"巨人之战"。这场战役在世人眼中已是英雄壮举的巅峰，世人甚至夸张地认为是英雄战胜了巨人们，把他当成了众神的救星。

巨人之战后，要讲的只剩下他远征俄卡利亚惩罚欧律托斯国王的事迹了：这是一次胜利的远征，可也是一次给英雄带来灾难的远征。这次远征让英雄在凡间的生命走到了尽头，不过也让他升上奥林匹斯山成为不朽的神灵。

赫拉克勒斯从未忘记欧律托斯和他的儿子们。他无法原谅他们，因为他们违背诺言，不让他娶伊奥勒，也因为他们让他蒙受了屈辱和蔑视。

但为什么英雄还对这些陈年旧事耿耿于怀呢？毕竟，他已经娶代阿涅拉为妻，即使他们当初没有遵守诺言把伊奥勒嫁给他，又有什么关系呢？

因为赫拉克勒斯曾发誓会让欧律托斯受到惩罚。自那以后已经过了很长时间，他不能再耽搁下去了。而且，欧律托斯仗着他的儿子们和强大的军队做后盾，还一直对英雄嗤之以鼻，甚至扬言说懦弱的赫拉克勒斯害怕他。他甚至宣称阿尔克墨涅之子曾经立重誓要报复他，却没有付诸行动，公然说他是食言的人，也无耻地忘了他和他的儿子们曾经是怎么对待英雄的。

于是，赫拉克勒斯只好远征来对付他们。

一群勇敢的年轻人加入了他的队伍，他们很快就组建了一支军队。远征开始了，俄卡利亚覆灭，欧律托斯和儿子们全部丧命。但这不是故事的重点。

赫拉克勒斯从众多俘虏中挑选了两三名男子和一群女子，让他的一个随从利伽斯带回家去交给了代阿涅拉。

代阿涅拉立即就注意到这些人中有一名年轻女子光彩夺目，看起来身份高贵，她的穿着也像个公主一样。

她先是询问利伽斯这个女子的身份，但利伽斯假装不知道。于是她又问了一名囚犯，才知道这就是欧律托斯的女儿伊奥勒。

代阿涅拉的心中烧起了妒火。她很害怕赫拉克勒斯娶伊奥勒为妻，毕竟伊奥勒更年轻貌美。

代阿涅拉的猜测是真是假，我们不得而知，也没有任何一个神话讲述过赫拉克勒斯是否有意再娶伊奥勒。英雄深受大家喜爱，即使他曾经有错，也没有人愿意揭露此事。

但是妒令智昏，这让代阿涅拉无法理智而冷静地思考问题，她反而直接想到用人马涅索斯的血液来留住赫拉克勒斯的感情。

她从柜子里取出一件亲手织的锦袍，拿到院子里，在月光下将涅索斯的血液蘸在衣服上。这个可怜的女人，根本不知道血液中沾染了九头蛇海德拉的毒液，那是世界上毒性最强的毒液。她完成了这道程序，便将袍子装进一个盒子，然后叫来了利伽斯。

"立刻出发去找赫拉克勒斯，"她吩咐道，"这个盒子里装着一件我亲手给他织的袍子，请告诉他我希望他向万能的宙斯献祭时穿上这件袍子。"

于是利伽斯以最快的速度连夜将装了毒袍的盒子送去给了赫拉克勒斯。

第二天早上，代阿涅拉看见的一幕几乎将她吓得抓狂。就在院子里，她将袍子蘸上涅索斯血液的地方，石板已经变色。当时，随着太阳升起，石头升温，血液开始沸腾，还冒着绿色气泡。很快石板就被剧毒侵蚀了。她终于意识到从一开始就该知道的事情：涅索斯想杀死赫拉克勒斯报仇，而不是帮她留住丈夫。

代阿涅拉发疯一样地叫来他们的长子许洛斯。

"快去俄卡利亚！"她喘着气说，"一刻也不要在路上耽搁，你必须阻止你父亲穿上那件我送给他的袍子。上面有毒！"

"你说什么，母亲？"男孩惊讶地问，"你怎么可以这么做？"

"别浪费时间问我了！快去救你父亲的性命吧！"

许洛斯追风逐电似的奔跑，就像后面有巨浪追赶他一样。但他还是晚了一步。赫拉克勒斯一大早就准备好祭祀，迫不及待地穿上了妻子送给他的袍子。但太阳渐渐升起，阳光照耀在袍子上时，袍子上的毒血开始温热起来了。

就在这时他听到一个声音。

"快脱下袍子！上面有毒！"

是许洛斯的声音，他因为狂奔而精疲力竭，一说完这句话就倒在地上了。

就在这时，英雄的身体突然陷入一阵可怕的疼痛。他试图扯下衣袍但无济于事，衣料已经粘在了他的皮肤上，而用力将其撕扯下来的结果就是连皮带肉一起撕了下来。他难忍剧痛，撕心裂肺。不论多么痛苦都从未因痛苦叫过一声的英雄，这次发出了响彻天际的喊声，中间还夹杂着对代阿涅拉所作所为的咒骂。

"快带我离开这儿，"他呻吟着说，"这个地方快要让我窒息了。带我去特拉基斯，让代阿涅拉看看她的杰作。"

于是他们将赫拉克勒斯送上船安置好，就带他回特拉基斯了。

许洛斯跑到母亲面前，一看到母亲就大声说："你害死了世上最好的人，害死了世上最伟大的英雄！"

代阿涅拉发出一声痛苦的尖叫，然后就大哭着，泪流满面地进屋去了。过了一会儿哭声突然断了，许洛斯跑进屋时看到了可怕的一幕——他的母亲躺在一片血泊之中。

许洛斯跑回了父亲身边。

"母亲自杀了！"他告诉父亲。

但赫拉克勒斯正痛苦地扭动身子，可能根本没有听见儿子的话。

"带我去奥埃托山顶峰，"他呻吟着说，"我想死在那里，离众神更近一点。"

众人将赫拉克勒斯带到山顶之后，他命他们去收集木头，准备点燃葬礼用的柴堆，然后再把他放上去。

接着赫拉克勒斯叮嘱许洛斯照看好年幼的弟弟妹妹们，并且在成人之后，娶伊奥勒为妻。最后他下命令说："现在就点火！"

众人面面相觑，谁敢点火啊？就算他们知道死于火烧也不如现在痛苦，但谁敢活活烧死伟大的英雄？

"我让你们点火！"赫拉克勒斯又大叫一声。但还是没有人敢动。

"许洛斯，点火！"

但男孩不敢。

"点火！点火啊！难道就没有人可怜我，为我点个火吗？"

英雄所受的可怕折磨也让他们心绪难平，但没有人愿意迈出第一步。

然后一个叫菲洛克忒忒斯的著名弓箭手出现了。他对英雄深表同情，在赫拉克勒斯承诺将浸染了九头蛇海德拉毒液的箭送给他之后，他同意点火了。

但火焰还没来得及烧到英雄身上，天穹就因为一道霹雳裂开了缝，宙斯的雷电照亮了整个场景。四匹飞马驾着一辆马车从天而降，里面站着雅典娜和赫尔墨斯。与此同时，森林里跑出来很多仙女，拿着水罐把火扑灭了。雅典娜和赫尔墨斯拉住赫拉克勒斯的手，英雄随即站了起来，瞬间痊愈了。他们将他带上马车，飞马立刻展开华丽的翅膀，径直向奥林匹斯山飞去。

众神在奥林匹斯山齐迎赫拉克勒斯的到来。宙斯和赫拉也从宝座上走下来迎接他，这一幕触动了在场所有神仙的心弦。赫拉克勒斯和赫拉终于冰释前嫌，赫拉还叫来她的女儿赫柏为新神倒上甘露。然后，赫拉握起女孩柔软白嫩的手，将它放在英雄宽厚的手掌上。所有的神都祝福他们，并很快为他们举办了一场盛大隆重的婚礼。赫拉克勒斯在金碧辉煌的神殿中迎娶了赫柏，从此在奥林匹斯山过上了幸福美满的日子。

尽管伟大的英雄已经离开凡间，但人类没有遗忘他。到处都有人为他献祭，还为他建造神庙。而且，每一座城市都有一项以他之名定期举办的运动比赛——赫拉克里亚。最重要的是，人类很喜欢讲述他惊人的成就和坎坷一生所遭遇的无数磨难。赫拉克勒斯在这些方面可说的东西，要比其他任何英雄（或任何神）多得多。赫拉克勒斯不仅在当时深受爱戴，亦在几千年后仍旧英名不朽。

后记

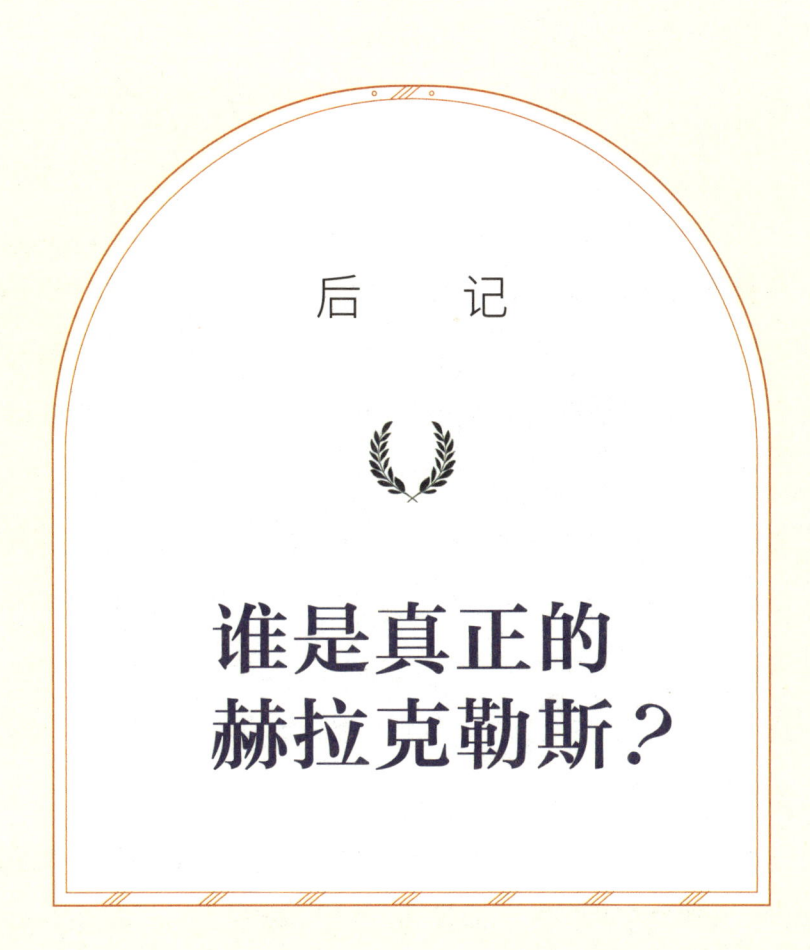

谁是真正的
赫拉克勒斯？

谁是真正的赫拉克勒斯？只要读者研读了大量为本书提供写作资源的文本，心中一定会产生这个疑问。因为随着时间流逝，与赫拉克勒斯有关的传说经受的改编和增补比希腊神话中其他任何一个章节都要多。或多或少遵循原始版本的增添无伤大雅，而那些别有用心的添加情节则有失偏颇，这些故事塑造的形象与英雄的真实形象不同，它们扭曲了英雄的性格。倘若它们表达了什么思想，那一定和神话一开始的英雄时代背景毫无关联。因此，若仔细研读这些资料，读者将发现关于阿尔克墨涅之子的传说常常自相矛盾。那么，在判断一则材料是否能真正代表英雄的形象时便需要慎重选择。

这些增添的情节可分为三类。

第一类，也是最古老的一类，那些文本将英雄之名与无数女子联系起来，让他成为一大群孩子的父亲。的确，从这个角度塑造一名英雄在希腊神话中不在少数，但这样的增添情节和英雄的事迹形成了直接冲突，因为这位英雄一直都在寻求赎罪，他的行为也一直以克己忘我为准则。

一方面，这些情节诋毁了英雄的道德品质，影响了我们对英雄的真正目标的理解；但另一方面，也是重要的一点——它们表现了英雄广为爱戴的形象，许多人都希望称他为父。而且值得注意的是，他后来的那些孩子都是男性。这就相当于众多统治者在利用这个伟大的名字，自然而然，用途越大，这个名头叫得越响亮。

虽然这听起来奇怪，但如果我们想评估一个神或英雄在希腊神话中有多么受欢迎，其中一个标准就是数一数他在传说中有多少个人类孩子——从这方面看，赫拉克勒斯的得分可能比宙斯本人的还高。还有一点不能忘记，人类对神的爱戴根植于惧怕，相比之下，他们对赫拉克勒斯的爱戴却源于对英雄的钦佩，这一点更加可贵。实际上，据说赫拉克勒斯的孩子有大约九十个，而英雄死后还兴起了很长一段时间的"赫拉克勒斯后裔的回归之战"，但也只是传说。

这段时期，希腊的很多国王都声称自己是赫拉克勒斯的儿子或直系后人，还有一些小亚细亚的国王也模仿这些行为；后来，还有传说称撒丁岛殖民者是他的后人；更有甚者，诸如此后被遥远民族借名的西徐亚、加拉茨和凯尔特思等不同神话领袖，居然也是他的儿子。所有这些例子都是为了表现这名英雄最终有多么声名远播。

但赫拉克勒斯的神话经受最多的增补不是第一类，而是另外两类：其中一类将英雄刻画成堕落的人，另一类则企图嘲讽和贬低他——因为那样的遭遇也是他的命运。依我看，前一类故事改编不值得细想，特别是一些有反常癖好统治者的声称（很明显是在为自己辩解），伟大的英雄赫拉克勒斯也有着相同的恶习。据传还有很多神也有这些行为习惯，这仍是对伟大名字的利用。然而，必须强调的是，所有这些扭曲情节都出现在很久以后——这进一步证明了它们和最初的希腊神话毫无关系。

更加背离神话本意的是那些意在贬低赫拉克勒斯的增补。诸如雅典人想将他们自己的英雄忒修斯塑造成比赫拉克勒斯更伟大的英雄形象，而这种别有用心的故事情节就打动了这类人。于是，赫拉克勒斯就这样在几百年以后，又一次成为众矢之的。

这些增补情节在讲述他的人生故事时，多出了各种不符合英雄形象的事件：或讲述翁法莱如何让他穿上女性的衣服；或描绘一个整日浪费生命倚靠在风车边上的男子形象；或将他说成一个毫无智慧的名人。而自从雅典成为整个希腊的文化中心以来，英雄的这一形象始终蒙蔽着那些没能意识到这些增添情节都别有用心的人。

的确，希腊神话几乎没有将任何一个神或一名英雄刻画成完美无瑕的，这本身也证明神话取材于现实世界。赫拉克勒斯也不例外，但我们不能否认他正直高贵的形象：这一形象让他的整个坎坷人生和所有壮举都熠熠生辉。他还具备聪明才智，大多数古籍都记载了他的智慧。他还未进入青年时就能在法庭上为自己辩护，清晰的论证思维使法官惊讶；他还是个青年时，就以创造性的方式和一名卓越领袖的决断力为忒拜人组建军队,之后像一名身经百战的将军一样组织对抗奥耳科墨诺斯的战争;在完成后来的所有任务时,赫拉克勒斯一如既往地表现出他的足智多谋和睿智思维。

简而言之,赫拉克勒斯思维敏捷、正直勇敢。显而易见的是,若不是他具备了这么多优良品质,后人也没有必要贬低他的形象;若不是雅典人民对他的爱戴甚至超过了对他们自己的英雄忒修斯的爱戴,雅典统治者们也绝不会想要诋毁他。

由此可见,这三类增补情节,虽然表面上似乎在贬低英雄的形象,最终却都证明了同一个事实:赫拉克勒斯比其他任何神或人都要受欢迎。

这位英雄受尽打击,名声也被利用殆尽,为什么还能赢得如此崇高的尊敬?只有通过思考这个问题,才能找出赫拉克勒斯真正的形象。

不过一旦找到,我认为诸如将他当作太阳的化身或是其他来自希腊神话以外的形象的说法都应被摒弃,而应当恰当地考虑这一可能性:也许神话中的赫拉克勒斯是远古时期真实存在的一位英雄的美化形象,这位英雄赫赫有名,或因他令"伟大的迈锡尼国王"相形见绌,又或因他打败并惩戒了奥耳科墨诺斯的国王厄尔吉诺斯、厄利斯的国王奥格亚斯、色雷斯的国王狄俄墨得斯、特洛伊的国王拉俄墨冬、俄卡利亚的国王欧律托斯以及其他国王,而他本人却从未成为国王。

莫奈劳斯·斯蒂芬尼德斯(Menelaos Stephanides)